여성이 글을
쓴다는 것은

여성이 글을
쓴다는 것은

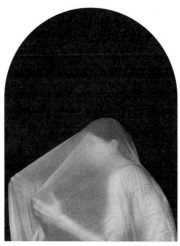

연인, 환자, 시인,
그리고 너

김혜순 지음

문학동네

여성이 몸으로 글을 쓴다는 것은

나는 '왜 여성이 쓴 시는 소통의 장에서 소외되어 있는가'라는 의문을 푸는 글을 한 편 쓰리라 마음먹었다. 그러나 글을 쓰기 시작하자, '왜 여성의 언어는 주술의 언어인가. 왜 여성의 상상력은 부재, 죽음의 공간으로 탈주하는 궤적을 그리는가. 왜 여성의 시적 자아는 그렇게도 병적이라는 진단을 받는가. 왜 여성의 언술은 흘러가는 물처럼 그토록 체계적이지 못한가. 왜 여성의 시는 말의 관능성에 탐닉하는가……' 같은 수많은 질문에 답변하고 있는 나를 발견했다. 그리고 본의인지 아닌지 모르지만 글이 길어지고, 상당히 수다스러워졌다. 그러나 어쨌거나 글을 쓰고 있는 동안 나를 끊임없이 침범하는 생각 하나는, 시는 여성적 장르이고 모름지기 시인이라면 그/그녀는 사랑에 들리듯 여성성에 들린다는 것이었다.

이 세상에서 가장 아름다운 말은 아마도 '나는 너를 사랑한다'라는 말일 것이다. 그러나 과연, 여성인 나도 이 말을 할 수 있을까? 여성인 내가 어떻게, 무엇으로 너를 사랑한다라고 감히 말할 수 있단 말인가. '사랑'이란 말 속에는 이미 근대의 기획이 무섭도록 내재해 있지 않은가. 그렇다면 '나'는 어떤 방식으로 이 사랑의 대화 속에 거주해야 한단 말인가. '사랑한다'라고도 말할 수 없음으로 나는 아프다. 더구나 나는 문학적 보편성이라는 이름으로 불리는 남성적 원전에 부대끼면서도, 페미니즘이라고 불리는 서양적 담론으로부터도 멀리 떨어져 사는 제3세계의 여성시인이다. 그럼에도 이 자리, 이 이중 삼중의 식민지 속에서 나는 여성의 언어로 여성적 존재의 참혹과 광기와 질곡과 사랑을 드러내는 글쓰기에 대해 말해야 한다. 이것이 나에게 시를 쓰게 하고, 이 글을 쓰게 하는 동력이다. 아마도 이 글을 써나가는 동안 바리데기가 와서 나와 함께 걸어줄 것 같은 예감이 든다.

나는 이 책에 실린 글의 일부를 연재하기 시작하면서 위와 같은 말을 했었다. 이 글들의 화자는 '여성시인들, 바리데기, 나'이다. 나는 이 글을 쓰는 동안 이들을 구별하지 못했다. 우리나라 신화 속의 여성들, 이를테면 유화부인이라든가, 낙랑공주라든가 하는 인물들은 그 시대의 법을 위반함으로써만 그 이름을 기록에 남길 수 있었다. 그들에겐 그 시대의 법에 대한 위반이 그들의 이름을 시간 속에 새길 수 있는 유일한 길이었다. 그러나 그들은 곧 법의 세계 안으로 자신의 아들을, 혹은 자신의 몸을 의탁함으로써, 아니면 문자 기록자의 손에 걸려듦으로써 자신의 존재를 지워버릴 수밖에 없었다. 그러나 바리데기만은 문자로 기록되지 않은 여성들만의 구술세계 안에 몸을 감추고, 늘 연희 현장에서 변화를 맞는 텍스트에 몸을 내줌으로써 심층적으로 얽힌 텍스트 안에 오히려 자신의 몸을 면면히 둘 수 있었다. 그래서 나는 '바리데기' 속에서 다른 신화 텍스트에서는 발견하기 힘든, 비가시적인 세계 안에서 가시적인 세계를 구축하는 위치를 새롭게 차지한 한 여성시인의 화신을 발견할 수 있었다. 시적이라고밖에는 명명할 수 없는, 그런 자리에서 자신의 존재 지평을 연 하나의 목소리 말이다.

여성의 시 언어는 남성의 시 언어와 다르다. 여성의 언어는 이제까지 밖에서 주어졌던 자신의 정체성에 대한 반동으로부터 터져나온다. 여성의 언어는 본래적으로 위반의 언어인 것이다. 이 위반이 이제까지 있어왔던 서정시의 장르적 특성이라는 경계를 무너뜨린다. 그것 때문에 여성의 시는 기존의 서정시에 대한 고정관념과 관습적 인식에 대항한다. 그러나 이 위반의 자리에 서면, 시의 온전한 재료이며, 존재 비평인 언어마저도 여성 자신들의 것이 아니라는 엄혹한 현실이 닥쳐온다. 이렇게 부유하며 쫓기는 그 자리에서 여성들은 자신의 이름을 새로이 불러야 하며, 이 세상 모든 것들을 이름 없던 자신과 함께 파동하는 존재로 다시 불러야 한다. 이 세상 모든 것들을 다시 잉태하고, 분만해야 한다. 그것도 사랑의 이름으로. 그 명명의 자리에서 사랑의 아픔으로 뒤범벅된 여성시인의 다양한 발성이 터져나오는 것이다.

그리하여 나는 이 글을 쓰는 동안 여성시인이라는 집단적이고 공시적인 목소리와, 바리데기라는 심층적 독서를 해야만 읽히는, 그때로부터 지금까지 살아 있는, 혹은 앞으로도 살아 있을, 면면한 텍스트, 그물망 그 자체인 목소리와, 연인이고 환자이며 무엇보다도 시인이고 여성인 나의 목소리를 구별하지 못했다. 왜냐하면 연인, 시인, 환자, 여성으로서의 '나'는 무엇보다도 제3자가 나에게 부과한 정체성이 아닌, 그들과의 교환 회로를 벗어난 다른 이미지 속의 '나'였기 때문이었다. 그리고 그 '나'는 그들과의 관계 속에서는 '부재'하는 '나'였지만, 또다른 세계 안에서는 실제로 '존재'하는, 존재라는 또다른 세계를 스스로 가동하는 '나'였기 때문이었다.

　나는 시로는 쓸 수 없었던, 어떤 진술들을 여기에 다 풀어놓았다. 시가 나에게 허락하지 않는 산문성을 풀었다. 그러면서도 시처럼 더이상 절대로 축약할 수 없는 글이 되도록 애썼다. 또한, 모든 장의 글들이 서로 유기적 관련을 맺도록 넘나들고, 돌아들었다.

　어머니, 혹은 여성이라는 타자 스스로가 대상을 타자화해왔던 서정시라는 장르적 특성들을 극복하는 방식, 그 부정의 부정에 대한 방식, 입 없는 입으로 말하는 방식이라는 것이 어떻게 존재해 있는가, 또 할 수 있는가라고 이 글을 쓰고 있는 나 자신에게 끊임없이 묻기도 했다.

　이 글은 십 년 전의 비밀결사와도 같았던 한 모임으로부터 시작했다 해도 과언이 아니다. 우리는 일주일에 한 번씩 만나 책을 읽고, 문화 전반에 관해 토론하고, 공부했다. '문화 권력 모임'이라고 이름을 붙인 그 모임을 세상으로 돌출시키진 않았지만, 우리는 우리의 전공을 가로질러 각자의 사유를 끊임없이 개진하고, 반성했었다. 그 모임의 조한혜정, 이상화, 이영자, 최윤, 김성례, 김영민, 박일형 등등에게 지금에 와서야 감사를 드린다. 그리고 이 책의 몇몇 글을 미리 읽어준 황현산, 신수정과 꼼꼼히 교정을 해준 장한맘씨께도 감사를 전한다. 그리고 무엇보다도 나에게 무언의 동료 의식을 갖게 하는, 이때에 와서야 폭발적으로 쏟아지는, 다양한 방식의 여성적 언술의 창시자들인 우리나라의 여성시인들께 나의 감사의 말을 전한다.

2002년
김혜순

우리나라에서 '강남역 사건'이 일어나기 불과 얼마 전 외국 사람하고 인터뷰를 하는데, 그 사람이 물었다. "한국의 여성주의는 어디로 갔나요?" 나는 지금 한국 여자들이 남자가 들어주는 핸드백에 만족하고 살고 있다고, 한국 여성주의가 어디로 떠났는지 나도 알지 못한다고 했다. 그런데 그후 사정이 달라졌다. 그 대담 후 사건이 일어나 곧 여성주의 운동이 불꽃처럼 일었다. 그동안에 땅속에 숨은 불처럼 잠재되었던 것이 터진 것이다.

이 책은 학자들과 비평가들이 우리나라 시의 갈래를 민중시, 생태시, 전통 서정시, 키치 시, 포스트모더니즘 시, 리얼리즘 시 등등으로 갈라놓고 논하면서 그중의 하나, 여성시 항목을 두고 거론하는 것에 대한 의문에서 비롯되었다. 나도 그렇게 청탁받은 비평 글을 하나 쓰고 나니 좀더 화가 났다. 여성이 쓴 시는 그 어느 것에도 속하지 못하고(사실 속하고 싶지도 않지만) 그냥 여성시라고 분류해서 대충 말해주면 되는가. 그때 여성시를 따로 두는 이유는 무엇인가. 나는 그 분류에 의문이 생긴 것과 동시에 여성시가 하는 말을 들어주지도, 이해해주지도 않는 글들에 화가 났다. 여성시를 읽고 나서 화부터 내는 글들에 화가 났다. 나는 그들의 분류와는 다른 이유에서 여성시 내부로 침잠해들어가는 시학이 필요하다고 생각했다. 여성시에 대해 말할 수 있는 다른 발화 지점이 필요하다고 생각했다.

나는 바리데기 신화에 기대서 '거부의 시학' '위반의 시학'에 대해 생각하게 되었고, 여성시는 죽어본 사람의 발화라고 생각하게 되었다. 여성시는 여러 번 죽어본 자, 죽었다가 다시 살아 나온 자, 저 곳에 다녀온 자의 말이었다. 그리고 이 죽음 여행자의 말들이야말로 '시'라는 장르 자체의 고유한 발화의 자리라고 생각하게 되었다. 그가 남성시인이든 여성시인이든 말이다. 그리고 여성주의 의식은 여성주의 의식을 처음 지니게 된 그후부터 점점 커지고 창대해지는, 지울 수 없는 의식이라는 것도. 여성주의 의식은 대번에 생기지 않는다. 날 때부터 몸에 장착된 것이 아니다. 여러 번 죽음의 경험으로부터 장착되고 성장한다. 이것이 재생, 부활이 아니고 무엇이겠는가. 나는 이때까지 여자로서 얼마나 많이 거부당하고, 제외되고, 죽어왔던가. 나는 수많은 죽음을 건너서 여기에 봉착해 있다. 그리고 점점 더 여자가 된다.

　무엇보다도 여성시는 여성의 형식을 발명한다. 면면히 내려오는 말하기 방법 말고 다른 말하기 방식 말이다. 무엇을 말하는가도 중요하지만 어떻게 말하는가가 여성주의적 발성의 창안이라고 할 수 있다. 여성의 말하기 방식 바깥에는 면면히 이어져내려온, 자기를 강화하고 권력을 산포하는 시적 발명물들이 포진해 있다. 나는 이와는 다른 여성의 시적 발화를 '들림'이라고도 불렀는데, 이것은 여성적 들림이 여성이라는 이유로 거절, 버려짐, 죽음을 당해본 경험의 집적 속에서 터져나온 하나의 다른, 언어를 넘어선 목소리이기 때문이었다. 이 목소리의 형식은 무너짐, 부숨, 흘러내림 같은 '물의 움직임'을 닮은 투명하고 둥글며 물렁물렁한 구축이다. 들림의 고통만큼 큰 것은 없다. 우주와 같은 것이 들어와 신체화되는 고통은 사람이 짐승(몸)이 되는 고통만큼이나 힘들다. 이렇게 '여성적 들림'으로 여성은 다른 방식의 발화자가 된다.

　이 책이 나온 다음 설치미술가들, 음악가들, 미디어 아티스트들이 이 책의 내용에 기대어 다양한 작업을 했다. 이 책의 내용들이 다른 방식의 몸을 얻는 것을 바라보는 즐거움이 있었다.

　이십 년이 지난 지금 이 책의 개정판이 발간되는 것은 이 책이 품절된 후에도 끊임없이 찾아주고 읽어준 독자들 덕분이다. 감사를 드

린다. 그리고 이 책을 다시 살아가게 해준 강윤정 편집자에게 무한
감사를 드린다.

2022년 10월
김혜순

차례

■ 이 책을 읽어나가는 중에 나타나는 바리데기 신화의 화소들은 많은 이본들에도 불구하고 다음과 같이 축약할 수 있다.

바리데기의 아버지는 왕이다
바리데기는 일곱째 딸로 태어난다
바리데기의 부모는 딸이라는 이유로 바리데기를 버린다
바리데기는 구덩이에 사는 할머니 할아버지 집에서 산다
바리데기는 끝끝내 이름이 없다. 그냥 버려진 아이다

아버지 왕이 죽을병에 걸렸다는 소식이 들려온다
군인들이 바리데기를 찾아낸다
왕을 구할 생명수를 구해 오라고 바리데기에게 명령한다
행복하고 귀한 사람들은 갈 수가 없는 곳, 죽어야 가는 곳
바리데기는 죽음의 세계를 유랑한다
바리데기는 죽음의 세계에서 결혼한다. 바리데기는 죽음의 세계에서 아이를 낳는다
바리데기는 물 삼 년, 불 삼 년, 나무 삼 년 죽음의 세계에서 산다
바리데기는 물과 꽃을 발견한다
남편과 아이들을 데리고 아버지의 세계로 온다

그 물과 꽃으로 아버지 왕의 병을 낫게 한다
왕은 바리데기에게 나라의 반을 주겠다고 한다. 바리데기는 거절한다
바리데기는 죽음에 처한 사람에게 죽음의 강을 건네주는 역할을 맡는다. 그 일은 영원히 계속된다

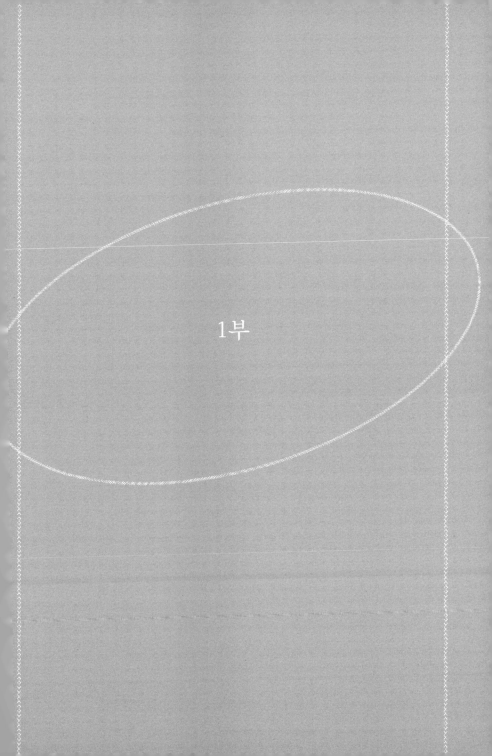

1부

들림의 시

— 여성성이란 무엇인가

여성은 언제, 자신이 여성이라는 것을 깨닫는가. 여성은 어떻게 해서 이 세상이 자신에게 요구하는 여성상과는 다른 정체성을 가지고 있다는 것을 알게 되는가. 그리고 여성시인은 자신이 어떻게 해서 이제까지의 시의 말과는 다른 말을 하는 사람이라는 것을 느끼고 깨닫게 되는가. 나는 그것을 바리데기 연희자의 '들림'을 통해 풀어보고자 한다.

바리데기 연희자에겐 다른 장르의 연희자와는 다른 경험이 요구된다. 그것은 의도적으로 하려고 한다고 해서 경험되는 것도 아니고, 습관적으로 만나지는 경험도 아니다. 그 경험은 기다리지 않아도 올 수 있고, 목적을 가지고 의식적으로 찾는 자에게는 절대로 오지 않을 수도 있다. 바리데기 연희자에게 삶의 질곡 속에서 고행을 한다든지 무병(巫病)을 앓는다든지 아니면 환상의 세계를 실제 자신의 몸으로 겪어낸다든지 하는 경험 외에도 귀신, 혼령, 신이라고 불리는 죽은 혼령에 '들리는' 경험이 필연적으로 요구된다. 이 '들림' 혹은 '들리어짐'이 없다면 그는 바리데기 연희자의 자격이 없다.

그렇다면 이 죽은 혼령은 어디에 있다가 어느 순간에 한 인간을 엄습해오는가. 그것은 연희자의 '밖'에 있다가, 그야말로 원한에 사무쳐 구천을 맴돌다가 고통에 빠져 신음하는 한 인간(그중에서도 한 여성), 미래의 연희자를 엄습해오는 것인가. 아니면 그 죽은 혼령은 원인 모를 병에 걸려 현대 의학으로도 그 원인이 규명되지 않고 치료 방법도 알 수 없는, 간헐적인, 그러나 격렬한 고통에 빠져 헐떡거리는 한 인간의 내부에서 용솟음쳐오는 바이러스 감염 같은 것, 사랑 같은 것, 이름을 모르므로 귀신이라고 부를 수밖에 없는 그런 것인가.

한 여성을 들리게 하는 그 죽은 혼령은 우리가 한 여성의 내밀한, 그러나 창조적인 삶 전체를 '바리데기'라고 명명해주듯이 '명명'한 것이다. 명명되지 않은 것은 아직 신령이 아니다. 이미 죽은, 한 혼령을 명명하는 순간 그 여성은 들리어진다. '죽음'에 의해 들리어지는 것이다. 그러므로 신령은 죽음으로 타자에게 스며들어갈 수 있는 역동적인 움직임을 얻게 되는 힘, 그것을 명명한 것이다. 이 명명의 순간, 연희자는 자신의 몸의 병을 벗어나 온전한 연희자로 새로이 탄생한다. 연희자가 불러낸, 연희자마다 각기 이름이 다를 수밖에 없는 죽은 혼령의 이름은 내림굿을 받는 그 첫 순간에 연희자 자신의 목소리로 명명한다(그들은 대개 가까운, 그러나 죽은 조상의 모습을 하고 있다). 그 이름은 자신의 질곡과 자신의 영혼의 능력에 대한 하나의 은유이다. 그러나 이 죽은 혼령은 연희자가 스스로 인식하기 전까지는 실재하지 않는 것이었다. 그러기 때문에 죽은 혼령은 하나의 신화적 인격을 가진 시간적 구성체로서, 연희자가 자신의 질곡을 명명한 순간 자신에게로 기투된 하나의 보조관념이다. 그래서 혼령은 질곡에 처한 타자들의 실존을 해석하고 신유(神癒)하기 위한 하나의 추리 장치, 은유적 발화자로서 기능하게 된다.

그는 죽은 혼령과의 접촉을 통하지 않고는 자신의 영육을 바리데기 연희자로서의 삶으로 확장할 수 없다. 연희자는 능동적인 죽음에의 참여를 통해 자신이 명명한 하나의 죽음과 맞물린 쌍둥이적 존재로서 살게 된다. 그것으로 각 사람이 품은 죽음에게로 넘나들수 있게 된다. 자신의 삶의 고통, 그 죽음과도 같은 고통에 대한 하나의 명명, 그 환유적인 것의 은유적 명명으로 죽음의 연희자의 자격을 갖게 된다. 다시 말하면 죽은 혼령과의 접촉과 그에 따른 자신의 몸의 확장을 통해 다른 혼령들과 교통하게 되며, 자신의 단골들이 의뢰한 죽은 혼령들을 안전한(?) 저승으로 인도할 수 있게 된다.

이때 연희자는 자신이 들린 그 혼령과의 접촉 속에서 자신과 연희자가 처한 사회적 현실을 점점 더 깊이 이해하게 되며, 자신이 천도할 죽은 자들, 그중에서도 억울한 죽임을 당한 자들의 혼령과의 접촉을 통해 자신의 존재 지평을 넓히게 된다. 더불어 자신을 찾아온 살아 있는 단골들의 삶에 죽은 혼령과 함께 개입하는 기이한 공동체적 삶을 시작하게 된다. 연희자는 자신의 바리데기 텍스트를 구연

할 때마다 단골들과의 새로운 관계망 속에서 새로운 이본을 탄생시키는 날줄과 씨줄을 날마다 새로이 엮어가게 되는 것이다. 여기에서 바리데기 텍스트는 다른 신화, 그것들의 연희 텍스트와는 다른 수용의 방향성을 노정하게 되는데 그것은 관객, 단골, 타자의 삶이 연희공간에 적극적으로 수용되어 날마다 새로운 텍스트가 짜인다는 사실이다. 여기에서 우리는 바리데기가 구

연될 때마다 타자(독자)를 통한 역방향의 창작이 텍스트 내부에 개입하는 것을 보게 된다. 이러한 모습 속에서 나는 여성적 텍스트의 수용, 독해의 새로운 방향성을 노정해볼 수 있다고 생각한다.

이와 더불어 이들이 엮어가는 현실은 우리가 실재한다고 믿는 사실적 현실과는 약간은 층위가 다를 수밖에 없다. 그것은 '신령'이라

리가 새끼 뻐꾸기의 그 큰 주둥이 속으로 다 들어갈 지경이다. 그러다 독자적으로 먹이를 구할 수 있게 되면 미련 없이 그 작은 어미 새의 둥우리를 떠난다.

나는 뻐꾸기에 관한 다큐멘터리를 보면서 어떻게 저 뻐꾸기란 새는 남을 등쳐먹는 행실을 유전적 본성으로 간직하게 되었단 말인가 하고 경악한 일이 있다. 그리고 연이어서 저 작은 노랑할미새는 어떻게 남의 어미 새 노릇을 세세연년토록 하면서도 자신의 알과 남의 알을 구별하지 못한단 말인가 하는 참으로 '인간'적인 생각을 해보았다. 그리고 우리들 인간이 소위 자연적으로 타고난 저 새들 같은 본성을 억제하고, 정말 '인간'답게 사느라고 미치기 일보 직전 상태에서 아슬아슬 사는 것이란 생각도 했다. 이런 생각을 한 것은 아마도 내가 '소유' 혹은 경제 같은

고 하는 다른 방식으로 실재하는 비실재적 현실, 인식하기 전에는 존재하지 않던 현실과 실재적 현실이 만나 새로운 연희의 장의 구축이 설정되기 때문이다. 그래서 각 연희 마당마다 다를 수밖에 없는 개인적이고 심미적이며 다층적인 현실세계가 새로이 열리는 것이다.

나는 여성시인도 바리데기 연희자와 같은 어떤 상징적인 치름, 그 과정을 경험한다고 생각한다. 이를테면 여성시인에겐 스스로 인지하기 전에는 존재하지 않던 자신의 여성적 삶의 현실, 혹은 자신 스스로 구축하지 않으면 여전히 타인의 현실로만 존재하는 현실을 인지하는 순간들이 존재한다. 여성시인은 그 순간 자신이 병들었다는 것, 그 병과 함께하는 죽음을 명명해야 한다는 것을 홀연히 깨닫는다. 그리고 그 아픈 몸

으로 죽음과 삶의 소용돌이를 치러낸다. 그런 어느 시간의 지점에서, 여성시인은 여성성에 들린다. '들림'의 순간 여성시인은 자신의 이제까지의 경험들을, 상징적인 치름의 순간들을 환기할 수 있게 되고, 그 과정의 기록이 여성시인의 시편들이 된다. 이 시편들은 마치 바리데기 연희자가 억울하게 죽은 혼령들에 들리어 자신과 단골들의 삶과 죽음의 공간을 뒤섞어 하나의 연희

원리를 그들의 관계에 적용했기 때문일 것이다. 나는 은연중에 일상의 시간들 속에서, 자연 혹은 어머니의 죽음의 자리에서 상징계를 시작할 수 있다고 믿는 남성적이고 근대적인 경제 원리를 저 자연에 적용하고 있었던 것이다. 정말 '자연스럽지' 못한 생각을 하고 있었던 것이다.

자연은 '自然'이라는 한자의 뜻풀이 그대로, '스스로 그러하게' 살아 있다. 나는 나의 몸도 저마다 독립적으로 살아 있는 자연처럼 늘 그러하게 살아 있음을 느낀다. 그 느낌의 순간, 그 순간의 느낌 속에서 나는 아마도 시라는 것을 쓰는 것 같다. 내 몸이라는 이름의 자연은 수많은 세기를 거쳐 살아온 내 몸 앞의 몸들로 존재하고, 멀고 먼 미래의 몸으로도 존재한다. 그리고 하나인 나의 이 몸으로 축적되고 압축되어 존재

공간으로 닦아놓고 그 속에서 죽음과 삶의 경계를 뭉개버리는 것과 같다. 그리하여 여성시는 여성시인의 죽음으로 삶의 지평을 여는, 그리하여 죽음 속에서 삶을 건져올리는 한 편씩의 과정의 기록이 된다. 여성시인들의 시편 하나하나는 그 시인의 '들린 여성성'의 하나씩의 환유적 연희공간, 하나씩의 바리데기 연희 마당이 된다.

한다. 나는 나로서 살기 전 혹은 살아낸 후로도 존재한다. 그러나 내가 시 속에서 '나'라고 하나인 나를 부르는 순간, 그 말할 수 없이 광대하고 오랜 자연은 내 속에서 한 점으로 압축되거나 증발하여 솟아오른다. 이렇게 생긴 나의 몸으로 형태를 갖춘 채 명명되기도 한다.

내 안에는 '살아 있는 자연'이 '나'로 말미암아 죽어서, '죽음'으로 편재해 있다. 자연은 마치 내 어머니가 내 몸안에 어머니의 몸을 주고 떠남으로써 내 몸속에 영원히 살아 있을 수 있음과 같이 그렇게 존재한다. 나는 어머니의 '죽음'의 힘으로 '나'라고 불리는 이것, 이 '죽임'에 들린 존재를 벗어날 수 있다. 그리고 나의 언어로 그렇게 내 몸속에 죽음으로 살아 있는 자연을 쓴다. 자연 혹은 세상과 나는 시 속에서 '나'라는 몸을 통해 '맞물린 생산'을 실현하고, 또다른 몸들인 시

'들린' 여성시인들의 시는 바리데기 텍스트처럼 심층적인 독해를 요구한다. 왜냐하면 여성의 텍스트는 표층적으로 실재한다고 믿어지는 현실 속에서 자기 스스로 '들림'의 경험을 표출하는, 구축된 새 현실을 표방하는 텍스트이기 때문이다. 그러므로 텍스트 내부에서 표층적인 서사의 단위들을 걷어내고 심층적인 공간을 들여다보는 작업이 반드시 요구된다.

이를테면 우리는 바리데기 텍스트를 버림받은 아이의 탐색담이나 효행 신화로만 읽는 것이 아니라, 부모에게서 버림받는 상황 묘사를 통해 부모로부터 유리된 개체적 삶, 타자로서의 자신의 삶의 위상을 인식하는 순간을 읽어낼 수 있다. 혹은 부모가 병에 걸리고 약수를 먹어야 살 수 있다는 처방을 받는, 그래서 급기야는 버려진 아이인 자신에게 그 명령이 돌

아올 수밖에 없는 상황을 나타내는 대목은 여성적 한을 표현하고 그 원한을 풀 수 있는 기제를 여성 스스로 간직하고 있다고 소리치는 자각과 희생의 복선으로 이해할 수 있다. 또한 서역으로 고행을 떠나고 부모를 살리는 행위의 묘사들에는 자신의 자아실현을 위한 숙명적 들림, 그리고 그 들림의 고통과 자신의 영혼의 숭고함을 표출하는 것으로 독해해야만 하는 필요성이 내재해 있는 것이다.

들을 출산한다. 아마도 나는 내 몸안의 주름 속에서 죽음으로 살아 있는 내 어머니의 목소리를 내려고 하는 것 같다. 그래서 나는 시인은 무조건 어머니로서 시를 쓰는 것이라고 생각하기도 한다.

그러므로 내가 자연 혹은 세상을 시 속에서 말하는 것이 아니라, 자연이 내 시 속에서 스스로 말한다. 나는 저 풍경을 체포해 자신의 감정으로 덧칠하는 서정시를 혐오한다. 저 풍경을 자신의 시선으로 오려내어 자신의 잠언으로 덧칠하는 남성적 시선의 시는 더욱 혐오한다.

시는 스스로 자연을 보호해야 한다고 말할 줄 모른다. 그렇게 말하는 방법은 시의 말하기 방식이 아니다. 만약 누군가 시 속에서 그렇게 말한다면 그것은 시라는 장르를 다른 장르 아래에 복속시키는 것이다. 시는 생태의 그물망을

여성시 또한 여성의 실존 상황에 대한 반역, 그 파탄된 현실 상황에 대한 반역 속에서 여성성에 들린 영혼을 표출하는 이미지에 대한 독해가 반드시 요구된다. 그래서 여성성에 들린 여성시인들의 시는 이계(異界)라고 부를 수밖에 없는 그 비실재 공간 속에서 여성들이 어

스스로 말하기의 방식 속에서 펼치는 것일 뿐 무엇을 말할 줄 모른다. 그럼에도 불구하고 시 안에 생태주의가 들어 있다면 그것은 내 몸안에 나를 낳아준 어머니가 그러하듯, '죽음'으로써 살아 있는 방식 그대로, 없음으로 실존하는 방식 그대로의 모습일 것이다. 시 나라의 말하기 방식엔 '무엇에 대하여' 말하는 방식이 없다. 시 속의 자연은 보호해야 할 것도 기려야 할 것도 아니다. 그러기에 시 속의 생태주의는 시인인 내가 내 속에 들어찬 자연, '나인 자연'을 이해하기 위해 고안해낸 하나의 추리 장치일 뿐이다. 시 속의 생태주의는 내가 우연과 욕망, 순환하는 계절과 늙어가는 세포들로 가득찬 내 몸을 느끼고, 이해하기 위한 담론적인 고안물일 뿐이다. 나는 시라는 말하기 방식으로, 어떤 질병처럼 어떤 불상사처럼 실존하는 이 '자연'인 나를

뗗게 자신의 죽음, 상징을 체험해내는가를 밝혀내는 것으로 그 의미를 읽어내야만 하는 것이다.

여성시인이 여성성에 들리는 것은 심미적 감수성이 촉발되기 시작하는 생의 어느 지점에서 어떤 소리가 들리기 시작할 때이다. 이때 여성은 자신의 현실적 상황과는 전혀 다른 목소리의 실존을 인지하기 시작한다. 여성시인은 내면에서 어떤 소리가 들리기 시작하자

두려움과 함께 기쁨이 엄습해옴을 느낀다. 그리고 점점 더 자신이 삶 가운데 있지 않고 죽음 가운데 있음을 인식하게 된다. 그 죽음을 껴안지 않고는 자신의 삶을 유지할 수 없음도 알게 된다. 이제까지의 시적 대상들이 다른 징조를 품고 달려들기 시작한다. 연희자에게 달려드는 죽은 혼령처럼 모든 외부가 내면으로 들어오는 것 같은 경험을

한다. 여성시인의 외부에 존재하던 상징적 존재의 함의들이 전혀 다른 방식으로 읽히기 시작한다. 앞서간 여성들의 삶의 모습들이 다른 방식으로 읽히기 시작한다. 여성적 삶의 존재 기반이 여기와는 다른, 저 먼 곳에 있음을 인지하기 시작한다. 이렇게 되자, 이름 붙일 수 없는 병(病)이 찾아온다. 세상으로부터 격리되는 아픔이 물밀듯 밀려온다. 어떤 울부짖음이 자신을 둘러싸고 있음을 느낀다.

해석하고 표현하려고 할 뿐이다. 그러기에 시인은 선지자도, 환경보호론자도, 철학자도, 목사도, 잠수함의 토끼도, 인류 종말의 날 아침을 알리는 암탉도 아니다. 다만 시인은 구멍이 숭숭 뚫린 우리 존재와 경험의 모호성을 끌어안고 그것을 진술하려고 혀를 깨무는, 이 세상 몸들이 품은 구멍이 내는 소리를 먼저 듣는, 어쩌면 유기적 인간일 것이다.

"나는 내 시가 프랙털 도형처럼 세상 속에 몸담고 세상을 읽는 방법을 가지길 바란다. 울퉁불퉁하고, 미끌미끌하며, 변덕이 죽 끓는 이 세상 말이다. (……) 시는 이 세상에 몸담은 자가 이 세상(몸)이라는 형상을 이기려는 지난한 몸짓 아닌가.

여성은 자신의 몸안에서 뜨고 지면서 커지고

있음을 느낀다. 자신의 내부에 실재하는 것을 실재하지 않는다고 말하는 자신과 싸우는 또하나의 자신을 느낀다. 그것이 더 깊은 아픔을 몰고 온다. 이 싸움을 온전히 묘사할 수 없는 자신의 혀에 절망하게 된다. 그러나 어느 순간 이 실재하는 내면의 죽음을 껴안지 않고는, 그것을 받아들이지 않고는 자신의 현실 또한 받아들일 수 없음을 줄어드는 달처럼 죽고 사는 자신의 정체성을 본다. 그러기에 여성의 몸은 무한대의 프랙털 도형이다. 이 도형을 읽는 방법으로 여성인 나는 생명이 흘러들고 나아가는 길을 느끼고 그것에 따라 산다. 나는 사랑하므로 나 자신이 된다. 나는 사랑하므로 내 몸이 달의 궤적처럼 아름다운 만다라를 이 세상에 그려나가기를 바란다.

이 사랑은 태곳적부터 여성인 내 몸에서 넘쳐나오고, 그리고 거기서부터 고유한 실존의 내 목소리가 터져나온다. 그러나 이 실존의 실체는 고정된 도형이 아니라 움직이는 도형으로서의 실체다. 늘 순환하는, 그러나 같은 도형은 절대 그리지 않는다."

—뒤표지글, 「프랙털, 만다라, 그리고 나의 시 공화국」
『불쌍한 사랑 기계』(문학과지성사, 1997)

깨닫는다. 그리고 어느 순간 자신의 죽음을 명명하게 된다. 출산의 고통과 같은 강도로 죽음이 고통스럽게 잉태됨을 받아들인다. 그 순간, 죽음에 들린 여성의 세계가 자신의 어딘가에서 활짝 열림을 느낀다. 여성성에 들리게 되는 것이다. 이 체험은 일회적인 선을 따라 끝나는 경험이 아니라 날마다, 혹은 순간마다 반복된다. 그런 반복 속에서 여성시인은 그 죽음을 꺼안지 않고는 그 죽음 같은 것, 상상적인 표상, 내 속에 실재하고 있는 모든 어머니들 중의 한 어머니—그러나 이제는 나의 이 한 몸안에 응축되어 있는, 이제는 죽음으로서만 살아 계시는 그 어머니의 영험의 환유에 들리지 않고는 살 수 없음도 알게 된다. 일상적이고 현실적인, 소위 실재한다는 미메시스의 세계 속에서 여성시인은 점점 위축되지만 그러나 죽음이 개입한 영역, 그 들림의 세계에서는 자신이 점점 더 대화적이고, 연희적임을 깨닫게 된다. 이러한 상징적인 치름의 무수한 반복, 외부와 내면의 들락거림, 이 나선형의 궤적 속에서 여성시인은 어느 순간 자신이 이 현실로부터 부과받은 정체성을 버린, 변형된 어떤 정체성을 품기 시작했음을 느끼게 된다. 죽음과의 관계 속에서만 명명될 수 있는 다른 방식으로 규정되는 사라진 정체성을 가졌음을 알게 된다.

그리고 또 어느 순간 마치 바리데기 연희자가 자신을 찾아온, 자신이 마주한 죽은 혼령의 이름을 발설하듯이, 여성시인 또한 자신을 찾아온 그 '들림'의 실체를 각 시편 속에서 환유적으로 발화하게 된다. 이 발화를 통해 여성시인을 찾아온 죽음은 '죽음으로서의 삶'을 얻게 되고, 죽음과 삶의 거리는 뭉개져버린다. 이때 현실세계는 여성시인이 심층적으로 내면화한 현실세계, '참으로 존재하는' 세계가 된다. 이 현실세계 속에서 여성시인은 자신들의 타자, 바리데기식으로 말하면 자신들의 단골들과 은유적 확장의 관계 속에서 그들의 죽음과 삶의 소용돌이와의 진정한 교류의 관계를 맺게 된다. 그들은 춤과 노래의 관능적이고 격렬한 리듬의 도가니에서 혼연일체가 된다.

여성적 발화

─ 버려진 여자가 버려진 여자를 쓰다

언젠가 이런 이야기가 떠돈 적이 있었다. 고층 아파트에 사는 한 어린 여자가 창밖을 무심히 내다보다가 창밖의 어떤 사람과 아주 짧은 순간 눈길이 마주쳤다. 고층 아파트에서 유리창을 사이에 두고 다른 사람의 눈과 자신의 눈이 직접 마주치는 일이 결코 일어날 수 없다는 사실을 깨닫는 데는 그리 오랜 시간이 걸리지 않았다. 어린 여자는 깜짝 놀라 아래를 내려다보았다. 그리고 저 아래, 지상에 몸을 밀착시켰지만, 이미 목숨이 지상을 떠난 한 여자를 알아보았다. 그 일련의 상황을 파악한 순간, 어린 여자는 그만 알 수 없는 공포로 미쳐버렸다. 이 이야기의 내용이 사실인지 아닌지 나는 확인할 길이 없다. 다만 이런 죽음에 관한 이야기들이, 죽음의 목격자가 된 이야기들이 우리 주위를 떠돌아다닌 적이 있었다이 이야기에서 어린 여자가 창밖의 어떤 사람과 눈이 마주친 그 순간, 그렇게 죽음을 향하여 급강하하는 한 목숨과 눈이 마주친 순간을 언어의 세계에 체포하여 명명한다면, '시적 발화의 순간'이라고 부를 수 있을 것 같다. 시인에게 발화는 자신의 존재와 눈이 맞닿은 순간에 발생하는 상상력이 가닿을 종결점(출발점이 아니라)으로 존재한다. 시적 발화는 자신의 멀고 먼 미래에의 투시, 바로 그것이다. 그렇다면 이 순간에 어린 여자가 응시한 존재의 모습은 어떠했겠는가. 그 모습은 바로 옥상에서 저 딱딱한 바닥을 향해 추락해가는 자신의 죽음, 혹은 열린 부재가 아니고 무엇이었겠는가.

플라톤 이래 영감은 신이 보내준 선물이었다. 어딘가 외부에서 뮤즈가 날아와 시인에게 깃들일 때, 그것을 영감이라고 불렀다. 그것이 시인을 미치게 만든다고도 했다. 사람들은 은총처럼, 그러나 시인을 미치게 하는 독(毒)처럼 영감이 어딘가에서 온다고 믿었다. 외부, 어딘가에 영감의 저장고가 있고, 거기서부터 시인에게로 어떤 기운이, 보이지 않는 기운이 흘러나오는 것일까. 이 들림, 이 광기, 그리고 이 '삐딱한 응시'는 외부의 절대적 존재자가 우리에게 시혜를 베풀기에 우리가 목마르게 기다리다가 얻게 되는 것일까. 헤겔이 말한 대로 우주가 시인에게로 품어져오는 것일까. 아니면 초현실주의자들처럼 외부의 절대적 존재자나 이성 대신에 내면의 그것 자체가 절대적 존재자의 자리를 탈환하는 것일까.

여성의 시적 발화는 여기 이렇게 존재한다고 착각하는 '나'를 통해 '나'를 무(無)로 만드는 기제, 그러나 그 기제만으로는 아무것도 아닌,

아무 말도 할 수 없는 저 바깥이라고 나는 생각한다. 저 바깥이 내게로 여릿여릿 오는 것이 아니라, 내가 나를 열고 여성성으로 들리자저 바깥이 착각의 소용돌이인 내 안에서 열리는 것이다. 그 순간 소위 영감이라는 것이 속삭이기 시작한다. 여성의 영감은 '버려짐'이다. 그 순간 나는 내가 어디 있는지 모른다. 모든 것이 아득해지고, 나는 마치 사막 한가운데에 버려져 있는 것만 같다. 먼지처럼 작은모래 알갱이들만 소용돌이친다. 나는 휘날리는 모래 알갱이들 같은불모에 휩싸여 사라져버린 나를 부른다. 나는 나와 만났다 헤어지며, 헤어졌다가 다시 만난다. 나는 온전한 정신이 들었다 사라졌다 하는사람처럼 나를 끌어안았다 걷어차며, 걷어찼다가 끌어안는다. 나는아무것도 존재하지 않는 허방으로 떨어져가며 말의 새끼줄을 스스로 생산해낸다. 그 새끼줄이 나에게서 뽑아져나와 나를 옭아맨다. 그렇게 끊임없이 새끼줄을 뽑아내지 않으면, 또는 그것에 옭아매여 있지 않으면 나는 바깥의 소용돌이에 파묻혀 미치거나 아니면 죽어버릴 것이다. 그러나 그 새끼줄을 끊지 않으면 나는 영원히 그 허방에목매달려 있을 것만 같다. 어쩌면 나는 앞으로 그 영원한 허방에서깨어나지 못하는 순간을 맞이할지도 모르겠다. 그들이 말한 대로 미쳐버릴지도, 아니 벌써 미쳐버린 건지도 모르겠다. 그 절명의 시각, 내가 나라고 믿었던 사랑과 아픔이 모두 깨어난다. 이미지라는 이름으로. 아니면 죽음이 보내온 신기루라는 이름으로. 그때 역설적으로세계가 다시 내게로 살아나온다. 시라는 이름으로. 아니면 아득한 침묵과 사막이라는 이름으로.

특히 여성시인이 '나'를 열어 '나'의 그 알 수 없는 심연의 죽음 속으로 빠지는 경험을 한다는 것은, 자신의 심연이 바로 자신의 존재임을, 시를 쓰는 작업이 바로 그 존재성을 자각하는 과정임을 깨닫는 것이다. 이때, 여성시인은 그 불모의 사막 속에서 '나'를 보내고, 모든 '나'를 불러들인다. 한 주체가 다른 주체를 비추며, 모두를 무성하게 한다. 그것은 존재의 결핍이 아니라 부재를

바늘로 만드는 조각

여기 '붉은 방'이 하나 있다. 방의 벽 일부는 철조망으로 둘러쳐져 있어 조금 열려 있는 것처럼 보인다. 철조망 틈으로 방을 들여다보면 여러 개의 낡은 선반 위에 랜턴, 초콜릿 상자, 동그란 실뭉치들이 올려져 있다. 그것들은 모두 붉은색이다. 이 외에도 〈붉은 방〉(1994)에는 붉은 호스들, 금방 몸안에서 꺼낸 것 같은 붉은 내장들, 잘린 붉은 팔들, 살아 있는 피에 오랫동안 담겨 있었는지 굉장하게 부풀어오른 잘린 붉은 손들이 엉켜 있다. 그리고 방 어디에도 물레나 베틀은 보이지 않지만, 붉은 실뭉치들이 실을 풀어 서로를 연결하며 이쪽저쪽에 촛대처럼 꽂혀 있다. 이 방은 마치 상처 입은 몸을 수선하는 방처럼 보이기도 한다. 저 핏줄기 같은 붉은 실들로

통한 무수한 존재의 발견이다. 그곳엔 아무것도 없지만, 그러나 모두 있다. 그곳을 여성시인인 내가 방문하는 것이 내 시의 궤적이다. 마치 바리데기가 저승 여행을 할 때처럼. 아니, 샤먼인 여성시인이 바리데기를 저승에서 만날 때처럼. 그때, 여성시인이 만난 바리데기는 일생을 투자해 저승 여행을 감행하고 있지만, 그것을 이승의 시간으

꿰매고 붙여서 벌어진 상처를 오므리고 기우는 작업이 한없이 진행되고 있는 방. 그러나 이 작업은 그 놓인 것들로 보아 매우 지난할 것처럼 보인다. 이쪽을 꿰맸다고 생각하면 저쪽이 터지고, 저쪽을 꿰맸다고 생각하면 이쪽이 다시 터져버리는 일이 늘 계속될 것처럼 말이다. 철조망 사이로 이 방, 이 공장, 이 불쌍한 수선실을 들여다보고 돌아서면 마치 나의 몸안을 한번 힐끗 본 것 같은 당혹감이 사무쳐온다. 끝없이 희망을 내뿜어 심장을 뛰게 해야 하는 이 삶의 지난한 게걸스러움, 붉은 실을 끝없이 뿜어내야만 날개를 가질 수 있다고 믿는 누에고치 같은 이 악착같음, 그러나 그리하지 않고는 아무런 대안도 없는 이 구차스러움.

과천 국립현대미술관에서 대규모 기획전을 개최한 루이즈 부르주아는 누구나 그 이름을 아

로 재보면 단 한 순간이라고 하지 않던가.

그렇다고 해서 여성시인의 발화를 신비주의적인 것이라고 생각한다면 그것은 오해다. 여성시인들이 자신들의 개인적인 신비 경험을 감각적 언어적 세계보다 더욱 진실한 것이라고 주장할 때 이런 오해가 발생할 여지가 있다. 만약 이 발화가 신비주의라는 그 복잡한 것 같지만 단순한 체계를 타고 지어진 집이라면, 아니 길이라면 그 신비는 어떻게 우리에게 말을 할 것인가. 아마 신비주의의 그물을 다 걷어내고 나면 아무것도 남아 있지 않을 것이다. '나'는 '나'를 알아보지도 못하고 말 것이다. 더구나 여성의 절망이나 희망, 기억, 고통은 증발하고 없을 것이다. 거기엔 인생의 외부와 결합된, 여성임을 망각한 허망한 상실만이 존재할 것이다. 신비주의는 하나의 거대

한 은유체계다. 그것은 세계를 혹은 '너'와 '너희'를 모두 타자성의 계시물로 탈바꿈시켜버린다. 그때 삼라만상은 시적 자아의 유사적 존재, 혹은 반사적 존재로 놓여 있을 뿐 절대 스스로 살아 있지 않다. 모두가 절대적 외부에 자신을 맡긴 타자가 되는 것이다. 결과적으로 그곳엔 '나'라고 불릴 수 있는 시적 화자마저 증발되고 없을 것이다. 이런 함정에 여성시인들이 자

는 작가다. 그는 천천히 작업하지만 오래 살아서 그런지 작품량도 많고, 작품 속에서 늙지도 않는 것 같다. 그의 작품들은 내가 시간이 아주 많이 남아도는 날, 그것도 가끔 펼쳐보는 화집들 속에 묻혀 있었는데, 막상 실물들을 보고 나니 그가 여성이라는 사실을, 여성이 자신의 몸에 새겨진 고통의 시간들을 형상화하고자 할 때 어떻게 사고하고 무엇을 물질적 형상으로 토해내는지를 아주 전형적으로 보여주고 있다는 생각이 다시 한번 들었다. 그 이후의 페미니즘 미술은 이제 선동적이고, 포스터적이지 않은가 하는 생각도 들었다.

부르주아는 바람둥이에다가 권위적인 아버지, 남편이 멀리할까봐 자신의 각혈마저 감추고 인내하며 살던 어머니, 아버지의 또다른 부인이었던 영어 가정교사, 성적으로 방종했던 언니,

주 빠진다. 그렇게 되면 결국엔 자기 스스로가 우주 삼라만상의 간격을 가득한 밀도로 채운 대모신으로 등극하거나 혹은 세상의 모든 틈을 메우고 체계를 새롭게 구축해버린 거대한 비극의 여자 통치자로 가상의 세계에 군림하게 된다.

전국적으로 이본이 분포하는 「바리데기」 본풀이는 우리나라에서

병적으로 포악했던 남동생과 어린 시절을 보냈다고 한다. 그의 아버지는 대규모 태피스트리 공장을 운영하고 있었는데 그는 공장 안에서 은밀히 또는 공공연하게 벌어지던 직공들의 성행위를 늘 숨어 보았다고 한다. 이런 경험들이 그의 기억에 각인되어서인지 그의 작품들 속엔 언제나 다양한 성적인 이미지가 출몰한다. 그래서인지 〈응시〉(1966)라는 제목을 단, 사람의 눈(眼) 조각은 마치 여성의 생식기처럼 보인다.

부르주아만큼 몸의 각 기관들에 새겨진 섹슈얼리티를 형상화하려고 끝없이 시도한 조각가가 있었을까. 그는 페니스, 유방, 질, 클리토리스, 자궁 같은 남녀의 성적 기관들, 혹은 양성적인 몸, 때론 합쳐지고 때론 분리되는 두 몸을 끝없이 만들어내었다. 수십 개의 유방과 페니스가

여성 무조신(巫祖神)이 탄생하는 과정을 드러내는 살아 있는 텍스트이다. 살아 있는 텍스트라는 것은 '바리데기' 혹은 '바리공주'라는 굿판에서 구송되는 무가가 전국적으로 지역마다 사십여 가지의 이본을 갖고 분포하는 것은 물론, 지노귀굿·새남굿 같은 자리에서 구송(말미)될 때, 구송하는 연희자에 따라 혹은 굿을 부탁한 단골의 인생살이, 죽음의 내용에 따라 공시적으로 통시적으로 늘 변화를 겪고 있는, 열린 텍스트라는 말이다. 지노귀굿을 시작할 때, 무당은 망자가 이 세상을 떠나 아무 사고 없이 저승에 갈 수 있다는 확신을 심어주기 위해 자신이 모시는 온갖 신들을 불러온다. 망자의 가족이 자신의 눈에는 보이지 않는 귀신들의 위력에 놀라고 있을 즈음 바리데기의 구송이 시작된다. 이때 망자의 가족은 비

로소 무당이 불러낸 망자의 목소리를 듣게 되며, 텍스트 변용의 과정중에 바로 그 망자를 데려가는 저승길 안내자가 된 바리데기의 목소리를 듣게 된다. 그리고 더이상 망자가 자신들과 함께 이승에 거주할 수 없다는 사실, 아울러 망자는 온갖 고난을 물리치고 드디어 무조신으로 등극하게 된 여자, 바리데기의 안내를 받아 저승까지 안전하게 갈 것이라는 확신을 받아들인

주렁주렁 달린 라텍스로 만든 조각을 옷처럼 입은 모델들이 벌이는 그의 패션쇼는 그야말로 남자와 여자로 나뉘어 서로를 고문하고, 서로를 향해 구원의 손길을 달라고 애원하며 고통스러워하는, 둘로 나뉜 성별의 인간들에게 해방을 선사하려는 처참한 몸짓으로 읽힌다. 이 몸짓의 연장이 그가 바늘이라는 도구를 들고 누더기 천조각으로 만들어내는 여러 작품들일 것이다. 그는 침선으로 봉합을 시도한다. 여러 개로 나뉜 머리를 한 몸으로 봉합하고, 목 없는 남녀의 사랑하는 몸을 봉합한다. 페니스와 질로 나뉜 두 종류의 기관들을 하나의 기관으로 봉합해버린다.

전시장을 돌아보면서 또하나 나의 의식 전면에 떠올라 지워지지 않는 형상은 그의 조각작품들이 품은 나선형 형상들이었다. 부르주아가 만든 작품들은 이상하게도 거의 다 내부나 외부에

다. 그러면서 드디어 죽음의 공간을 자신들의 내면 안에서 구체적으로 가시화하기 시작한다. 망자는 바리데기의 인도를 받아 구체적으로 명명된 어떤 지역들을 지나간다. 굿판의 사람들도 그 길을 따라간다. 무당에 얹힌 망자의 목소리가 이제 저승문에 도착했음을 알린다. 망자의 '알림'이 이승과 저승의 경계를 나눈다. 그리고 그가 안전하

나선형 형상들을 숨기고 있다. 나선형 형상은 그가 실제 즐겨 만드는 오브제이기도 하고, 그 작품들을 바라보는 우리의 시선의 길 속에서 저절로 생성되는 것이기도 하다.

나는 내 시가 잡지에 실리고 나면 참으로 낯설어진 눈으로 그 시를 재발견하게 되는 경우가 많다. 그 이유는 아마도 시를 잡지 같은 객관적인 장에 던져놓고 난 다음에야 비로소 내 시의 형식이 나에게 읽히기 때문일 것이다. 어쨌거나 그럴 때 나는 내 이름이 붙어 있는 시 속에서 나선형 모양의 말의 궤적을 본다. 아마도 나선형의 형식은 나 자신의 외부와 내부를 함께 드러내려는, 혹은 언어가 시간의 직선적인 흐름을 따라 발화되는 것에 대한 나 자신의 무의식적인 거부를 드러내려는 것인지도 모르겠다는 생각을 한다. 도록을 보니 부르주아는 '나선형은 혼

게 바리데기의 안내로 이승보다 더 안전한 저승, 극락에 당도했음을 고하고 가족들 곁을 영원히 떠나간다. 그리하여 죽은 이의 혼은 구천을 떠돌지도 않을 것이며, 영원히, 남아 있는 가족을 괴롭히지도 않을 것이다. 더구나 바리데기의 안내를 받고 죽음을 건너간다니 남아 있는 가족에게도 더이상 죽음에 대한 공포가 일어나는 일은 없을 것이다.

「바리데기」는 버려진 여자아이의 모티프로 쓰인 신화이다. '바리'는 버린다는 뜻 이외에, 순수 우리말인 '발'(없던 것이 새로이 일어난다)의 연철(連綴)현상이 일어난 것으로 보아, 생산적인 의미로 해석할 수도 있다. 이렇게 되면 바리공주는 생명공주, 소생공주, 생산공주가 된다.* 그러기

* 『한국무가집』, 김태곤 엮음, 집문당, 1971.

에 '바리'는 플라톤의 파르마콘처럼 독이면서 약이라는 양가적 의미를 갖는다. 이 버려진 여자아이의 이야기가 하필이면 죽음의 공간을 누빈다. 가부장제 사회의 이승은 남성들이 통치하지만, 저승은 버려진 아이 바리데기의 안내 없이는 갈 수가 없다. 어쩌면 바리데기의 저승은 여성이 만든 자기만의 비실재적인, 그러나 그녀에게는 실재적인 공간인지도 모르겠다.

란을 컨트롤하려는 시도'라고 말하고 있다. 아마도 부르주아의 여성적인 세계관이 직선적인 시간, 혹은 여성을 바라보는 시선의 직선적 폭력을 나선형으로 구부리려 한 것이나 아닌지 모르겠다.

「바리데기」는 다양한 이본이 있지만, 서사 단락의 전반부에서

'부부가 혼인을 한다.
그리고 딸아이를 여섯이나 낳는다.
그러나 일곱번째도 딸이자 부모는 그 딸을 버린다.'

라는 내용을 공통적 화소로 갖는다.

이 버려진 일곱번째 딸이 바리데기이다. 물론 '기아 모티프'는 영웅의 일생을 다루는 서사물에서 가장 흔한 모티프이다. 그러나 「바리데기」에서의 기아 모티프는 영웅신화의 통과의례적 성격을 넘어서는 문제를 제기한다. 그것은 그 아이가 여자아이라는 이유만으로 버려졌다는 사실이다. 이것은 바리데기의 기아 모티프가 가부장제하의 여성적 조건을 드러낸 것이기도 하지만, 버려진 존재로서의 여성이 자신의 여성성을 인식하거나 혹은 자신도 여자이면서 여자아이를 버릴 수밖에 없는 실존적 상황에 대한 인식, 그 비참의 공감대에서 발생하는 사건임을 보여준다.

여성시인의 발화는 이 지상에서 버려진 존재로서의 자신을 유일하게 생산적인 것으로 치환시켜주는 기제이다. 동시에 버려진 아이를 끌어안고, 그 버려진 아이를 양육해야 하는 존재로서의 자신을 확인시켜주는 기제이다. 혹은 죽은 아이를 살려내는 여행을 날마다 감행하는 샤먼처럼 '살아 있는 죽음' 속으로 스스로 떨어져가는 행위를 일컫는 말이다. 그러기에 여성시인의 발화는 남성시인의 관념적인 죽음의 응시, 그 투명한 공간으로의 여행과는 다른 공간으로의 여행을 감행하게 하는, 날마다의 '들림'을 일컫는다. 여성시인이 바라보는 죽음, 혹은 무(無) 속에는 언제나 무언가가 들어 있다. 동양 철학이 궁구하던 무(無) 속에 '절대적인 없음'은 존재하지 않듯이. 여성적 발화가 끌어당겨서 홀려가는 여행의 공간 속에서는 언제나 버려진 아이의 울음소리가 선명하게 메아리친다. 그 순간, '나'의 죽음은 죽음을 초월해 저 너머로 간다. 저 너머에 있는 죽은 아이인 또다른 '나'를 만나러.

브레이크 없이 달려가는 기차에 탄 것처럼, 혹은 고층빌딩에서 추락하는 것처럼 저 너머로, 저 너머로 가고 있을 때, 갑자기 나의 고착된 정체성을 파괴하는 버려진 아이의 울음소리가 들리고, 나는 알 수 없는 허방의 미궁 속으로 추락한다. 그 순간 나는 버려진 아이라는 타자이며 버려진 아이라는 자신이다. 이때, 모든 것이 증발하고, 시간의 모래들이 흩날리며, 의미의 빛은 가물가물해지고, 세계는 스스로의 심연을 열어 주체와 객체를 해체하며 저 바깥이 되어버린다. 저 바깥, 고독한 장막 저쪽에 버려져 죽은 아이가 있다. 나는 나인 그 아이에게 가고자 한다. 죽은 아이는 시의 힘을 통해 나를 맞아들이려 하는 것처럼 보인다. 나는 끊임없이 속삭인다. 나의 침묵조차도 말한다. 나의 온갖 구멍이 아이를 품지 못해 안달한다. 나는 조금 더, 조금 더 죽고 싶어 안달한다. 그럴 때마다 아이는 더 멀어지는 것처럼 보인다. 아이는 포근한 죽음처럼, 나에게 깊이로의 무절제한 경험을 요구한다. 그러나 내가 시쓰기를 마친 순간, 아이는 다시 봉해진다.

나는 지금도 바리데기의 연희 공간에서 다르게, 또 다르게 생산되고 있는 바리데기의 텍스트, 그 무수한 이본들의 이본 중 하나, 그 이본의 또다른 갈라진 텍스트 중 하나를 탄생시켰다. 또하나의 바리데기가 죽살이했다. 그러나 아이는 재빨리 자기 자리로 돌아가버렸다. 아무것도 쓰이지 않은 흰 종이가 나를 맞는 날이 계속된다. 나는 내가 만나고 온 나의 부재에 치를 떤다.

어딘가 저멀리 내 속에서 또 아이가 운다. 여성적 발화가 차오른다.

장소
—그 여자가 서역으로 간 까닭은

나는 여성주의적 사유를 하는 여성시인들의 시에서 발견되는 샤먼
적 주술 혹은 응시의 공간, 시선, 리듬, 문체에서 무가적 요소를 많이
읽어왔다. 더구나 나는 여성들의 텍스트를 접할 때마다 여성들의 내
면 깊이에서 메아리쳐오는 그 버려진 여자아이의 구슬픈 목소리를
들어왔다.

　나는 여성시인들의 시가 근대 이전의 여성문학이라고 취급되어
온 규방가사, 시조, 내간, 전기적 수필보다는 차라리 채록되기 전에
는 입에서 입으로 은밀히 전수될 수밖에 없었을 속요, 작자 미상의
고대가요 혹은 여성무가인 「바리데기」와 더 많은 접속성을 갖고
있다고 생각한다. 여성시인들의 시와 친연성을 갖는 이러한 노래
들은 '문자화'를 피함으로써 오히려 그 안에 여성의 은밀한 욕망이
나 여성적 교류의 자리를 더 쉽게 마련할 수 있었을 것이다. 더구

나 무가는 그 향유층과 창작 과정, 산포의 궤적을 생각해볼 때, 여성시의 미래의 바람직한 모습까지도 제시할 수 있을 것이라고 생각한다. 무가는 여성들에 의해, 여성들을 위한 의례에서 성장해왔다. 그러나 여성무가에는 그때그때 상황에 따라 가부장제의 이데올로기에 침식당한 흔적이 많다. 그럼에도 무가엔 여성들의 의식적, 무의식적 욕망과 경험이 너무 많이 들어 있다. 하나의 무가는 같으면서도 다른 또하나의 무가를 잉태한다. 하나씩의 같으면서도 다른 무가 속엔 같으면서도 다른 여성의 경험이 부가되고, 또다시 만들어지고 해석된다. 그 하나씩의 다른 이본들 속에서 하나씩의 여성 주체가 솟아오르고, 그 주체의 경험적 내용이 정치성을 노정한다. 그러므로 수많은 바리데기 텍스트의 각기 다른 여성 주인공들은 그 노래가 불리는 현장에서 여성적 담론의 실천을 은밀히 도모하게 된다. 나는 바리데기의 그 수많은 텍스트, 그리고 그 다양한 산포의 모양을 좋아한다.(나의 이 글쓰기도 그런 모양이 되길 바란다.)

바리데기는 다른 영웅신화에서처럼 태어나자마자 유기된다. 바리데기는 짐승 우리, 뒷동산, 뒤뜰, 용늪, 피바다 등에 유기되는데 그 유기가 일회에 그치는 것이 아니다. 시냇물, 황천강, 피바다, 동해, 청천강 등을 거쳐 깊은 산골이나 산굴과 같은 장소에까지 세 차례의 지독한 유기를 당한다. 이렇게 버려진 바리데기를 학과 까치와 거북, 바리공덕 할미와 할아비, 수궁용왕이나 산신, 부처 등등이 양육한다. 혹은 부모가 다시 데려가 구박하며 길렀다고 하는 이본도 있다. 어쨌거나 바리데기는 자신이 부모 없는 아이인 줄 알고 자

란다. 바리데기가 버려
지는 장소는 비현실적
공간이며, 바리데기를
양육하는 자는 모두 비
현실적인 인물이다. 바
리데기가 버려진 공간
은 모두 무덤이 만들어
지는 장소이거나 아니
면 죽은 이를 몰래 유
기할 수 있는 장소이
다. 그래서 양육자들이
아이를 발견했을 때,
버려진 아이의 이목구
비에서는 벌레들이 쏟
아진다.

태양 지우개님이 싹싹 지워주실 나의 하루

거울에 혀를 대본다. 비릿하다. 이 거울을 밀면
순간적으로 저 거울 속의 여자를 제치고 지금
내게는 보이지 않는 저 세상 속으로 사라질 것
만 같다. 거울을 세차게 다시 밀어본다. 혀를 다
시 대본다. 비릿하다. 거울에 이마를 대고 있어
본다. 여기 이렇게 서 있는 존재, 이 무거운 존
재가 나인가. 그렇다면 거울 속의 저 여자는 누
구인가. 어제는 어디로 갔는가. 내일은 어디로
갔는가. 나는 과연 어디 있는가.

바다는 무서웠다. 한 십 리쯤 걸어가면 거기
바다가 있었다. 바다 앞에 서면 언제나 바다는
내 키보다 높은 곳에 우뚝 서서, '너를 기다렸다'
고 으르렁거렸다. 나는 무서워서 숨이 멎었다.

> 잠겼던 함 문이 열리거늘
> 아이를 굽어보니 입에는 왕거미 가득하고
> 귀에는 불개아미 가득하고
> 허리에는 구렁배암이 감겨 있어
> 양연수 나린 물에 거슬러 씻기시고.[•]

• 「바리공주」, 『한국무가집』, 김태곤 엮음, 집문당, 1971, 70쪽.

지금도 그 증세는 사라지지 않았다. 바다 앞에 가면 나는 내 몸에게 숨쉬는 법을 다시 가르쳐줘야 한다. 눈물을 흘리며 집을 뛰쳐나가는 엄마를 따라갔다. 종종걸음으로 어딘가를 향해 뛰어가는 세상에서 제일 아름다운 엄마의 시린 치맛자락. 그 치맛자락이 소나무 숲 사이를 지나 바다에 이르렀다. 나는 숨이 따악 멈추어진 채 소나무 등걸을 끌어안고 바다의 리듬에 따라 어깨를 들썩거리는 엄마를 훔쳤다. 나는 그 거리의 유일한 이층집에 살고 있었다. 외갓집이었다. 옆의 전매청 건물에서 올라온 포도나무 등걸이 아래층 지붕에다 포도알들을 올려놓고 햇빛에 익히고 있었다. 밤이면 나 혼자 일본말로 된 책이 가득찬 이층에 누워 있었다. 젖이 말라버린 엄마가 동생에게 암죽을 끓여주려고 널어놓은 백설기들이 달밤에 하얗게 빛나는 복도를

바리데기를 기르는 양육자는 십장생처럼 죽음을 최대한 연기(延期)할 수 있는 동물들이거나, 혹은 죽음과 삶을 건너다니면서 살 수 있는 인물들이다. 이러한 사정들로 보아 우리는 바리데기가 '죽음' 속으로 버려졌음을 읽을 수 있다. (그러나 이본들 중 어느 것도 바리데기가 죽음에 처해졌다고 직접적으로 말하지는 않는다. 그렇게 말하면 신화가 아니다.)

쫓겨난 바리데기의 여정은 당시 여성들의 심층에 자리한 여성의식이라는 기의가 표층화되는 과정으로 읽을 수 있다. 이를 통해 우리는 당시 여성들이 자신들의 태어남 혹은 살아감의 여정을 '죽음'의 여정으로 인식하고 있었음을 알 수 있다. 바리데기 텍스트 안팎의 여성들은 자신들의 삶과 죽음의 두 차원을 분리되지 않는 현실감 속

에서 받아들인다. 사는 것이 죽는 것이고, 죽는 것이 사는 것이라고 받아들인다. 어쩌면 사는 것보다 죽는 것이 낫다고 생각했는지도 모르겠다. 그런 생각이 오히려 죽음 장소에 대한 공포와 불안을 무시하고 배제할 수 있게 해주었을 것이다.

이러한 생각하에서 우리나라 여성시인들이 현실의 질서, 제도 밖의 다른 차원, 혹은 현실의 균열 뒤를 표현하기 위해 환상의 장

앞에 두고 나는 누워 있었다. 아래층에서는 외할아버지의 커다란 괘종시계가 집안을 걸어다니고 있었다. 밤마다 나는 파도 소리를 들었다. 어느 땐 내 몸안에서 파도가 끓었다. 내 귓바퀴 밖으로 끓어넘치는 바다가 쏟아질 것 같기도 했다. 자꾸만 침이 나왔다. 낮이 되어서는 침을 뱉느라 걸음을 옮길 수 없게 되었다. 조회 시간마다 픽픽 쓰러졌다. 노란 바다가 나를 덮친다고 생각한 순간, 그만 의식을 놓기 일쑤였다. 지금도 알코올이 너무 많이 내 몸안에 들어가면 갑자기 머릿속에서 노란 파도가 출렁거린다. 아주 오랜 시간이 지나서야 외할머니는 내게 결핵성 늑막염이 재발했다는 것을 알았다. 그리고 내 몸안에 들어와 밤마다 출렁거리던 파도는 영양실조에 의한 환청으로 판정되었다.

소를 현실 공간에 즐겨 겹치고 있는 이유를 설명할 수 있겠다. 여성시인들의 시에 내재한 환상적 장소는 비현실이라는, 혹은 반현실이라는 개념적인 것에 바탕한 것이 아니라 버려진 아이들의 무의식 속에 바탕한 또하나의 심리적 현실을 구축한 공간이라고 설명할 수 있다. 여성시인들은 자신의 사라진 정체성을 표현하기 위해 장소 이미

아침 커피는 '어젯밤'을 압착기에 넣고 눌러 짠 모습 그대로 내 앞에 놓여 있다. 불면의 밤은 사라지지 않고 이렇게 뜨겁게 응축되었다. 나는 오늘 아침, 나의 불면이 들어찬 잔을 들어서 마신다. 그러자 내 몸안에 남아 있던 잠을 부르던 불쌍한 여자가 슬며시 자리를 뜬다.

바람이 내 몸안을 돌게 해야겠다. 〈Perfect Love〉로 시작하는 테이프를 카세트에 꽂는다. 집이 있는 샛길을 벗어난다. 시동을 걸 때부터 나는 노래가 불어주는 바람에 녹기 시작한다. 이 테이프엔 살갗을 스치는 바람과 몸을 두들기는 바람과 등을 떠밀어 공중에 내 몸을 던지는 바람과 햇볕 속에 숨어 길게 몸을 누인 채 지그시 응시만 하는 나른한 바람과 〈Ruby Tuesday〉의 반짝이는 바람이 모두 들어 있다.

지를 조작하고 그 조작된 이미지 속에서 새로운 존재 상태로 변화한 자신의 목소리를 이끌어낸다. 그래서 여성시인들은 세계의 벌어진 틈 앞에, 그 죽음의 균열 앞에 독자를 데려다 세우게 된다.

바리데기는 아버지의 병 혹은 죽음을 구제할 약수를 구하기 위해 저승 혹은 서천서역국으로 여행을 떠난다. 서천서역국은 바리데기가 황천강에서 돌아온 일상공간과는 또다른 비일상공간이며, 일상공간에서 일어난 여러 가지 생명에 대한 제약을 풀 수 있는 열쇠들이 숨어 있는 곳이다. 이 공간에 설정되어 있는 만상과 인물들은 모두 영구 지속되는 생명성을 지니며, 시간도 일상세계와는 달리 흐른다. 그곳에서는 일 년이 하루며, 이 년이 이틀이며, 삼 년이 사흘이다. 그곳에서 일 년을 지내고 이곳에 오면, 겨우 하루가 지나갔다고 한다. 한 평생 살고 나오면 겨우 몇 나절 지났을 뿐이라고 한다. 아마도 그곳은 시간이 이곳에서처럼 균질하게 흐르는 곳이 아닌가보다. 그곳은 이곳과 시간의 계열이 다른 곳인가보다. 그곳에서는 이곳에서 생각하는 선행, 후행의 시간관념이 없기도 하거니와 모든 사건이 동시적으로 일어날 수도 있다. 보르헤스의 '보이지 않는 시간의 미궁이라는 책'(「끝없이 두 갈

바람이 자동차 안에서 불다가 잦아들다가 다시 분다. 이 바람은 점액질이다. 나는 바람 속에서 녹는다. 나를 녹이면서 자동차는 한강을 지우고, 제3터널을 지운다. 나는 강을 어떻게 건너고, 산속을 어떻게 지나고, 차선을 어떻게 바꾸었는지 아무것도 기억하지 못한다. 자동차에서 내려 사무실이 있는 건물 안으로 들어서려면 내 몸을 다시 고체로 재생시키고 굳혀야 한다. 나는 점액질의 몸을 다시 단단한 교수의 육체로 조립해야 한다. 차에서 내리기 싫다. 그냥 녹은 채 머무르다 어딘가로 스며들어가고 싶다. 장미꽃다발 속 같은 곳으로.

연구관 2동의 여름에도 을씨년스러운, 구석진 강의실에서 나는 시인의 감지의 시각들, 거리 조정에 대해서 말한다. 나이가 많은 여학생

래로 갈라지는 길들이 있는 정원」)에서처럼. 그래서 그곳에서는 시간과 공간의 균질적 구분이라는 제약을 벗어나 영원히 먼 그곳—먼 미래에서, 먼 바깥에서 자신의 존재를 볼 수 있게 된다. 혹은 일상세계를 오히려 더 리얼하게, 리얼함 그 자체로 살 수 있게 된다. 그래서 우리는 그곳에서만 시간적 제약의 극한적 상징인 이곳의 죽음을 일깨울

이 묻는다. "교수님, 그것도 자꾸 하다보면 느는 건가요?" 벽에 매달린 선풍기들이 검은 봉지를 뒤집어쓰고, 그 질문에 웃어대는 학생들과 나를 내려다보고 있다. 한참 있다가 나는 한 남학생에게 "그녀가 비처럼 온다는데, 그녀의 어떤 모습, 어떻게 오는 모습을 말하려는 거니?" 하고 묻는다. 그러자 남학생이 한참 고개를 숙이고 있다가 대답한다. "단두대처럼 오는 거예요." 모든 학생이 박장대소하는데 남학생의 표정은 자못 어둡다. 나는 여러 가지 언술 방법의 차이에 대해서도 떠들기 시작한다. 그런데 그 예를 무너지는 백화점으로 든다. 설명을 하면서 괜히 이런 예를 들기 시작했다고 마음속으로 후회한다. 그러나 늦었다. 나는 분홍색 백화점이 주저앉는 장면을 입으로 묘사하기 시작했다, 이미. 사람들이 구덩이 속으로 던져지기 시작했다, 이미.

약수(藥水)를 구할 수 있다. 그 약수가 바로, 저 바깥의 상징물이며, 문제를 해결해줄 저 바깥의 선물이다. 다시 말하면, 그곳(그러나 텍스트의 내부)에서 일어나는 사건들 속에는 이곳에서는 경험 불가능한 다양한 시간 경험들이 들어 있다. 그곳은 영원하므로 순간적이라고밖에는 명명할 수 없는 곳이면서, 원형들의 재분배가 이루어진 세계이고 펼쳐진 시간이 동시적으로 존재하는 곳이다. 그 세계로 가는 것은 죽음의 세계, 부재에 몸을 내맡기는 위험한 일을 감행하는 것이지만 그 일은 일회적인 사건으로 끝나지 않고, 반복적이고, 끝없는 부재에의 참여를 요구한다. 이 부재 하나 영원한 시간에의 끝없는 참여, 시의 시간 속에서 우리는 영원의 영상 안에 있다. 영원의 영상은 지금 여기에 없지만 그러나 지금 여기에 순간적으로 있다. 순간의, 순간의, 순간으로 시의 시간이 영원하다. 그것을 서사적으로 주욱 잡아당기면 서천 서역국의 내레이션이 될 것이다.

죽음에의 중단 없는 참여가 여성시인에게 시작(詩作)을 하도록 독려한다. 여성시인은 출발선상에서 자신 속에 버려진 아이의 울음소리를 들으며 스스로 버려짐을, 스스로 죽음을 매번 다시 반복한다. 그러므로, 늘 죽음

내 이름을 누군가 부른다. 전화를 받으라고 한다. 방학 동안 땀흘리며 썼던 글을 책에 넣을 수 없단다. 다른 사람들은 신변잡기로 썼는데, 나는 정공법으로 썼기 때문에 내 글은 뺀단다. 그래, 잘은 모르지만 우리나라에서 나는 '정공법' 쓰는 것 때문에 망하는 중인 건 틀림없다. 내가 동아일보 신춘문예 평론 부문 상을 받으러 갔을 때, 나는 대학 4학년짜리였다. 기억도 할 수 없는 어떤 선생님이 내게로 다가오더니 "아니, 식모 이름으로 어떻게 평론가를 해먹어?" 했다. 그 이름을 아직도 사람들이 부른다. 나는 집에서 내 이름에 얽힌 이야기를 자주 말한다. 원래 아버지가 내게 지어주신 이름은 '김정경'이었다. 그런데 할아버지가 호적에 올릴 때 마음대로 바꾸셨다고 들었다. 나의 딸이 내 이름을 '캡숑 킴'으로 바꾸란다. 캡숑과 킴 사이

속에 있음으로써 죽음에 처한 아버지를 살려내러 갈 수 있게 된다.

우리는 우리의 빈 곳 때문에 살아갈 수 있다. 도로를 질주하는 동안, 앞에 가는 차가 달리면서 비켜주어 내가 앞으로 달려갈 수 있듯이 말이다.(속도가 그 빈 곳을 채우는 데 열심이긴 하지만.) 만약 너와 나 사이에 빈 곳이 없다면 우리는 살아갈 수 없다. 서로에게 질식해 이

에는 자기가 아는 좋은 뜻의 형용사가 A4용지로 10장쯤 들어간단다. 이를테면 ultra, great, beautiful, famous, intelligent 같은 단어 말이다. 그래서 누군가 내게 이름을 물으면 '캡쑝' 하고 A4용지 열 장을 내밀고 '킴'이라고 하란다. 아무래도 세미나에 갈 때는 명함만한 트렁크를 들고 가야 하지 않을까.

목소리가 들린다. 밖에서 들리는가 하고 주위를 살펴보지만, 내 안에서 내 밖으로 나가지 못하는 목소리가 있다. 나는 너의 목소리를 내보내지 않고 내 속에 꽁꽁 넣어두는가보다. 우리의 감각 중에 가장 리와인드를 잘하는 것이 청각이다. 심안(心眼)이라는 것이 있다는데, 심이(心耳)라는 것도 있나보다. 나는 책을 읽듯이 너의 목소리를 읽는다. 읽은 데를 다시 읽고 또

미 죽어버렸을 것이다. 그리고 영원히 다시 태어나지 말기를 빌고 또 빌었을 것이다. 누군가 삼쌍둥이처럼 붙어 있던 우리의 몸을 칼로 베어주었기 때문에 우리는 우리를 서로 사랑할 수 있게 되었다. 이렇게 너와 나 사이의 빈 곳이 우리를 각자로 존재하게 하고, 그 빈 곳이 우리를 다 파먹어, 장차 우리를 세상에서 영원히 사라지게 해줄 것이다. 빈 곳이 우리를 사랑하게 하고, 빈 곳 때문에 우리는 미워한다. 내가 너를 사랑하자, 역설적으로 너와 나 사이의 이 '빈 곳'이 말할 수 없이 무겁다.

　노자는 태초에 그렇게 붙어 있던 너와 나를 칼로 쪼개는 것을 만물의 시(始)라고 하였다. 옷을 만들려면 가위를 들고 천을 쪼개야 하듯이 만물은 쪼개짐, 그 텅 빈 곳의 창조로 시작된다고 한다. 마치 한

개짜리 세포가 두 개짜리 세포가 되고 또 그것으로 생물의 번성이 시작될 때처럼, 쪼개짐이 없으면 만물은 생겨나지도 않았을 것이다. 그러기에 허공은 우리를 존재하게 해주는 고마운 터전이며, 우리가 연기(緣起)의 새끼줄놀이를 지속할 수 있게 해주는 새끼줄 속의 지푸라기 한 가닥이다. 생명의 새끼줄은 있는 것과 없는 것의 씨줄 날줄로 짜인다. 삶과 죽음도 이와 같다.

읽는다.

병(病)은 답장이다. 상대방은 보내지 않았는데 나는 답장을 받는다. 학교에 가지 않고 내가 책을 읽고 있다. 책 말고도 종이에 글씨가 쓰인 것은 모조리 갖다놓고 읽는다. 그것이 어떤 것이든 글자만 있으면 나는 모조리 읽는다. 읽고 또 읽는다. 고기를 싸온 종이도 읽고, 창밖을 내다보며 간판도 읽는다. 아파서 학교에도 못 가고 책만 읽는다. 친구네 집에서 정음사, 을유문화사 세계문학전집을 빌려다 놓고 모조리 읽는다. 얼마나 번역이 잘못되었는지, 좋은 작품인지 그렇지 않은지, 그런 것은 따져보지도 않고 모조리 읽는다. 전후 세계문학전집도 읽고, 백과사전도 읽는다. 아픈 내 몸은 읽지 않고, 책만 읽는다. 내 병실의 옆 침대에서 처녀가 죽는

만약 내가 영원히 죽지 않는다면, 그리고 너도 영원히 죽지 않는다면, 결국엔 아무도 살아 있지 않은 상태가 될 것이다. 우리는 죽음 때문에 살아 있다. 시몬 드 보부아르와 버지니아 울프가 쓴 「모든 인간은 죽는다」와 「올란도」는 모두 몇백 년을 죽지 않고 살아 있는 인간을 주인공으로 삼고 있다. 그들은 죽지 못함으로, 아니 그들 생애 동

다. 그녀는 남의집살이를 하던 중에 이층 유리를 닦다 떨어져 병원에 실려온 고아 처녀였다. 처녀가 죽은 날도 나는 책을 읽는다. 복학하고 나서도 수업시간에 들어가 강의는 하나도 안 듣고, 이제는 도서관의 책들을 읽는다. 그러다가 아픈 몸이 소리를 내지르기 시작하자, 들을 수조차 없을 만큼 공포에 찬 비명을 내지르기 시작하자, 그것이 내 몸이 나에게 내지르는 답장이라고 생각하자 나는 아픈 내 몸을 읽기 시작한다. 내 몸이 나에게 쓴 답장을 읽는다. 그러자 병이 낫고 나는 책 대신에 영화를 보러 다닌다. 친구도 없고 선배도 없고 나는 혼자 영화나 보면서 돌아다닌다. 딴 세상에 있다가 혼자 어두워진 거리로 뛰쳐나온다. 밖이 어두워지지 않았으면 극장으로 다시 들어가 본 영화를 또 본다. 가끔 다른 학교 도서관에 가서 미술전집을 보기

안 죽지 못함으로, 한 생애 한 생애 살아낼 때마다 지상에서 가장 불행하고 가장 고독했다. 그들은 그들의 문제를 해결해줄 담론적 고안물들인 신화적 인격을 습득할 빈 공간, 죽음이 없었다. 말하자면 그들에겐 돌아갈 빈 곳이 없었다. 그들의 소설을 읽으면서 독자들은 자신들이 모두 앞으로 죽게끔 예정되어 있다는 것이 이 지상에서 가장 행복한 일임을 절감하지 않을 수

없었을 것이다. 이렇게 천번 만번 환생했지만 나의 이전 자아들이 다 죽어주었다는 사실이 얼마나 고마워해야 할 일인지 알게 되었을 것이다.(왜 여성소설가들은 자신들의 자아, 혹은 어떤 연속성이 죽지 않을까봐 겁내는 소설들을 창작했을까.) 그래서 우리는 텍스트 안에 죽음의 공간을 상정해놓고, 죽음이 영원히 죽지 않는 곳을 천당이나 지옥이라

는 이름으로 부르면서 그곳엔 아무것도 죽지 않고 모두 살아 있었다라고 말하는 것인지도 모르겠다. 그곳들, 죽음만이 영원히 살아 있는 곳으로 간다는 것은 영원히 죽지 않고 살아 있으라는 형벌을 받는 것과 같다. 그러나 죽음이 내 삶 곁에 존재하므로, 나는 여기 살아 있다라고 말할 수 있고, 죽음이 살아 있으므로 나는 유한한 존재라고 엄살을 떨 수도 있는 것이다.

도 한다.

딸기주스를 마시면서 우리는 새로운 민중에 대해서 떠든다. 한 친구가 말한다. 인터넷이라고 다 열어놓은 것 같지만 사실 들어가보면 비밀 ID를 요구해. 안식년 받아서 미국 대학 기숙사 좀 빌려서 한 일 년 살려고 했더니, 여기선 안 되더라고. 더이상 들어갈 수 없어. 미국이 아주 심해. 겉으론 다 열어놓고 사는 척하지만, 끼리끼리 해먹는 게 유행인가봐. 새로운 지역주의가 탄생하는 거야. 또 한 친구가 말한다. 우리나라에선 상대적 선택도 할 수 없게 만들어. 지난 선거 때 봐. 상대적 선택을 할 수도 없는 지경이었어. 나, 그래서 투표 못 했어. 또 한 친구가 말한다. 독자를 믿을 수 있어? 제 안의 문학이 시키는 대로 가는 거지 뭐. 우리는 인터넷 민주사

바리데기가 방문하는 서천서역국은 삶 안에 존재하는 죽음의 장소다. 살아 있는 사람들은 샤먼이 중개하는 지노귀굿중에 바리데기의 죽음을 구체적으로 여행함으로써 비로소, 자신들이 죽음 안에 살아 있다는 것을 알게 된다. 바리데기의 아버지인 오구대왕도 마찬가지였을 것이다. 그는 죽음으로 죽어 있었다. 그때, 바리데기가 구해

회라는 이름하에 새롭게 생성되는 수많은 괴물들의 정체를 밝혀보려고 안간힘을 쓰다가 딸기주스를 한 잔씩 더 청해 마시고 각자의 집으로 저녁 지으러 간다.

몸은 박동이다. 내 몸은 나를 초월해 은근히 자신을 증명하기를 좋아하는 것 같다. 저 혼자 움직여, 한 달을 주기로 순환한다. 그렇다고 늘 같은 궤도를 그리지도 않는다. 몸은 저 혼자 고동치면서, 제 프로그램대로 움직여간다. 내가 나를 초월하는 것이 아니라 내 몸이 나를 초월해간다. 나는 생각지도 않다가 내 몸이 우는 소리를 듣기도 한다. 내 몸이 어떤 간절함으로 스스로 울 때는 나도 어쩔 수 없다. 내 몸이 우는 소리를 듣고 있는 수밖에. 아니면 내 몸을 위해 나도 우는 수밖에. 수화기를 내려놓고 나는 운

온 약수이면서 바로 그 깨달음의 선물인 독이 그를 죽음 안에서 살렸다.

노자는 그렇게 살아 있는 죽음을 무(無)라고 하고, 그것을 현빈(玄牝)이라고 명명한다. 현빈의 현은 감은 것, 검은 것이다. 그것은 눈을 감아서 온통 검은, '죽음을 감행한 상태'를 일컫는다. 왕필(王弼)은 현을 사물의 지극함, 꾸밈을 벗어버린 상태라고 하였다. 빈은 여성의 생식기, 자물쇠의 입, 골짜기(谷)의 시니피앙이다. 바리데기가 가는 그곳, 죽음을 통하여 여행하는 그곳은 여성적 공간으로 빈 곳이다. 현빈이다. 빈 곳이 있어 만물은 살아 있고, 물질은 존재한다. 그 어두운 자궁 안에 모든 생명의 가능성이 다 들어 있다. 그곳에선 가부장제라고 하는 남성중심주의가 깨어지며, 만물의 동일성이 깨어진다. 그곳에선 "몸이 외

면화되지만 그 몸이 보존된다"(外其身而身存, 『노자도덕경』 7장).

바리데기는 살아 있는 사람이라고 하는 실제적인 한계를 넘어서, 존재하는 자가 되기 위해 스스로 존재하기를 멈춘 여성의 상징이다. 그러나 그녀는 자신의 죽음에서 벗어나 온통 미래인 그곳에서, 미래의 극한에서 죽었기 때문에, 여전히 살아 있다. 여성 무속인들이 그녀를 기리는 노래를 죽은 사람 앞에서 불러

다. 자동차를 타고 집으로 가면서도 운전대 위에다 눈물을 떨군다.

다시 **몸**. 파도가 밀려왔다. 처음엔 한 시간에 한 번씩, 그러다가 삼십 분에 한 번씩, 십 분에 한 번씩. 다시 그러다가 점점 빨라져서 나중에는 삼 초에 한 번씩. 나는 내 몸의 프로그램이 진행하는 대로 내버려둘 수밖에 없었다. 나는 무언가를 기다리고 있었다. 내가 명령하지 않았는데도 몸은 나를 파도에 담갔다 꺼내기를 반복했다. 몸은 스스로 열었다 조이며 다시 퍼졌다. 그리고 스스로 자신의 한계를 무너뜨렸다. 나는 바다보다 넓어지고, 번개보다 좁아졌다. 나는 가을하늘처럼 비었다가 천둥처럼 꽉 찼다. 그리고 나는 나의 이 시간 이전의 삶 모두를 잊었다. 모든 것을 정리했다. 나는 더이상 그렇고 그

준다. 죽음으로써 살아 있으라고. 살아남은 사람들이여, 죽음이 우리 안에 있고, 그것이 곧 삶이라고. 여성시인들 또한 그러한 노래를 부른다. 우리 안에 살아 있는 죽음 속으로 여행 가보자고. 그곳을 여행하는 것이 바로 실존적 경험을 하는 것이라고.

그렇다면 신화시대의 여성들은 바리데기의 저승 여행에 동참해

런 여자가 아니었다. 나는 땀으로 범벅이 된 채 정화되었다. 나는 내 몸이 스스로 만들어낸 폭력의 정점에서, 공포의 정점에서 새로 태어난 나를 보았다. 딸이었다. 나는 내가 흘린 피 위에 새로 태어나 누워 있었다. 나는 나를 강보에 싸서 소중히 안고 통쾌하게 웃었다. 내 무덤을 열어 젖을 먹였다.

자동차 안에서 핸들을 쥔 사람들이 모두 퇴근길 정체 속에서 앞만 바라보고 있다. 저 앞에 극장이라도 있는가보다. 모두 앞을 뚫어져라 바라보고 있다. 나도 그 영화를 본다. 어제도 봤지만 지독히 재미없는 영화다.

닭다리 열 개가 채반에 씻어져 있다. 그 다리에 간이 배라고 소금과 후추를 뿌려둔다. 조금

자신들의 실현될 수 없는 욕망을 충족하려 한 것일까. 아니면 버려진 아이인 스스로를 위로하고, 감수하려 한 것일까. 나는 반대로 버려진 아이인 자신들이 평생 그것을, 버려진 아이인 여성임을, 그 아픈 자각을 끌어안고 살아 있으려 했던 것이라고 생각한다.

여성은 오히려 자신들이 버려진 아이로서 살게 된 것을, 자신들이 죽은 아이가 된 것을, 그렇게 버려짐을 살아 견디려 한다. 그 안에서 여성적 공감이 일어나고, 그것이 어이없게도 버려진 아이가 버려진 아이를 오래도록 기르게 한다. 그 길러내는 과정이 저승 여행이다. 그러기에 바리데기는 저승 여행중에 온갖 여성의 노동활동(빨래하기, 아이 낳아주기 등등)을 감내하는 것이나. 나는 바리데기의 서천서역국은 버려진 여성이 버려진 여성을 기

르려는 욕망을 드러내고, 무대화한 공간이라고 보고 싶다. 그러한 욕망이 여성들로 하여금 여성적 텍스트를 생산하게 한다. 아니다, 그 텍스트가 욕망을 향하여 간다. 그러한 욕망의 무대가 바로 일상세계와 수평적(한국 무속에서 저승은 천당처럼 수직적 공간이 아니다. 저승은 수평적 공간에 있다. 그래서 죽은 자들은 저승으로 수평적 이동을 한다고 한다. 사자는 지옥으로 내려가거나

있다간 아주 얇게 튀김옷을 입힐 것이다. 닭다리만 보면 채만식의 소설 한 구절이 생각난다. 서울 거리를 활보하는 신여성의 다리를 보고 치킨카츠라고 불렀던 그의 식욕(?)을. 나는 이 닭다리 열 개를 뜨거운 기름에 넣고 튀길 예정이다. '튀김'이란 말 속엔 열과 기름과 거품이 튀어오르는 소리가 들어 있다. 우리는 '너, 나 볶아먹을 작정이냐?'라고는 하지만 '너, 나 튀겨먹을 작정이냐'라고는 하지 않는다. 튀기면 너고 나고 간에 피차 모두 사라지기 때문이다. 나는 튀김솥의 온도를 올린다.

밤이라는 이름의 텅 빈 공허를 안고 나는 잠든다. '내가 들어줄게' 하고 내가 무거운 짐을 든 밤에게 말했더니, 밤이 '싫어, 싫어' 하고 완강하게 고개를 젓는다. 나는 공허를 안고 돌아눕는

천당으로 올라가지 않는다*)으로 존재하게 만들어놓은 서역이다. 바리데기가 수평적으로 공간을 이동한다는 것은, 천당이나 지옥이 일상세계와 다를 바 없는 경험을 공유할 수 있는 공간이고 그 공간에 거주하는 인물들도 일상세계의 인물과 다를 바 없다는 것을 암시한다.

* 홍태한, 『서사무가 바리공주 연구』, 민속원, 1998.

다. 왜 우리는 날마다 태초를 다시 시작해야 하고, 날마다 종말의 셔터를 내리고 다시 돌아가 기나긴 종말 이후의 나날을 견뎌야 하는지. 그리고 태초를 다시 시작하려고 그 긴 기체 별의 나날들을 견뎌야 하는지. 잠자도 잠잔 것 같지 않고, 깨어 있어도 깨어 있는 것 같지 않다.

이러한 사실은 역으로 여성의 일상적 경험 안에 서천서역의 천당과 지옥이 현재적으로 존재하고 있다는 생각을 드러내는 것이기도 하다.

서역에서도 일상적 여성노동이 과도하게 펼쳐지기에, 그곳은 안도 아니고 밖도 아니다. 안도 아니고 밖도 아닌 그곳이 여성 텍스트의 공간이다. 나는 바리데기에서 표출되는 여성의식을 『노자도덕경』 10장에서도 읽는다. 나는 아마도 『노자도덕경』 10장을 『노자도덕경』이라는 전체 텍스트와 연결해서 여성주의적으로 읽고 싶은 욕망을 가지고 있었던 것 같다.

원래 형상을 잘 타고 부려 하나로 안으면, 능히 헤어질 수가 없다. 자연의 기에 맡기고 부드러움에 이르러 어린아이가 되리라. 감은 거울을 닦아내면 흠 하나 없으리로다. 백성을 사랑하고, 나라를 다스리는 데에 어찌 조작된 지식을 쓰겠는가. 천하가 나오는 문이 열리고 닫히니, 능히 여성이로다.*낳고, 기르고, 낳으나 소유하지 않고** 행하면서 자랑하지 않고, 길러주지만 부리지 않는 것이 현묘의 덕이다.

(載營魄抱一 能無離乎 專氣致柔 能嬰兒乎 滌除玄覽 能無疵乎 愛民治國 能無爲乎 天門開闔 能無雌乎 明白四達 能無知乎 生之畜之 生而不有 爲而不恃 長而不宰 是謂玄德)

—『노자도덕경』 10장에서

『노자도덕경』 10장은 몸을 잘 다스리라는 말로 시작된다. 우리 몸에 깃든 정신적인 것들 중에 백(魄)은 땅으로 돌아가 땅이 될 요소다. 백은 영이나 혼과 달리 아마 연기하는 생 속에서 또하나의 몸으로, 그중에서도 가장 육체적인 것으로 되살아날 원형질이다. 그것을 잘 경영하라고, 그러면 그것이 정신과 육체를 분리시키지 않을 것이라고 노자는 말한다. 노자는 몸을 자연의 기에 맡기면 능히 어린아이처럼 유연하고 부드러운 몸이 될 것이라 한다. 이 부드러움은 최고의 덕목이다. 노자는 어린아이와 여성을 도(道)의 시니피앙으로 삼는다. 어린아이는 남녀의 구별이 없는 몸을 가진 부드러운 덩어리(이 부분

---

* 왕필은 이 부분에 대해, '여성이 대답하기는 하지만, 조작하지 않으므로, 천문의 열고 닫음이 여성처럼 될 수 있다면 사물이 스스로 손님이 되어 찾아오고, 거처함이 저절로 편안해진다'고 하였다.
** 왕필은 '그 성질을 금하지 않고'로 해석했다.

에서 나는 아마 노자가 요즘 사람이었다면, 양성애를 언급했으리라는 생각이 들기도 한다)이다. 여성은 남성처럼 소유함 없이 만물을 안아 들이고 기르며 지식으로 조작하지 않아도 열리고 닫히는 문처럼, 모든 것을 비추나 가장 아래에서 아무것도 소유하지 않는 검은(감은) 거울처럼 비어 있다. 그 거울은 아무것도 가두지 않는다. 생명을 내어주었다고 해서 생명을 받아들이기를 원하지 않는다. 비어 있는 어둠인 여성은 소유의 원칙을 따르지 않는다. 따를 수 없다. 어둠인 여성에게 오히려 모든 것이 비추어지고, 이곳에서 동일자적 자아는 소멸되지만 동시에 생명을 살리는 길이 열린다. 낳고, 기르고, 낳으나 소유하지 않고, 행하면서 자랑하지 않고, 길러주지만 부리지 않는다. 바리데기의 서천서역국은 바로 이 검은 거울이다. 그곳에서의 바리데기의 행적은 어둠 속으로, 혹은 살아 있는 죽음 속으로, 혹은 무의식 속으로 복귀함으로써 지속된다.

여성시인인 나는 이 어둠의 길 위에서, 끝나지 않는 텍스트의 길위에서 서천서역국을 헤매는 바리데기처럼 저기 저 내 안의 바깥에서 들리는 목소리를 따라간다. 나는 내가 들어선 어둠을 쪼개고, 쪼갠다. 그래야 나는 이곳을 떠나 다시 내가 떠나온 곳으로 갈 수 있다. 걸어가는 사이사이 계곡마다 내가 들어찬다. 나는 여러 부분으로 갈라진 텍스트들의 틈 속에서 허방에 빠져 있다. 나는 그 허방에서 분출하며, 분출된 것과 함께 쏟아져 흩어진다. 그렇게 흩어진 것들이 또 쪼개진다. 그러한 내 몸의 텍스트인 내 언어 텍스트가 예언적이거나 신비주의적인 것은 아니다. 만약 그것이 신비라면 나는 다시는 현실을 다시 쪼개는 일을 하지 못할 것이다.

나의 언어 텍스트는 다만 내가 거처하는 세상에서 몸부림치는 것처럼 보이는 어떤 언어적 육체, 무에서의 분출, 그것이다. 아니다. 나의 언어 텍스트가 따로 있는 것이 아니라 내가 바로 하나의 언어 텍스트이다. 나는 세상에 없는 서천서역국을 여행하는 것이 아니라, 내가 세상을 응시함으로써 세상의 균열, 빈 곳, 서역의 문 앞에 서 있는 것이다. 시간의 패러독스를 통하여 내가 나의 탄생 이전에 존재하는 것을 가능하게 스스로 만드는 것이다. 나는 죽은 아이로서, 약수를 가지러 서천서역국을 헤맨다. 그것은 내가 나의 탄생 이전의 미래를 여는 것이자 나의 탄생 이전의 과거를 여는 것이기도 하다. 내가 서천서역국을 헤매는 것은 그곳이 존재해야만 내가 나로서 새롭게 구성될 수 있기 때문이다. 마치 죽음이라는 주체를 내면화해야만 말문이 열리는 바리데기 연희자들처럼. 내가 욕망하는 주체로서 구성되는 것은 서천서역국이라는 죽음으로 사는 장소가 있기 때문이다. 만약 그러한 장소가 없다면 여성시인인 나는 내 욕망을 무대화할 공간이 없는 것이다. 그리고 시적 주체인 '나'도 없는 것이다. 그러기에 여성시인들의 시는 남성시인들의 시보다 훨씬 더 저 바깥에서 발걸음을 옮기는 시가 많을 수밖에 없다. 그들은 이곳에 공간을 점유하고, 풍경을 체포해놓을 장소를 갖고 있지 않기 때문이다.

어머니

—시의 모성에 대하여

한 시인이 계속해서 시를 쓴다는 것은 자기 안의 어머니를 발견해 나가는 길 위에 머물러 있는 것이라고 나는 생각한다. 시는 자기 안의 어머니를 찾아가는 기나긴 도정 안에서 쏟아지는 말이다. 광활하게 내 몸안에 퍼져서 그 정체를 알아볼 수도 없는 어머니의 말들이 새끼 치고 길러지며, 말들이 또 말을 낳는다. 내 안의 어머니는 말과 말 사이, 말이 흘러가는 길 어디에나 거주한다. 시는 그 번성하는 말 속에 살아 있음으로써, 여러 갈래로 '나'라는 타자의 몸안에서 소멸해가며 생동하는 어머니를 찾아내가는 언술의 길이다. 그러나 여성 시인이 시를 쓸 때, 그녀는 스스로 어머니이다. 그녀는 어머니 되기를 실현해야 하는 어머니이며, 버려지고 상처받은 여자아이로서 자기 안의 어머니를 발견해내어야만 하는 어머니이다. 그녀는 여성이기에 아버지의 궁궐에서 버려진 바리데기 같은 존재이지만, 그 버려짐으로써 오히려 세상 속에 편재하는 어머니 되기를 실현할 수 있는 존재이다.

시의 내밀성은 내 안의 어머니가 어머니 되기를 실현해가는 길 위에서 저절로 생성된다. 어디에 어머니가 있는가. 내 어머니는 내 안에서 이미 죽은 지 오래다. 내 어머니는 내가 태어나는 순간, 내 안에서 나에게 생명을 주고 죽었다. 죽은 어머니가 내 안에 있다. 어머니는 죽음으로써 현존한다. 어머니는 자신의 육체의 그물을 떼어내어서 자기 밖의 타자에게로 다가가 그 타자의 그물을 생성해내었다. 그리고 그 타자를 떠나, 그 타자 속 어딘가에 죽음으로 살아 있다. 어머니는 마치 시 속의 원점처럼, 재생산되기를 기다리는 원형처럼 내 안에 살아 있다. 어머니는 원점처럼 내 안의 먼 곳, 그곳에 자리잡고서 나로 하여금 나의 바깥을 겨냥하게끔 독려하고 부재의 투명한 무한을 겨냥하게끔 독려한다. 만일, 나에게 어머니가 없다면 나는 너를 소유하지 못해 안달할 것이다. 나는 너를 내 안에 넣겠다고, 그리고 영원히 내보내지 않겠다고 안달할 것이다. 그렇게 될 때 내 시의 이미지는 욕망과 집착이 만든 가상현실 속에 있을 것이며, 그 가상현실의 욕망을 재생산하는 영원한 순환 속에 감금되어 있을 것이다. 그리고 너(나)를 고정된 영토를 가진 일회적 존재로 단정하고, 소유하려 할 것이다. 네 손톱을, 네 장딴지를, 그리고 네 성기를 분리하고 또 빼앗으려 할 것이다. 그러나 내 안의 어머니가 너(나)는 있거나 없거나, 혹은 생하거나 멸하거나 하는 가상이라고 말하고 있지 않은가.

너(나)가 이미지 되기를 실현한 순간, 너(나)는 텅 비고 모호한 외부일 뿐 아무것도 아니라고 말하고 있지 않은가. 시의 이미지는 너(나)가 품은 너(나)의 뉘앙스이다. 진제(眞諦)에서 보면 모든 것이 공(空)인 그 틈 속에서 잠시 생멸하는 그림자일 뿐이다.

여기 하나의 사물이 놓여 있다. 이 사물이 시의 이미지의 그물 속에 들어선 순간, 이 사물은 이제 하나의 이미지, 부재의 부르심에 몸을 떠는 하나의 그림자가 된다. 시의 공간에 들어선 순간 사물인 너는 너의 존재의 무게를 벗고, 하나의 그림자가 된다. 그렇게 되자 나는 너에 대한 변태적 소유욕을 끊고, 상상력이 생성하는 공에 머무르게 된다. 시의 이미지는 존재하는 무거운 것들을 소멸하는 가벼운 것들로 바꾸어버린다. 그러기에 내 안에서 생명을 주고 나로부터 물러난 어머니, 나의 시적 자아인 죽은 어머니는 나와 내 밖에 존재하는 것들을 이미지로 만드는 시적 기제이다. 어머니는 나로 하여금 너를 영토화하지 못하도록 너를 그림자로 바꾸어버리며, 나를 데리고 너에 대한 집착에서 떠나버린다. 이미지가 풀어헤쳐놓은 너와 나의 윤곽의 세계로, 주변부로. 그러기에 시적 감응은 죽음에 대한 감응이다.

생명의 본질은 공이다. 우리에게 실체란 없다. 불변의 고정적 실체는 우리 몸 어디에도 없다. 우리의 몸은 시시각각 다른 모습으로 변화한다. 몸이 움직이고, 몸안의 기관들이 쉴 없이 움직인다. 생멸한다. 그러기에, 너와 나의 생은 어머니의 끈 속에서 줄타기놀이를 히는 가없으나 찰나적인 존재들일 뿐이다. 그러나 나는 공을 매개로 이

세상에 살아 있다. 공
의 무한한 파동을 타고
내 마음은 네게로 흘
러들어간다. 나를 세상
에 세우려는 주체의 고
집을 뭉개면서, 지금은
내 몸안에 없는 어머니
에게로도 역류해 들어
간다. 그것이 시의 이
미지이다. 존재하는 것
들에게 상상력이 가닿
으면, 그것은 집착의
끈을 끊고 드디어 공
안에 거주하게 된다.
존재하는 것들은 이미
지의 옷을 걸치면 사라
질 듯 바람에 나부끼

연애와 풍자

모든 시는 연애시이다. 모든 시는 풍자시이다.
또 모든 시는 연애시이면서 풍자시이다. 연애시
는 풍자시를 지향하고, 풍자시는 연애시를 지향
한다. 그러나 시가 연애를 혹은 풍자를 지향하
는 것은 아니다.

모든 시가 연애시인 것은 연애가 자연적인
것이 아니라 두 사람이 만들어가는 것, 주체와
타자가 만나 또다른 하나의 세계를 창조하는 시
처럼 연애가 새로운 세계, 새로운 자연을 창조
해가는 것이기 때문이다. 그리고 그 연애가 운
명에 대한 뼈아픈 발견이며, 그에 따른 고통에
찬 선택이고, 죽음을 부르는 도전이 되기 때문
이다. 사랑하는 사람은 자신 속으로 파고듦과
동시에 자신으로부터 벗어나 상대방 속에서 자

게 된다. 내가 너를 이미지로 받아들이자 너는 하나의 부재하는 전체
가 된다. 내가 너를 이미지로 만나자 너는 하나의 오롯한 전체가 된
다. 그러나 내가 공을 공이라고 부르는 것 또한 가상이다. 내가 이 욕
망에서 저 욕망으로 돌아다니면서 집착의 파노라마를 펼치고 있다
는 것을 말하는 것, 그것 또한 가상이다. 그럼에도 불구하고 나는 가

신을 발견하려는 이중의 본능을 수행하려 한다. 그래서 사랑에 빠진 사람은 누구보다도 고독하고, 또 누구보다도 당신과 나 사이에 차이를 없애려는 역설적인 의지를 가진다. 이 이중 자아 속에서 허우적거리는, 사랑에 빠진 사람의 모습은 지금 이 순간 시의 삶을 수행중인 시적 자아의 모습과 다르지 않다.

그러나 시가 연애를 말하겠다는, 일개인인 시인이 품은 사랑을 시로써 말하겠다는 의지를 가질 때, 시는 연애시의 범주를 벗어난다. 이때 시는 시인의 그 음험한 욕망을 배반해버린다. 그리고 시의 나락인 자아도취의 지옥을 일시에 펼쳐 보이면서, 시 밖으로 사라져버린다.

모든 시가 풍자시인 것은 시가 언어에 대한 저항에서 시작되기 때문이다. 시는 언어로부터 도망가야 하지만, 그러나 그 도망간 자리에 상을 가상이라고 말해야 한다. 그래야 '나'라는 가상을 벗어나는 자유를 가질 수 있으며 가상의 허물어짐을 목격하는, 무한의 의식을 내장할 수 있게 되는 것이다.

무한한 자기 허여를 육체로 풀고 있는 어머니, 내가 기억할 수 없는 나의 그곳에 나의 어머니가 있다. 나는 나의 텍스트를 통해 그 어머니에게로 가고자 한다. 나의 텍스트는 그 어머니의 목소리를 경청함으로써, 그 목소리를 따라 내 육체 속으로 들어감으로써 비롯되어 나온다. 그것이 나의 시의 현재성이다.

바리데기는 저승 여행을 통해 아버지를 살릴 약수를 구해온다. 약수는 무장승, 길신, 용신, 천상선관, 산신 등으로 불리는 성스러운 존재,

신격들이 있는 곳에 있었다. 바리데기는 그런 존재와 인신교혼(人神交婚)을 감행함으로써 어머니 되기를 실현한다. 바리데기는 이본마다 그 수가 다른 아들들을 낳는데, 결혼하기, 아들 낳아주기가 모두 약수를 구하기 위한 노역 행위와 동일한 차원에서 묘사된다. 바리데기는 여성의 성적 특징들을 전혀 내보이지 않는다. 그러나 바리데기 신화는 다른 신화들, 해모수와 유화의

서 언어에게 또다른 언어를 돌려줘야 하는 운명을 가졌다. 그래서 만약 참여시라고 이름 붙은 시가 있다면, 다시 언어의 자리로 되돌아가야 하는 시 언어의 역설적 역할 때문에 붙은 이름이라야 할 것이다. 시는 본래적으로 내적 해방을 향한 투쟁의 기록이고, 다른 세계를 펼치고 싶은 반역의 기운이다. 자신이 처한 세상에 대한 역사적 표현이며, 그 역사를 부정하는 기록이다. 그러나 이 세상은 시와 사랑을 박해하고, 세상 밖으로 밀어내는 움직임을 통해 그 체제를 유지해오지 않았던가. 반현실적이고, 기분 나쁜, 순수하다곤 하지만 어쩐지 파렴치해 보이는, 그러한 시를 내몰겠다는 의지를 가진 세상의 음험한 냄새가 천지사방에서 진동하지 않던가. 이때 시는 세상을 향하여 보이지 않을 만큼 작은 칼날들을 가는 빗발처럼 날린다. 아니면

결합, 환웅과 웅녀의 결합과는 다른 결과를 도출한다. 해모수나 환웅은 모두 여인에게 잉태를 시킨 후에 천상계로 귀환해버렸다. 천상계에서 온 그들 남성의 여인들은 아이 낳아주기를 통해 정체성을 인정받을 수 있었던, 세상이 부과해준 어머니 정체성만을 갖춘 여인들이었다. 그러나 바리데기 신화에서 바리데기가 약수를 구해서 인간세

세상에 대해 말로 만든 방패를 높이 치켜든다.

　그러나 이때도 시가 세상을 비판하겠다는, 시인의 분노를 그대로 표출하겠다는 의지를 가질 때 시는 풍자시의 범주를 벗어난다. 이때에도 시는 시인을 배반한다. 시는 시인이 밖으로 날린 칼날들을 거두어, 시인을 향하여 그 칼날을 되쏜다. 그러기에 풍자시가 갖추어야 할 첫 번째 덕목이 웃음이다. 이 웃음으로 시인의 의지를 기체화해버리고, 칼날의 끝마저도 부메랑처럼 구부려 시인 자신의 죽음을 향해 되날리지 않으면, 시는 시인을 배반해 또하나의 '나'라는 지옥을 펼칠 뿐.

　모든 시가 연애시이면서 풍자시인 것은 시라는 장르가 시를 쓰는 시적 자아에게 '자기 지우기'를 요구하는 잔인한 애인과 같기 때문이다. 연애시를 시도하는 시인에겐 만들면서 부수기

계로 귀환하려 하자 그의 남편인 신은 천상계로 돌아가지 않고 바리데기를 따라 인간세계로 와버린다. 이런 사실로 보아 바리데기 신화의 표면엔 효 이데올로기로 포장된 서사 구조가 있고, 심층엔 자신의 아내와 어머니로서의 역할에 대한 굉장한 자의식이 숨어 있음을 읽을 수 있다.

　또한, 바리데기 텍스트는 코스모스의 세계로 진입하는 것이 아니라, 오히려 역방향으로 체재 내에서 카오스로 진입한다. 여자아이를 핍박하는 현세에서 떠나 서천서역국이라는 성스러운 환상공간에 바리데기의 결혼과 어머니 되기를 위치 지음으로써 현실세계에 대한 반역을 시도한다. 바리데기는 자신의 자궁을 비현실세계에 위치시킴으로써 그곳에서 분출하는 약수의 상징성을 현실세계 수호자들의 방해를 받지 않고도 길

어올 수 있었다. 여기에서 우리는 왜 여성시인들의 시가 그토록 현실세계 바깥, 카오스라고 부를 수밖에 없는 비장소 탐색에 주력하는가를 이해할 수 있다. 여성시인은 이곳, 이 현실공간에 자신의 시적 언술로 점유할 공간이 없어서라기보다는, 부재의 공간으로 탈주함으로써 오히려 현실공간에 대한 반역을 도모하고, 그 부재 공간에서 생성되는 역동적 힘으로 이곳의 병

를, 풍자시를 쓰는 시인에겐 부수면서 만들기를 요구하는 변덕쟁이이기 때문이다.

을 치유할 약수를 구할 수 있다고 믿는다. 체재 내의 어머니는 바리데기의 어머니, 오구대왕의 부인인 딸만 낳는 어머니, 그래서 자신의 일곱째 딸을 버리는 것에 동참하는 가부장제의 수호자에 종속된 어머니이지만, 시적 이미지 속의 어머니, 바리데기가 스스로 실현한 어머니는 남편과 자식을 모두 거느리고 약수를 길어, 죽음에서 생명을

길어낼 수 있는 능력을 갖춘 어머니이다. 그 두 어머니는 바리데기 신화 텍스트 안에서 극명하게 대립한다. 체재 내의 어머니가 신화시대에서의 현실의 어머니라면 이곳이 아닌 저곳의 어머니는 상상력이 이미지화한 어머니, 어머니의 윤곽, 저 먼 곳에서 죽음으로써 내안에 살아 있는 어머니이다. 그런 어머니를 후세의 구송자가 발견하고 길러내는 것이 바리데기 텍스트의 면면한 산포적 성격이다. 바리데기는 새로운 모성성을 발견해나가는 길 위에서 죽음을 넘어 이미지의 세계를 죽살이한다.

가부장제 안에서 여성은 점점 더 자신의 몸으로부터 분리된다. 그녀의 성은 어떠한 형태도, 어떠한 가치도 없다. 물론 쾌락을 원해서도 안 된다. 바리데기 신화에서처럼 결혼하기와 아들 낳기는 빨래하기와 쌀 찧기, 밭 갈기와 같은 노역의 일종일 뿐이다. 왜 그런가. 그것은 여성 스스로 표현해서는 안 되는 금지된, 불결한 영역이기 때문이다. 그것은 주변적이고, 이면적인, 가치 없는 일로 규정된 것이기 때문이다. 그 일들은 남성들에 의해서 늘 부정되고, 여성이 욕망을 통해 성취해서는 안 되는 일이기 때문이다. 다만, 바리데기의 어머니처럼 지존의 아내가 공식적 대잇기의 의무를 수행중일 때, 태몽과 같은 잉태의 과정을 기나긴 언설을 동원해 묘사함으로써 여성 육체의 가부장적 위치를 발견할 수 있다. 여기에서 이본들이 바리데기를 공주로 묘사하고 있는 이유를 읽을 수 있다. 그것은 첫째, 태몽과 잉내같은 현실세계의 어머니의 대잇기 행동을 숭고하게 묘사할 수 있는 위치가 왕비이기에 텍스트 속에 왕비를 출현시켜야 했기 때문이고, 두번째는 구약(救藥) 여행에서 돌아온 바리데기를 무조신으로 등극시킬 수 있는 위치를 부여할 수 있으려면 그녀의 아버지가 왕이어야 한다는 고대적 세계관 때문이다.

자기 몸의 생성 운동을 모른 체하며 살아야 하고, 몸의 생기 자체도 부정해야 하고, 몸을 표현해서도 안 되는 여성들은 자연히 자기 안팎의 타자에게로 가까이 다가가게 된다. 그러나 타자에게 가까이 가면 갈수록 자신의 몸이 제거되는 것이 아니라 오히려 자신의 몸의 고유한 모습이 보이기 시작한다. 몸이 산출하는 무의식적인 욕망의 모습이 이미지의 모습으로 보이기 시작한다. 그것을 언어의 공간 안에 부려놓으면 시가 된다. 그 시적 언술 안에 자신의 몸안에서 죽은 어머니가 되고 싶어 우는 아이가 있다. 죽음을 통해 자기 몸의 베풂을 달성하려고 우는 여성의 목소리가 있다. 그렇게 견고하게 존재하는 현실적 질서를 자신의 죽음을 통해 부재하는, 그러나 시적 이미지 속에 실재하는 존재로 만드는 어머니, 그 어머니가 되고 싶어 안달하는 아이의 목소리 속에 여성의 시적 언술이 존재한다.

형식
—여성으로서의 치름

나는 지금, 여기에 하나의 점으로 서 있다. 이 점은 위치만 있을 뿐 무게도, 빛깔도, 형태도, 크기도, 부피도, 방향도 없다. 이것을 시적 주체라고 불러도 되겠다. 이 점은 선분상의 점처럼 기하학적이거나 관념적인 점이 아니다. 이 점은 살아 있다. 이 점은 크기가 없으므로 무한대라고 불러도 되겠다. 이 점은 또 크기가 없으므로 무한소라고 불러도 되겠다. 온 우주, 온 천하라고 불러도 되겠다. 혹은 보이지 않을 정도로 작은 점이니, '없음'이라 불러도 무방하겠다. 방향이 없으므로 과거를 향한다고 말해도 되고, 미래를 향한다고 말해도 되겠다. 영원함이라고 불러도 되고, 지금 이 순간이라고 불러도 되겠다.

여성의 시 속에서 이 점은 무언가를 치러냄으로써 말을 길어올릴 수 있다. 그 지름의 내밀한 의례 안에서 여성시의 형식이 발생한다.

여성시인은 보이지 않는 하나의 점으로서, 순간적인 현시라는 서정시의 장르적 특징 속에서 이 세상을 치러낸다. 온몸을 다하여 세상을 바라보고, 온몸을 다하여 움직여간다. 그 내밀한 움직임의 모습이 바로 한 편의 시의 궤적이다. 반면에 남성적인 위치에서 쓰인 시는 이렇게 한 점으로 서서 몸으로 형식을 치러내는 여성시와는 달리, 자신의 몸은 꼼짝하지 않고 시적 화자의 시선이 그것을 대신한다. 남성적인 위치에서 쓰인 시는 시적 주체는 가지 않고 눈동자만, 시선만 간다. 남성적인 시가 현실적 공간을 점유하는 데에 바쳐진다면, 여성의 시는 그 공간을 순간적으로 탈영토화한 시간 위에서의 유희로 빚어진다. 그러기에 여성의 시는 '초현실주의'라는 오해를 받는다. 유희하는 여성의 발밑에 직선의 시간들이 휘감기고, 흩어진다. 여성시에는 근대적인 시간개념이 존재할 수가 없다. 다만 줄어들고 커지는 달처럼, 가고 오는 계절처럼, 스며들고 솟아오르는 물처럼 생명의 죽살이가 있을 뿐이다. 그러기에 남성적인 시가 연속성의 언어로 이루어진 시선의 시라면 여성의 시는 순간적인 접촉의 언어로 이루어진 혼효의 시다.

이 세상의 질서 속에 여성인 자신을 위치 지으려는 노력을 포기하면, 비로소 여성은 자신의 내부에서 자신만의 질서가 솟아오르는 것을 느낄 수 있다. 그 내부에서 솟아오르는 언어적 질서는 움직임의 궤적을 그리면서 형태 없는 죽은 것들에게 형태를 부여하기 시작한다.

자신을 억압하는 딱딱하게 죽은 것들을 물렁물렁하게 살아 있는 것들로 만들어내기 시작한다. 가부장제에 중독된 사회구조 안에서 그 중독을 벗어나는 길은 자신만의 그물, 길을 통해 자신만의 삶의 궤적을 그리는 것이다. 가부장제에 중독된 사회가 부과하는 시적 전형을 떠나 자신의 시의 궤적을 날마다 새로이 그리는 일이다. 그때 여성적 언술은 외부세계를 변용시키며, 그 변용에 참여한 독자로 하여금 시적 세계 안에서 그것을 대면할 수 있게 해준다. 그것이 여성시의 상상력의 길이다.

나의 상상력에서 살아나온 것이 오히려 나를 인도하고, 끌어가며, 나로 하여금 이 세상을 가로지르며, 여성의 말의 무늬를 새기라고 독려한다. 그 형태 없는 것들이 살아나서 시적 주체라는 하나의 점을 이리저리 끌고 다닌다. 내 안에서 죽었던 것들이 이제 막 잠에서 깨어나 혼돈 속에서 살아나오려는 생물들처럼 어떤 파동을 그리기 시작한다. 맥박이나 호흡의 파동처럼. 세포들 속의 미토콘드리아의 죽살이처럼. 뇌파나 심전도에 그려진 파동처럼. 생명의 리듬을 그리기 시작한다. 그 생명의 리듬을 따라 춤추다보면 나는 오히려 내 몸안에서 흐르는 부피 없고, 무게 없고, 크기 없는 대우주를 직면하게 된다. 그 대우주라는 점 안에서 스스로 산포하는 것이 여성시의 언술의 궤적이다.

그 언술의 길은 직선적, 선형적, 순환적 언술의 길과는 다른 형태이다. 그 언술의 길은 미로의 형태를 닮았다. 마치 이파리 속의 잎맥과 같은, 수세미 열매 속의 수세미 얼개 같은, 보이지 않는 땅속을 흐르는 수맥과 같은 모양으로 시 속의 내용을 형식이 붙안고 있듯이, 생기는 미로를 통하여 다가온다. 미로는 나선들의 중첩으로 이루어져 있다. 모태에서 나선형 길을 따라 태아가 세상으로 나오듯, 시적 언술이 몸의 미로를 따라 터져나온다. 여성시인인 내 몸안에 불쌍한 어머니가 자리잡고 있다. 그 어머니가 나를 출산하던 나선형 길을 통해 나에게 언술의 길을 암시한다. 어머니

0시의 부에노스아이레스

남아메리카 대륙은 리듬의 천국이다. 스페인의 기타와 남미의 타악기가 만나 남미 국가들마다 다른 리듬이 생산되었다. 그 리듬에 맞춰 각기 다른 팔놀림, 스텝, 노래 들이 흐느끼고 도약한다. 남미 대륙을 여행하노라면 메스티소와 흑백의 혼혈들이 어느 대륙보다 넘치도록 눈에 많이 띈다. 그 혼혈들이 모이는 곳에서 신구 대륙의 혼혈 음악이 터져나오고, 그 음악에 맞춰 정체불명의 시간의 주름들 속에서 섞여버린 정체불명의 색을 가진 살들이 흔들린다.

그중에서 아르헨티나는 탱고를 보유하고 있다. 탱고는 살사나 삼바보다 시큼하다. 탱고 리듬 속엔 유럽을 떠나 희망봉을 돌아온, 긴긴 여정이 스며든 바닷바람에 찌든 사내들의 냄새와

는 새 아기를 출산함으로써 모든 어머니를 출산한다. 미로는 시간을 공간 속에 산포시킴으로써 시간의 가역성을 내면화한 것이다. 그것과 마찬가지로 여성시의 새로운 언술도 이 선형적 세계를 가역적으로 가로지르는 미로를 밟아가며 우리에게로 올 것이다. 미로 속엔 막다른 길, 통과해야 하는 길, 돌아가야 하는 길, 내려가는 길, 올라가는

바닷가 여자들의 살냄새가 어우러져 있다. 그리고 탱고엔 어느 리듬보다도 진한, 그러면서도 끝까지 타락하지는 않는, 절도 있는 욕정이 숨어 있다.

나는 부에노스아이레스의 카사 블랑코에서 탱고를 즐겼다. 남미 대륙의 모든 매머드 도시들은 밤에 여자 혼자 외출할 수 없다. 그곳에서 밤거리를 혼자 걸었다가는 신발도, 겉옷도 모두 약탈당한다. 그들은 사람들이 있건 말건 웃으면서 다가와 한가로이 걸어가는 동양 여자의 모든 것을 약탈해 간다. 나는 호텔 로비에서 밤거리를 나갔다가 신발과 겉옷을 모두 털리고 맨발로, 속옷 바람으로 혼비백산하여 돌아온 그곳에 의료봉사를 자원한 한국인 의사 부부를 만났다. 혹은 신호 대기로 정차한 차의 유리창을 깨고 나의 지기의 핸드백을 떳떳하게 들치기하는 길, 춤추면서 가야 하는 길, 헤매야 하는 길, 동반자를 얻어야 건널 수 있는 길 등 무수한 시간의 계략이 숨어 있다. 그런 시간의 계략을 가로지르려면 미로를 스스로의 몸으로 치러내는 수밖에 없다. 미로는 여성의 좌뇌와 우뇌, 그리고 여성의 몸에 새겨진 무수한 위반의 체험을 통해 시적 상상력을 길어올리는 여성시인의 시적 감지의 길을 닮았다. 그러기에 미로는 나의 시 형식의 도형적 명명이 된다. 이 미로를 통해 현실을 넘어간다는 것은 나의 인생을 위반의 통과의례들로 치러내는 것과 같은 의미이다. 명령하지 않아도 움직이는 몸은 스스로 욕망하고, 스스로 잉태하며, 스스로 출산한다. 그러기에 미로 속의 체험은 몸으로서의 몰입괴 교감의 체험이다. 이 체험을 통해 여성은 가역적이고 비균질적인 시간을 경험할 수 있다. 이 경험을 통해 가부장적 질서가 지배하는 현세의 시간은 역전된다. 시간의 고갯마루를 넘어설 때마다 여성의 삶은 생명의 방향으로 한 차원 더 건너간다.

한 편의 시의 구성방식은 시인의 시간의식을 반영한다. 어머니로서의 여성시인이 타자와의 만남을 통해 죽음과 재생의 무한한 반복 속에서 생성하는 이미지들이 여성시의 시간

젊은이를 보았다. 그의 가방 속엔 돌이 가득 들었는지, 그가 가방을 휘두르자 자동차의 유리창이 날아갔다. 백주의 대로에서 시내버스 승객을 인질로 삼아 총 든 경찰과 대치한 복면강도들을 보았다. 그러므로 내가 만약 탱고를 즐기러 자정의 밤거리를 나가려면 누군가의 삼엄한 경호를 받아야 했다.

부에노스아이레스의 마피아들, 그들의 통치 하에 있는 자동차를 타고 나는 자정의 거리를 달려 카사 블랑코로 향했다. 어두운 골목을 지나 육중한 대문 앞에 도착하자, 그야말로 영화에서 본 그대로 검은 양복에 검은 넥타이를 맨 거구의 마피아 졸개들이 극장식 무도장으로 나를 데리고 들어갔다. 그들은 맨 앞자리에 도열했다. 마치 현대판 천사들처럼. 아마도 그 검은 천사들의 모토는 '돈 내면 끝까지 책임진다'이

의식을 반영한다. 그러기에 여성시의 구성방식은 무수한 치름의 형식이라 할 수 있다. 씻김굿에서 고풀이를 할 때 천막의 기둥과 쌀 담은 주발을 묶는 무명줄의 일곱 개의 매듭은 죽음과 재생에 대한 은유다. 그 일곱 개의 매듭이 풀리고 나선형으로 꼬인 무명줄이 펼쳐질 때 망자는 살던 집을 벗어나 바리데기의 인도를 따라 저세상으로 갈

리라. 그리고 구경꾼에게 한 잔씩의 분홍빛 상그리아가 배달되었다.

탱고는 포마드를 짙게 바른 남자와 흑발의 여자가 추는 춤이다. 그들은 격정적으로 희망봉을 돌아 흘러갔다가, 격정적으로 돌아온다. 탱고처럼 두 다리를 무지막지하게 격정적으로 쓰는 춤이 또 있을까. 그들은 넘어질 듯 쓰러지다가도 절도 있게 다시 원위치로 돌아온다. 싱커페이션이다. 그들의 표정은 슬프다못해 처참하다. 마치 두 남녀의 가슴 사이엔 곧 터져버릴 물풍선이라도 감춰져 있는 것 같다.

탱고가 끝나고 새벽이 오자 마피아들은 다시 나를 자동차에 태워 데려다주었다. 그들은 말 한마디 없이 자신들의 통치, 배려, 무자비한 친절을 감행한다.

그들의 커넥션은 브라질까지 이어져 있다.

수 있게 된다. 무명줄이 펼쳐져야만 비로소 산 자들은 기뻐 박수를 치고 안도한다. 고풀이가 끝나야만 망자의 신체는 씻김을 받을 수 있다. 이때 나선형 무명줄 속에는 전 생애의 시간이 함축되어 들어 있고, 매듭 속에는 그의 생애의 원한이 들어 있었다. 고풀이의 무명줄은 한 인간의 일생을 수많은 나선으로 비유한 것이다.

남성적 언어는 입자의 언어다. 그 언어는 쉽사리 분절되고, 쉽사리 분류된다. 그러나 여성의 언어는 파동의 언어다. 한 번 파동할 때마다 전 생애의 시간이 굼실거린다. 그 파동의 어딘가, 그 찰나 어딘가를 한 점으로서의 시적 자아가 지나쳤을 것이다. 여성의 언어는 텍스트 전체를 공명하면서 동심원저으로 울려퍼신다.

남성적 언어는 이성의 각성과 반성으로 자신의 정체성을 보존하지만, 여성의 언어는 울려퍼지는 공명의 공간 속에서 자신의 정체성을 파열시킨다. 나선형 무명줄 같은 시의 언술의 길 속에 여성시인의 죽살이하는 시간의식이 숨어 있다.

바리데기 텍스트는 바리데기가 치러낸 미로를 바리데기 이야기의 구성방식으로 보여준다. 바리데기는 한 번씩의 통과제의를 거칠 때마다 한 번의 나선을 굽이돈다. 바리데기를 구송하는 자, 무가의 연희자들이 버려져 죽은 아이를 살려내기 위해, 망자 혹은 자신의 통과제의를 치를 때마다 한 번씩의 나선을 굽이돈다. 그럴 때마다 가부장제와 그것에 따라 살 수밖에 없었던 바리데기와 구송자들의 일생이 파열된다. 그러면서 그녀들의 일생이 코스모스의 시간의식을

리우데자네이루의 밤거리를 아이들이 쏘다닌다. 내가 본 브라질 영화 〈피쇼테〉(1981)에서처럼 그들의 주업은 좀도둑, 소매치기, 마약, 매춘, 심지어 살인이다. 세계에서 제일 크고 험악한 판자촌 달동네에서 나온 아이들이 쥐새끼처럼 거리를 쏘다닌다. 그들의 부모는 마피아의 졸개, 그 졸개의 졸개이다. 이번엔 그들이 밤거리의 이방인들을 노린다. 리우데자네이루의 상인들은 이들을 소탕하기 위해 총잡이들을 고용하고 있다. 이 아이들의 숲을 헤치고 자정의 삼바를 보려면 다시 마피아의 도움을 받아야 한다. 목숨을 걸거나 검은 천사들의 호위를 받지 않고는 남미 춤의 정수를 이방인들은 볼 수도, 느낄 수도 없다.

이들의 밤의 리듬에 취해 남미를 돌아다니다가 집으로 돌아오는 길에 캘리포니아의 베니

벗어나 시적 이미지의 시간 속으로 진입한다. 그렇게 되어야만 바리데기의 구송자들은 바리데기를 서천서역국이라는 장소에서 살려낼 수 있게 된다. 인당수에 제물로 빠져 죽은 심청이를 용궁에서 살려낸 것처럼 말이다.

가역적인 시간의식 속에서 연속성의 시간을 내팽개친 텍스트의 시간으로 우리에게 영적인 도움을 주는 상징적 인도자로 현현한 바리데기는 가부장제에 중독된 사회 안에서 효 이데올로기에 함몰되어 있는 존재가 아니라 자신의 행위의 궤적을 통해 내면적 삶의 시간을 충실히 텍스트적으로 살아낸 자의 표본이다. 바리데기 텍스트의 효 이데올로기는 다른 신화 대본의 미메시스일 뿐, 심층적 기호들은 여성적 자아의 새로운 공간, 시간의식을 드러낸다.

스 비치에서 점쟁이를 찾아갔다. 그녀는 타로카드로 점을 친다. 그녀는 그 어느 누구보다도 철학적으로, 아니 생을 달관한 몽골의 고상한 무당처럼 점괘를 말한다. 그녀의 주문은 추상적인 내 운명의 지침일 뿐 전혀 현실적이지 않다. 아마도 그녀는 운명을 상징적으로밖에는 말할 줄 모르는가보다.

또다시 클라리시 리스펙토르의 『나에 관한 너의 이야기』를 원작으로 한 브라질 영화 〈A Hora da Estrela〉(1985, 영화 속 주인공의 이름인 '마카베아'는 죽지 말라는 의미다)에서 마카베아가 오늘 흰 리무진에 치여 죽게 될 것이라는 점괘가 나오자 그녀에게 '백마 탄 남자를 만나게 될 것'이라고 말해주는 점쟁이처럼.

그녀는 나에게 거울 속의 사람을 잊으라고 예언 같은, 알쏭달쏭한 말을 했던 것 같다.

바리데기는 태어나자마자 타인에 의해서 수동적으로 죽음을 맞는다. 그것이 첫번째 죽음이다. 그러나 두번째는 스스로의 의지에 따라 서천서역국이라는 죽음의 공간을 방문하게 된다. 바리데기는 두 번의 죽음으로 모두 '현세→죽음의 공간→현세'라는 공통된 궤적을 그린다. 이렇게 궤적이 그려질 때마다 바리데기는 현세의 질서에서 벗어난 새로운 정체성을 얻으며 신분 상

발목 밑으로 줄줄 새는 그림자를 따라 걷는 밤
머리에 포마드를 짙게 바른 남자의 다리와
여자의 이마가 홍색으로 젖는다

내가 꿈값을 내고 내 얼굴 주위로 뭐가 보이나요
타로 점쟁이 할머니에게 물었을 때
다시 눈뜨면 너는 다른 세상에 있으리
거울 속에 보이는 놈들은 몽땅 다 가짜
저 세상 사람들이니 그를 잊어라
내 하룻밤의 검은 넥타이 천사, 남미 마피아들이
무대 맨 아래 좌석에 도열하자
탱고는 시작되고, 먼 나라에서 온 나는 마피아의 검은
겨드랑이 밑에서 상그리아를 홀짝거리며 꿈 속으로 흘러갔지
조명 속에서 인디오 악사들이 목각 인형처럼

승을 도모한다. 첫번째 방문에선 바리데기가 타인의 보살핌을 받으며 자란 귀한 무남독녀로 묘사되거나 아니면 인간의 손길이 전혀 닿지 않는 곳에서 자라난 털북숭이 여자 타잔처럼 묘사되거나 한다. 죽임에 의해서 죽음의 공간에 유기되어 버려졌지만 바리데기는 생명의 유한성과 상관없이 사는 존재들에 의해 길러짐으로써 한없이 행

떠오르고

　　남녀는 네 다리를 얽으며 시큼한 슬픔을 발

자국 가득 찍어내었지

　　슬픔이란 말할 수는 없어도 몸에서 흘러내리

는 것

　　가슴과 가슴 사이엔 물 넘치는 지구라도

　　품어져 있는 걸까 시큼한 본드라도 붙여놓

은 걸까

　　춤 냄새 한번 고약했었지

　　지독한 슬픔을 견디는 건 저 거친 들숨 날숨

따라서 찍는 발자국뿐

　　다리를 얽으며 쓰러질 듯 다시 돌아오는 질

긴 싱커페이션,

　　그대는 나, 나는 그대라고 노래하지만 정녕

너는 내가 아니라는

복한 모습으로 묘사된다. 그곳엔 어머니와 분리되기 전의 태내처럼 갈등이 없다. 억압도 없다. 현세의 시간이 무화되자, 바리데기에게 행복이 찾아온다. 이 장소를 거쳐 다시 현실로 나오자, 바리데기는 현세공간의 속성마저 전이시키는 존재가 된다. 바리데기가 떠난 아버지의 궁궐은 바리데기를 거부하는 공간이었지만, 바리데기가 돌아온 아버지의 궁궐은 바리데기를 필요로 하는 공간이 된다. 바리데기는 첫번째 전이를 통해 비로소 현세의 공간에서 타인들과 똑같은 정체성을 확보할 수 있게 되었다. 그러나 두번째 죽음 방문은 전형적인 탐색담이다. 이 탐색담 속에서 바리데기는 자신의 정체성을 인간 이상의 범주에 둔다. 바리데기 이본들에 내재한 탐색담들은 다음과 같은 공통된 화소를 갖는다.

1. 바리데기가 약수를
   찾아떠난다.(파송)
   무장승이 노동을 요
   구한다. 아들을 낳
   아줄 것을 요구한
   다.(고난)
2. 무장승, 아들들과 함
   께 약수와 무구를 갖
   고 돌아온다.(고난
   극복)
3. 망자를 천도한다.
   (결과)
   부모를 살리고, 저
   승길 안내자가 된다.
   (결과)

다만 허공에 주형을 뜨듯 찍어보는 육체의
얽힌 형식이 있을 뿐
　통곡이 올라오는 몸은 앞뒤로 흔들어줘야
하는 법
　칙칙한 조명 끝자락 속에서 내 이마가 홍색
으로 젖는다

　검은 얼음 조각으로 만든 것처럼 어둠 속에
서 몸이 녹아내리는 밤
　내 그림자 찐득거리며 한없이 발바닥에
붙어버렸지 나는 소리 없이 아팠지

　같이 가요 마피아, 지구 반대편의 그를 해결
하고
　제발 나를 해결해줘요
　　　　　　　　　　—「0시의 부에노스아이레스」 전문,

레비스트로스가 말
한 대로 바리데기도 다른 탐색담의 주인공들처럼 삶의 가장 중요한
전이를 두번째의 전이에서 맞이한다. 바리데기는 두번째 죽음 방문
을 통해서 자신의 위치를 가장 높이 상승시키면서 동시에 출발의 공
간, 현세마저도 전이시킨다. 현세의 시간의식을 무화시키자, 바리데
기의 외부와 내부에서 공간 변이가 생성된다. 바리데기는 아버지의

『달력 공장 공장장님 보세요』(문학과지성사, 2000)

그러나 나는 남미에서 돌아온 직후 피아졸라의 〈0시의 부에노스아이레스〉를 반복해서 듣고 있어도 이 시를 쓰지 않았다. 그것은, 내가 발목 밑으로 줄줄 새는 내 그림자를 감당할 수 없어하는 어느 날 밤, 말할 수 없는 슬픔에 혼자서 몸서리를 치던 어느 날 밤, 그리고 얼음 조각으로 만든 것 같은 내 몸이 녹아내리는 것처럼 아파하던 어느 날 밤, 내 존재가 저 혼자 흔들리면서 녹아내리던 어느 날 밤, 쓰였다. 나는 남미 사람들의 몸안에 새겨진 리듬의 형식처럼, 내 몸안에 새겨진 내 말하기의 형식이 내 슬픔의 내용을 건져주러 오던 그 밤, 한 편의 시를 완성했다. 두 차례의 남미 여행에서 돌아오고도 몇 년이 흐른 뒤였다.

궁궐에 궁궐 체재를 초월하는 공간을 탄생시킨다. 자신을 치병자, 주술자, 죽음의 장소 안내자의 위치로 승격시킴으로써 자신의 삶을 현세와 이계, 혹은 가부장적 세계와 초월의 세계를 연결하는 가교의 역할에 영원히 위치시키는 것이다. 바리데기는 "험로 삼천 리, 평지 삼천 리"를 지나 서천서역국을 향해 간다. 이 길은 미로를 닮아 있다. 이 길을 가는 바리데기의 묘사는 수많은 치름의 내용으로 점철되어 있다. 바리데기는 "오만 짐승이 나와서러 트름을 하고" "해골들이 나와서러/머리를 산발히고 이리서 나타나고/저리로 갈라카먼 저기서 나타나고" "오만 크는 짐승은 배암이 나와서러 감을 하고"*……를 다 치러야 한다. 이 치름의 의식을

---

* 「바리공주 김해 강분이본」, 『서사무가 바리공주전집 2』, 김진영 · 홍태한 엮음, 민속원, 1997, 51쪽.

거쳐야만 미로를 벗어나 약수가 있는 곳으로 나아갈 수 있다. 혹은 자신의 내부에서 약수를 발견할 수 있다. 그러나 돌아오는 길에 대한 묘사는 없다. 미로는 벗어남으로써, 순간적으로 해결에 이를 수 있는 시간·공간 구조이기 때문이다. 미로에는 바리데기의 두 번의 죽음이라는 질곡이 나선형 구조 속에 속속들이 숨어 있다. 이 나선형 구조는 천상과 지옥을 수직적으로 왕복하는 신화들과는 달리 수평적 공간 이동에 의해 달성되는데, 이것은 바리데기에 내재한 서역 공간이 자의식의 발견 안에 내재한 공간이기 때문에 삶의 자장 안에서 해결, 극복될 수 있다는 사실을 암시한다.

두번째 나선형의 중앙에는 남편이 되는 무장승의 존재가 우뚝 서 있다. "동에 청류리 원두문이 서 있고 남에 홍류리 법설문이 서 있고/ 서에 백류리 예밀문이 서 있고 북에는 흑류리 진여문이요/ 한가운데 활류리 정렬문이 서 있는데/ 그 가운데 한 사람이 서 있는데/ 귀는 하늘에 닿을 듯하고 얼굴은 맷방석 같고/ 이마는 도마이마에 눈은 화경 같고/ 코는 줄병코에 귀는 짚신 같고 입은 광주리 같고/ 손은 소당뚜껑만하고 발은 석자 세치라/ 하도 어마어마하고 무서워서"*라고 묘사되는 무장승은 마치 무시무시한 시댁, 그 집의 동서남북 어디에서도 아니고 중앙에서 불쑥 솟아올라온 것 같은 고대의 첫날밤의 장성한 신랑 혹은 전설 속의 도깨비 모습과 다를 바가 없다. 두번째 죽음의 공간의 한가운데서 치름의 의식을 강요하는 존재는 바로 첫번째 죽음의 공간의 지배자였던 아버지를 대신하는 존재, 남

---

* 「바리공주 성남 장성만본」, 『서사무가 바리공주전집 1』, 민속원, 1997, 350쪽.

편이다. 그러나 남편을 치러내고, 아들을 낳는 어머니가 된 바리데기는 죽음의 미로 한가운데를 단숨에 벗어나 새로운 정체성을 가질 수 있었다. 가부장제의 두 억압자, 아버지와 남편을 죽음으로 치름으로써 비로소 바리데기는 자신의 자궁을 발견할 수 있게 된 것이다.

어머니로서의 시 텍스트

— 거꾸로의 출산을 위한

시 속에서 어머니를 부르는 것, 나를 낳아준 내 어머니만을 찬미하는 것은 '어머니를' 쓰는 것은 아니다. 그것은 단지 자신의 잃어버린 안락한 소파를 그리워하는 퇴행적 외침이다. 어머니의 자궁으로 돌아가려는 욕망은 어쩌면 어머니를 해체하고 싶은, 어머니에게서 정체성을 파괴하고 싶은 욕망인지도 모르겠다. 아니면 어머니를 어머니라는 명칭 속에 가두고 싶은 욕망인지도. 그 욕망은 어머니를 모성이라는 제도가 만든 이데올로기에 가두고, 어머니를 가상의 현실 속에 있으라고 충동하면서, 어머니의 현실적 자리마저 빼앗는 것이다. 그것은 어머니의 신체를 절단하고, 어머니의 가슴을 내 시선으로 체포하는 것과 다를 바가 없다. 그것은 생태주의 시를 지향한다고 말하면서 생태 환경을 보호해야 한다고 시 속에서 외치는 것, 말 그대로 '자연적으로' '그러하게' 움직여가는 자연을 내 감정으로, 내 시선으로 체포하여 내 시가 쓰이는 종이 위의 평면에다 늘어놓는 것이나 다를 바가 없다. 그렇게 하는 것은 시라는 장르 속에서 시가 아닌 장르를 시보다 우선시하는 태도다.

어머니를 모성의 화신으로 비유적으로 말하는 것 혹은 시인 자신을 대지모신의 자리에 갖다놓고 이 더럽혀지고 부조리한 세상에 대하여 일갈하는 것은 시 속에서 이 세상을 향해 거대한 동일자로서 말하는 것이다. 그것은 가부장적 정체성을 보유한 남성적 시인과 다를 바가 없는 위치를 자신도 점유하겠다는 외침이거나, 자신의 시 밖에서 자기 시의 원천을 찾겠다는 의지를 표명하는 것이다. 그리고 그것은 아버지들에 의해 더럽혀진, 빼앗긴 영토를 '내 누이'에 빗대어 묘사하는 것을 즐김으로 이 땅에 사는 어린 여성들을 더러운 침대 위로 내모는 것과 다를 바가 없다. 어쩌면 그러한 시들은 글쓰기의 동일자로서의 쾌락을 교묘히 감추려는 방어기제가 작동하는 하나의 적나라한 현장을 보여주는 것인지도 모르겠다.

아버지는 내가 태어날 때부터 이미 하나의 동일자, '나'였다. 그는 나를 몸으로 키우기보다는 내 몸과 유리된 이니시에이션의 과정들로 키우려고 하였다. 그들은 문화적 발명품들로 내 몸을 위장했으며, 내 몸과 어머니와의 유대를 모성이라는 관념으로 치장했다. 그리고 어머니의 다른 쪽인 어머니의 피 흘리고, 끈적거리며, 물렁물렁한, 그러한 가운데서도 스스로 관능적인, 사랑함으로 부드러운 몸은 애써 외면했다. 그들은 자신의 이름을 물려줄, 자신의 몸과 은유적 관계를 유지할 아들을 원했다. 그러기에 우리는 어머니와의 접촉, 이름 붙일 수 없는 유희, 혹은 어머니 몸의 그 끈적거림, 몸의 움직임, 몸놀림, 사랑하는 이들과의 접촉하는 몸으로서의 관능성을 표현할 언어를 갖지 못했다.

　그러나 그럼에도 불구하고 시쓰기는 시인 자신으로 하여금 아버지로서가 아니라 '어머니로서의' 자신을 드러내게끔 독려하는 하나의 현장이다. 이때의 어머니는 아버지와 대립하는 어머니가 아니라 하나의 새로운 장소, 시쓰기의 생동이 터져나오는 그 근원을 알 수 없는, 그러나 스스로 근원인, 비유적으로 말하면 물의 뿌리를 품은 계곡과 같은 것에 대한 하나의 표현일 수 있다. 시쓰기는 시인으로 하여금 (심지어) 어머니로서의 쾌락을, 그리고 아픈 출산을 유도하는 하나의 꿈틀거림으로 살아 있는 현장이다. 시쓰기는 자신 속의 어머니가 말하는 것을 시인 스스로가 받아쓰는 하나의 현장이다. 스스로 말의 자궁이 되는 말들의 맞물림의 현장이다. 왜냐하면 한 편의 시쓰기는 하나의 지독한, 너무나 지독해서 자신이 창조한 자신을 타자로서 출산할 수밖에 없는 지경에 이르는 하나의 사랑의 행위이기 때문이다. 그 사랑은 외부와 내면이 한꺼번에 소통하게끔 유도하는, 자신의 전부(치부와 환부 모두)를 내어주겠다는 자세를 취하지 않는 시인에게는 불가능한 고통과 쾌락의 현장을 구축하기 때문이다. 한 편의 시는 그 고통과 쾌락을 따라가며 써내려가는, 순간에서부터 하나의 시 텍스트가 생산되기까지의 '과정'의 기록이다. 그러기에 어머니에 대하여 시를 쓰면서 우리는 얼마나 어머니로부터 어머니의 쾌락을 빼앗아버리고 어머니의 몸을 식민지의 영토로 취급했는지, 얼마나 우리의 누이에게서 쾌락을 금지시켜버리고 자아정체성을 빼앗아버렸는지, 자신의 시선으로 누이의 몸을 처녀라는 감옥 속에 가두어버렸는지 생각해볼 일이다. 그들에게 고통을, 아니면 고통 속에서도 달콤하고 부드러운 가슴만을 가지고 유지하라고 강요했는지, 그래서 결국엔 정신적으로 유린을 감행했는지 생각해볼 일이다.

어머니는 저기 저 자리, 부엌이든가 아니면 집안의 가사노동자로서 내 밖에, 나의 껍데기로 그렇게 있지만 그러나 어머니는 여기 이 자리, 나의 내부, 내 몸의 틈새마다 자리하고 있다. 어머니는 내게 몸을 주고 떠나 저기 저 자리에 있지만 그러나 내 안에, 나에게 몸을 주었을 때, 서로가 서로를 낳던 때처럼 그렇게 내 안에도 있다. 그러므로 시인이 시를 쓸 때는 자신의 내적인 어머니와의 결합으로, 어머니로서 시를 쓰는 것이다. 저기 계신 내 어머니, 누군가로부터 부과받은 보살핌의 정체성만을 가진 내 어머니를 시로 쓰는 것이 아니라, 시인 내부의 내적인 어머니, 나에게 생명을 주었음으로 내 안에 죽음으로, 혹은 없음으로써 살아 있는 어머니로서, 내가 시를 쓰는 것이다. 나의 몸안에 숨어 있는 어머니에겐 어떤 언어도, 어떤 상징도 없다. 어머니는 몸을 주고 내게서 떠남으로써, 나를 출산함으로써 내 속에 편재한다. 그 죽음으로써 편재하는 어머니가 내 안에서 시를 쓴다. 죽음으로써…… 편편이 날리는 눈발처럼…… 편재한다. 자기를 주고 떠남으로써, 타자에게 목숨을 준 어머니가 내 안에서 흩날린다. 사랑의 화신처럼 가장 무거운 몸으로 가장 가벼운 깃털을 휘날리며.

어머니로서의 시적 자아는 사랑하는 타자들이 가진 목소리의 다양함으로 현현된다. 타자들이 죽지 않고, 다 살아서 함께 떠는, 파동을 그리는 현재의 주름 속에 어머니의 정체성이 숨어 있다. 그러기에 한 사람의 시인은 어머니에 대하여 시를 쓰는 것이 아니라 어머니로서 시를 쓰는 것이다. 어머니에 관해 쓰는 것이 아니라, 어머니로서 타자들로 하여금 스스로 말하게끔 하는 것이다. 어머니로서의 시적 자아는 스스로의 동일성을 스스로의 몸으로 극복함으로써, 혹은 스스로의 몸으로 자신에게 부과된 정체성을 파열시킴으로써 시 쓰는 과정 속에서 타자들에게 현존을 선물한다. 그러기에 시적 자아가 스스로 포기되는 글쓰기의 장이 어머니의 텍스트이다. 아마도 어머니의 텍스트에 시적 자아가 존재한다면 그것은 무한한 움직임 속에, 경계 없이 흘러다니는 자기 포기의 움직임 속에, 정처 없는 여행의 현재형 속에 있을 뿐이다. 아마 손을 뻗어 잡으려 하면, 그것은 이미 없다.

어머니의 몸은 존재하는 것과 부재하는 것 사이에, 가장 무거운 것과 가장 가벼운 것 사이에, 환상과 현실 사이에, 상상력과 미메시스 사이에, 어머니라는 동일자와 어머니라는 흐르는 자의 사이에서…… 그것들을 잇는, 매개하는 몸이다. 그러기에 어머니의 몸은 시 그 자체다. 시는 스스로 말하지 않고, 시의 앞뒤로, 위아래로, 옆으로 말들이 말을 출산하게끔 독려한다. 시는 무한히 자신들의 아이들을 출산하면서 소멸해간다. 시는 말, 그 자체가 아니라 말의 자궁이다. 말의 계곡이다. 말의 어머니이다.

스스로 생태주의를 지향한다고 말하지 않고, 말하기의 방식 그 자체로 생태주의, 생태 그 자체를 몸으로 현현한다. 스스로 어머니를 사랑한다고, 어머니의 품을 그리워한다고 말하지 않고, 말하기의 방식 그 자체로 어머니, 어머니의 몸을 현현한다. 편편이 흩날리며 내재적으로 행한다.

그러기에 몸으로 시를 쓴다는 것은 시인의 몸이 몸으로 치러낸 '어머니로서의 치름의 의례'를 행하는 것이다. 해산할 때의 여자를 보라. 여자는 몸안에 있는 죽음과 싸우는 것처럼 비명을 지른다. 분만은 치름의 고통, 고통이라는 말로도 부족한 비명으로 시작된다. 여자는 마치 도살장으로 들어가는 짐승처럼 소리친다. 지금 막 출산되고 있는, 아니 스스로 산도를 밀어내고 있는 아이의 머리를 자궁 아래로 손을 뻗쳐 만져본 적이 있는가. 그 아이의 머리를 쓰다듬어본 적이 있는가. 아이의 몸은 지금 막 죽음에서 출토되어 나온 것처럼 만져지고, 느껴진다.

어머니로서의 치름의 의례는 시인이 스스로의 시 속에서 어머니 되기를 구현해나가는 행위를 통해 집전된다. 시인은 시 안에서 몸으로 치름의 과정을 거침으로써 자신의 자궁 속에 한 편의 시를 잉태하고 출산할 수 있었다. 잉태와 분출 속에서 어머니 시인은 쾌락과 고통을 자신의 죽음 속에서 힘껏 껴안았다.

어머니의 텍스트는 동일자의 목소리보다는 타자가 가진 목소리의 다양성을 반영한다. 어머니의 목소리는 어머니의 타자들의 목소리 속에 편재되어 존재한다. 어머니는 타자들을 창조하고, 그들을 양육했으나 그들이 타자임을 안다. 자신이 그들의 타자임을 경험한다. 그러기에 어머니의 텍스트는 타자의 목소리들의 다양한 편재 속에서 구성된다. 이러한 구성 속에서 안과 밖의 경계를 찾기란 여간 어려운 일이 아니다. 그래서 어머니의 텍스트 속에서 하나의 사물에 하나의 의미가 붙는 평면적인 재현은 있을 수가 없다.

어머니의 텍스트 속에서 평면거울은 존재하지 않는다. 있다고 하더라도 어머니의 자식들은 그 거울 안과 거울 밖을 자유자재로 넘나든다. 거울 안의 나와 거울 밖의 나를 천칭저울이 수평을 유지하게끔 똑같이 나누어 올려놓고 괴로워하거나, 아니면 거울이라는 것이 존재한다는 사실조차 괴로워 거울의 평면을 쪼개어보고자 애썼던 근대주의자 이상(李箱), 거울 밖과 거울 안을 넘나드는 것은 영원히 불가능했던, 그래서 그 거울 밖의 '외로된 사업'에만 골몰했던 이상의 거울, 그 거울이 '어머니'의 자식들에겐 없다. 어머니의 자식들은 거울 밖에서의 성취를 향해 나아가기보다는, 거울 속의 공간을 채우고 그 공간을 껴안으려 더 애쓴다. 그 거울의 그물에 자신들의 얼굴을 알록달록 거는 것을 더 좋아한다. 어머니의 자식들에겐 이분법적 세계관이 존재하지 않는다. 그들에겐 평면거울이 없다. 어머니의 자식들은 거울로 들어가 제 몸을 내어준 어머니의 몸 위에서 허방인 어머니를 뜯어먹고, 어머니의 몸을 베개로 삼아 잠들고, 그 베개를 잡아뜯고, 베개놀이를 하며 뛰어논다. 어머니의 죽은 몸을 통하여 어머니 되기를 배우고, 그 어머니의 목소리를 발화하려는 욕망 속에서 또

다른 어머니의 몸 되기를 실현한다. 그러기에 여성시와 그 밖의 시를 나누는 중요한 경계는 거울의 존재태이다. 여성시에서 거울은 경계가 아니다. 그것은 다만 하나의 문, 들고나며 어머니 되기를 배우고, 실현하는, 실현해야만 하는 하나의 문일 뿐이다. 여성시의 거울은 부드럽고, 물렁물렁하고, 혀를 대보면 비릿하다. 그것은 여성시인인 내가 어머니를 낳기 위한, 거꾸로의 출산을 위한 예비된 문이다. 어머니의 죽음으로 태어난 자식들은 어머니 밖의 세계에서 어머니를 불러내기 위해, 어머니의 텍스트를 살기 위해 거울이란 경계를 넘나든다. 그러나 그 어머니를 살기 위해서는 거울 안에서도 통용되는 목소리가 필요하다. 언어 없는 언어, 그 부재의 언어, 내적인 어머니와 주고받는 옹알이 언어로 말하는 목소리가 필요하다. 아버지 나라, 거울 밖의 수많은 깃발에게 경례를 붙이지 않는 그 언어가 필요하다.

거울 나라의 말은 거울이 스스로 계속 흘러넘쳐 어머니의 텍스트를 구성한다. 어머니 스스로가 타자가 있는 곳 어디에나 물처럼 흘러들어와 넘친다. 화석화된 모성 이데올로기를 스스로의 몸의 죽음으로 열어젖히고, 또 흘러넘쳐 새로운 주검에게로 다가간다. 어머니는 흘러넘침으로 베풂을 실천한다. 그러나 어머니의 베풂은 모성의 실천이 아니라 자신을 벗어나 타자들의 몸안을 찾아들어가 그 타자들이 새로운 타자를 생산하고 양육하게 하는 그 한없는 용틀임, 움직임을 선사하는 일종의 에너지이다. 분리된 자아가 다시 분리를 감행하게끔 독려하는, 끊임없는 자아의 파열을 실행하게 하는 능력이다. 그러기에 어머니의 베풂은 죽음의 능력이다. 어머니의 베풂은 끊이지 않고 선사되는 죽음의 목소리, 죽음이 죽음을 부르는, 그래서 죽음으로 쉬지 않고 흘러드는 시적 에너지이다.

그래서 어머니로서 시 속의 '나'는 고정된 한자리에 존재하지 않고, 그런 존재 속에 이르지도 못한다. 시 속의 '나'는 다만 끊임없이 분리, 증식, 베푸는 몸, 늘 진행중인 몸을 잠시 일컬어본 명명일 뿐이다. 시 속의 '나'는 존재 이전의 존재, 존재를 벗어난 존재일 뿐, 아무것도 아니다. 시 속의 '나'는 쉬지 않고 죽음을 베푸시는 어머니가 잠시 머물렀다 간 자리를 일시적으로 불러본 무인칭일 뿐이다.

시 속의 내가 말하지 않고 내 안의 어머니가 말한다. 내 안의 어머니는 나의 천당도, 나의 근원도, 나의 출발지도 아니다. 내 안의 어머니는 나의 천당과 나의 지옥 사이, 나의 근원과 종말 사이, 그 사이를 움직여가는 한 점이다. 한 번도 쉬지 않고 내가 딛고 선 땅을 빼앗는 움직이는 시간이다. 나에게 끊임없이 나의 포기를 종용하는 움직이는 구멍이다. 쉬지 않는 현재다. 어머니는 침묵과 같으며, 허공과 같으며, 골짜기와 같으며, 틈과 같으며, 텅 빈 곳과 같다. 그것은 그것으로서 아무것도 할 수 없다. 어머니는 타자를 마중하지 않고는 아무것도 할 수 없다.

내 안의 저 어두운 곳에 그런 구멍인, 텅 빔 그 자체인 어머니가 있다. 그 어머니의 목소리가 나로 하여금 말하게 한다. 내가 말한다는 것이 내가 나를 낳아준 어머니의 목소리로 말한다는 것이 아니라, 내가 내 아이를 낳은 어머니의 목소리로 말한다는 것이 아니라, 내가 내게 유전자를 하사해준 생물학적 통로로서의 어머니를 말한다는 것이 아니라 어머니로서의 입장, 어머니로서의 역할을 수행한다는 의미이다. 내가 고착된 어머니의 자리에 서 있는 것이 아니라 타자를 마중하느라 언제나 분주한 어머니의 기능을 수행한다는 의미이다. 어머니의 목울대는 혼자 울리지 않는다. 타자와 공명하지 않고는 울리지 않는다. 어머니의 말은 타자를 제거하고는 들리지 않는 말이다. 어머니의 말은 타자와의 유희 속에서만 터져나오는 말이다.

시 속의 내가 말하지 않고 어머니가 말한다는 것은, 자기 정체성의 영원한 불일치 속에 있는 화자가 말한다는 것이다. 타자와의 몸섞임 없이는 아무것도 말할 수 없는 어머니가 말한다는 것이다. 자기 지우기의 유희에 빠진 어머니가, 고착된 자아가 내뿜는 고백적 담론의 무시무시함에 놀란 어머니가 타자와의 놀이에 빠져 대화의 언어를 발화한다는 것이다. 그러기에 어머니의 언어는 연기(演技)의 언어, 연희(演戲)의 언어이다. 어머니는 고착된 자아가 내지르는 언어를 알지 못한다. 저 어두운 곳에서 포효하는 고립된 자아의 무서운 진리의 목소리를 알지 못한다. 어머니의 언어는 타자와 비밀의 유희에 빠진 언어이며, 자신을 세웠다가도 타자라는 지우개로 자신을 지워나가는 부재하는 언어이다. 내 안의 저 어머니는 아무것도 아니면서 모든 것을 말하는, 없으면서 사라지지도 않는, 움직이는 시적 흔적이다.

어머니의 자기 지우기, 죽음은 종말이 아니라 시적 자아와 다자들의 변형된 정체성을 끊임없이 노정하려는 몸짓이다. 어머니는 그 몸짓을 통하여 살아 있는 모든 타자에게 죽음을 선사한다. 그리고 그 타자로 하여금 다시 어머니의 자리에 설 것을 독려한다. 어머니가 어머니를 새끼 친다. 이때 어머니로서의 시적 자아의 자리는 하나의 고착된 공간이 아니라 통로가 된다. 움직이는 길이 된다. 어머니의 자리는 결핍의 자리가 아니라 부재가 충만한, 그 부재가 흘러넘치는 자리이다. 이 부재가 흘러넘치는 삼라만상의 그물망 속에 자연은 자연으로서 그러하고, 모든 삼라만상은 삼라만상으로 그러할 수 있다. 그들은 각자의 자리에서 어머니로서의 그 부유하며 파열하는 죽음 정체성을 노정한다. 이것이 어머니로서의 시적 자아가 시를 구성하는 원리이며, 어머니로서의 시적 자아가 자신을 연희하는, 연희할 수밖에 없는 이유이다. 어머니로서의 시적 자아는 한 편의 시에서 한 편의 시로서 구성된 그 정체성을 노정할 뿐, 즉 자신의 타자들과의 연기에 치중할 뿐 자신의 정서를 드러내지 않으려고 한다. 놀이와 사랑이 엉켜든 세계를 순간적으로 펼쳐보려고 할 뿐, 아무것도 하지 않는다. 그 순간적인 펼침 속에서 유희적인 잉여가 만발한다. 죽음이 만발한다. 시 속의 타자들마저도 스스로 어머니 되기를 실현하려고 맹렬히 움직인다. 이럴 때 시인은 자신의 시가 순수하게 고백적이 되지 않도록 블랙유머와 희극을 동원할 수밖에 없게 된다. 자신이 시 속에 드러낸 현실이 자신의 삶의 반영, 그 자체가 아니라 스스로 구축한 시적 현실의 장이거나 어머니로서의 삶이 구현된 장이 되도록 고심한다. 자기 자신의 목소리만이 진리를 내포한 목소리가 되지 않도록 고심한다. 어머니와 타자의 목소리, 혹은 서로의 맞물림 속에서 서로 간의 거리가 뭉개지는 사랑의 행위를 실현하려고 한다. 그러나 그 행위 속에서 단 하나의 진리, 단 하나의 담론이 생산되지 않도록 현실을 해체하고 재구성한다. 시인 속의 어머니가 그것을 지휘한다. 그러기에 어머니는 소재주의적 명명을 넘어 한 시인의 한 편의 시라는 텍스트, 그 구축된 새로운 현실의 구성 원리가 된다.

그렇게 될 때 어머니의 목소리에 응답하는 모든 타자가 어머니를 통과하여 새로운 어머니로 탄생할 수 있게 된다. 그리고 늘 자연은 자연 그대로 그러할 수 있다.

나는 여성의 글쓰기에 관한 비유적 에피소드들과 여성적 글쓰기의 형식의 발견으로 가득찬 영화적 텍스트로 피터 그리너웨이의 〈필로우 북〉(1996)을 들고 싶다. 〈필로우 북〉은 스크린에다 쓴 여성의 글쓰기에 관한 하나의 책이다.*

---

* 영화 텍스트는 그 제작과정상의 복합성 때문에 수공업적 노동 속에서 산출되는 문학 텍스트와는 다른 작가 정체성을 노정할 수 있다. 이를테면 여성이 창작한 시작품이 여성시인의 육체적 경험, 육체와 함께 공명하는 치름의 경험을 떠나서 창작될 수 없는 것과는 달리, 영화 텍스트는 제작에 참여한 각각의 인물 또는 감독의 의지, 그 외 다른 여건에 따라 얼마든지 변형이 가능한 복합적인 텍스트라는 것이다. 그래서 남성감독, 남성작가가 만든 〈필로우 북〉에서 작가 개인의 경험적 현실이나 그 작가적 정체성을 우리가 온전히 읽어낼 수는 없다. 다만 피터 그리너웨이라는 작가·감독의 의지에 의해 편집된 세계 속에서 텍스트의 날줄과 씨줄, 혹은 직조의 방식을 따라가면서 텍스트가 말하고 있는 것을 읽어볼 수밖에 없다는 것이다. 사실 〈필로우 북〉을 보면서 그 작가가 영국 백인 남성의 시선을 견지하고 있다는 사실이 썩 기분좋은 것만은 아니었다는 사실을 병기해두고 싶다. 아울러, 피터 그리너웨이의 〈영국식 정원 살인사건〉(1982), 〈건축가의 배〉(1987), 〈차례로 익사시키기〉(1988), 〈요리사, 도둑, 그의 아내, 그리고 그녀의 정부〉(1989), 〈8과 2분의 1 우먼〉(1999) 등에서 깊듯 ∵∵로 해석된, 불멸에 대한 소멸의 기세라고 이름 붙일 수 있는 여성성, 모성성에 대한 공포를 읽을 수 있었음도 병기해야야겠다. 그가 왜 자신의 영화에서 그토록 많은 남성을 여성들의 직접적이고, 간접적인 손에 의해 살해당하게 하는지도 생각해볼 문제다.

이 영화는 고전과 번역의 문제, 우리의 글쓰기에 붙은 정전(canon)의 문제, 종이와 살의 문제, 책의 제작에 대한 문제, 텔레비전과 영화의 문제, 그동안의 예술적 텍스트가 가졌던 미메시스에 대한 거리낌 없는 반역의 문제, 동양과 서양, 여자작가와 남자작가, 작가와 출판업자, 글과 문자, 여성의 역사와 여성의 현존 문제, 불어·영어·일본어·중국어 등의 외국어 혼합형 텍스트 문제, 글쓰기와 관능의 문제, 육체와 정신의 문제, 작품과 생산자의 문제, 책의 유통의 문제, 그리고 무엇보다도 진정한 여성적 글쓰기의 탄생을 위한 몸의 이니시에이션 문제를 직접적으로 혹은 비유적으로 제기한 영화다.

먼저 영화는 표면적으로 한 일본인 여성의 서예를 다룬다. 물론 이때 서예는 형상으로서의 '글자 쓰기'라는 기술 내지는 장인적 경지를 넘어서는, 기능과 내용을 아우르는 개념이다. 주인공 나기코는 평범한 일본 여성이다. 그녀는 아버지의 딸로 잘 자라나서 대개 여성들의 생애사의 순서를 그대로 밟아 결혼하는 그런 여자다. 피터 그리너웨이는 이 변방의 여자를 통해 여성적 글쓰기에 관한 담론을 현시, 형상화해나간다. 마지막에 이르러 영화는 어머니로서의 그녀의 목소리, 그녀의 글쓰기를 소개하며 따라서 그녀가 '어머니로서의 글쓰기'에 도달하는 과정을 추적하고 있다고 봐야 한다.

주인공의 아버지는 생일날마다 어린 나기코의 얼굴에 이름을 적어주었다. 이름을 적고 글씨체가 마음에 들면 아이의 목에 사인도 남겨주었다. 입술은 붉은 잉크로 문질러주었다. 이름을 적어준다는 것은 명명(affirmation)의 문제다. 아버지는 이름 짓기를 통해 여자아이를 종이로 삼는다. 영화 속에서 아이의 아버지는 문자 그대로 작가다. 그는 여자아이의 신이다. 아버지는 나키코의 얼굴에 글을 쓰면서 신의 말씀을 읊조린다. "신이 처음 진흙으로 인간을 만들 때 입술을 그린 다음, 남녀를 구별하고, 그리고 당신이 만든 인간들을 잊지 않기 위해 각각의 이름을 썼다. 그리고 당신이 만든 것이 마음에 들면 그 진흙 모형에 생명을 불어넣고 자신의 이름을 새겨넣었다"라고. 아이는 아버지를 신으로 믿고 자라났다. 그러던 아이는 고모가 천 년 전 헤이안시대(10세기)의 상궁 세이 쇼나곤(그녀의 본명도 나기코이다)이 쓴 일기(枕草子, 『마쿠라노소시』)인 필로우 북(pillow book)을 읽어주던 어느 날 밤, 아버지와 섹스를 하는 늙은 남자, 출판사 대표를 본다. 그는 그 섹스를 담보로 아버지의 책을 출판해주는 사람이다. 작가인 아버지는 몸(정신)을 팔아 자신의 작가로서의 위치를 고수한다.

나기코는 출판사 대표의 주선으로 그의 아들과 결혼하지만 생일날 얼굴에 이름 적어주기를 거부하고 일기를 쓴다는 이유로 멸시하는 남편의 집에 불을 지르고 홍콩으로 간다. 남편으로부터 명명을 거부당하자(남편이 자신을 종이로 여기지 않자) 집을 떠나버린 것이다. 그녀는 동서양의 혼성 도시, 홍콩에서 모델이 된다. 한자도 맹렬히 익힌다. 이때부터 그녀는 자신의 몸에 글을 써줄 사람을 본격적으로 찾아 나선다. 그녀는 홍콩의 한 카페에서 제롬을 만난다. 그는 작가이고, 6개 국어를 구사한다. 그것을 알게 된 그녀는 그에게 자신의 몸에 글을 써달라고 한다. 그러나 그의 서체는 엉망이다. 그녀는 그를 삼류 작가라며 밀어낸다. 그녀는 엘리베이터에서 만난 노인에게 자

신의 몸에 글을 쓰라고
하기도 한다. 그러나
이때까지도 그녀는 자
신의 살을 종이로 알고
있다. 그녀가 읽었던
천 년 전의 책엔 우리
인생살이 가운데 믿을
수 있는 것, 그것은 글
과 살뿐이라고 쓰여 있
었던 것이다. 아직 그
녀는 그것을 문자 그대
로 믿고 있다.

그녀는 종이로서의
기쁨, 글이 쓰이는 장
소로 자신의 몸을 내어
주는 희열만을 알고 있
을 뿐이다. 그녀는 세

여자들의 가슴속엔 무엇이 들었을까

이 세상에서 아이를 잃은 엄마만큼 슬픈 사람이
있을까. 잃은 아이는 가슴에 묻는다는데, 그 가
슴만큼 모질게 슬픈 덩어리가 있을까. 나는 누
군가 아이 잃은 이야기를 미풍에 살짝 섞어 들
려줘도 일단 울고 본다. 장소 불문하고 일단 울
고 만다. 그 슬픔은 아마도 우리가 인간으로 태
어나기 전, 내가 아직 새였을 때, 내가 아직 노
루이고 산양이었을 때, 맹수에게 새끼를 잃었던
그 경험 모두를 합한 것만큼 강한 느낌으로 나
를 때린다. 내 가슴속에는 아마도 그런 짐승의
어미였을 때부터의 모든 어머니들의 가슴이 차
곡차곡 쌓여 있었던 것만 같다. 영화를 보다가
도 사이가 좋은 모녀지간이나 모자지간이 나올
라치면 일단 그들이 헤어지게 될까봐 전전긍긍

상의 문화적인 담론이 덧입힌 모델로서의 몸, 그 살에 쓰이는 세상의
말, 세속적인 아름다움으로 칠해진 미메시스 언어들에서 기쁨을 느
끼고 있을 뿐이다. 이때까지도 그녀는 아버지의 딸이다.

그후 그녀는 제롬에게서 자신의 몸과 살을 남의 글을 받아 적는
장소로 내어주지만 말고 자신의 붓으로 남자의 몸과 살에 글을 써보

한다. 아무리 허구라도 그 슬픔에 전염되지 않고는 못 배긴다. 그런데 하물며 알모도바르의 영화라니. 그만큼 여자를 잘 말하는 남성감독도 드물다. 그는 여자들의 삶 속으로 재빨리 파고든다. 그는 여자에 대해서 말하지 않고, 여자 속에서 말한다. 그는 자신의 〈신경쇠약 직전의 여자〉(1988) 같은 영화들 속에서 여자를 차근차근 키워나가더니 드디어 한 명의 성숙한 어머니를 탄생시키고야 말았다.

세상이 나누어준 구분에 의하면 여자는 성녀, 창녀, 어머니, 처녀, 정숙한 여자, 헤픈 여자 등등으로 나뉜다. 세상이 만들어준 무대에서 여자들은 이 배역에 따라 충실히 산다. 세상이란 무대에서 어머니 역을 맡은 배우는 다시는 그리고 영원히 처녀의 배역을 맡을 수 없고, 창녀 또한 앞으로 영원히 성녀의 역할을 맡아서는 안

라는 권유를 받는다. 영토 바꾸기를 하라는 것이다. 그녀는 자신의 몸에 스스로 글을 써본다. 그리고 곧 백인 남자들의 몸에 글을 쓰기 시작한다. 변방의 여자가 남자, 그것도 백인의 몸에 자신의 언어를 전달하기 시작하는 것이다. 나기코는 그들의 몸에 쓴 글을 책으로 출판하고 싶어한다. 여러 나라 말로 혼성된, 여러 몸에 쓴 책을 사진으로 찍어 출판사 대표에게 보내지만 출판

은 실패한다. 대표가 거절하자 그녀는 대표의 동성애 파트너인 제롬을 유혹한다. 그리고 그의 몸에 글을 써서 사장에게 보낸다. 이때 번역의 문제가 제기된다. 제롬은 대표의 애인으로서, 그의 몸을 스스로 번역의 장으로, 종이로 내어준다. 여자의 글이 권력인 출판사 대표에게 읽히기 위해서는 백인의 번역이 필요했는지도 모르겠다. 제롬의

살에 글을 쓰기 시작하면서 그녀는 글쓰기의 관능성과 육체의 관능성을 연결할 수 있게 된다. 그리고 심지어 자신의 종이가 된 제롬을 사랑하게까지 된다.

이때 고전의 문제가 제기된다. 번역자로서 대표에게 파견된 제롬이 다시 대표와 쾌락에 빠지자 나기코는 다른 남자들의 몸에 글을 쓰기 시작한다. 제롬은 「로미오와 줄리엣」을 모방한다. 제롬이 독약과 해독제를 잘못 먹고

된다. 그러나 남자들에겐 이러한 구분이 없다. 세상이란 무대에서 그들은 어떠한 역할도 가능하다. 그들은 언제나 다시 시작할 수 있다. 왜 그런가?

〈내 어머니의 모든 것〉(1999)이란 영화 속에서 알모도바르는 그 질문에 대한 대답을 한다. 그 대답을 말로 들려주는 것이 아니라 여자들의 삶의 내용으로, 체험으로 들려준다. 아니, 대답 대신에 질문 자체를 뭉개버린다. 수녀에게 아이를 가지게 하고, 남자에게 실리콘을 잔뜩 채운 몸을 선사하여 여자로 태어난 여자보다 더 여자인, 진짜 가슴을 가진 여자를 만들어버리고, 약물 중독된 여자에겐 연극 〈욕망이라는 이름의 전차〉의 스텔라 역을 시켜 솜 뭉텅이 가짜 가슴과 배를 안긴다. 이 여자들 사이로 〈욕망이라는 이름의 전차〉를 보고 나오던

사망하자 나기코는 그의 몸에 '연인의 서'를 써 남색 종이에 싼 채 장사 지낸다. 대표는 제롬의 피부를 뜯어 책을 만든다. 제롬의 피부로 만든 책에 몸을 비비고, 자신의 살갗에 대기도 한다. 그는 페티시즘에 빠져 있다. 나기코는 제롬이 죽고 나서 일본으로 돌아온다. 그러곤 일본 남자들의 몸에 글을 써서 출판사에 보낸다. '방황' '순수' '백

날 밤에 교통사고로 아들을 잃은 엄마, 마누엘라를 집어넣는다. 그리고 자신의 몸보다, 여성이란 정체성보다 슬픔이 더 큰 엄마가 그들 사이를 흘러다닌다. 이 영화에서 여자들의 슬픔은 붉은색이다. 피의 색이다. 상처를 받은 여자들은 모두 붉은 옷을 입고 있다. 아들을 잃은 엄마의 피 흘리는 붉은 슬픔이 소리 내지 않고, 세상이 나누어준 여자들의 그 구분을 지운다. 경계를 무너뜨린다. 세상이 나누어놓은 경계 때문에 이 세상 모든 여자의 가슴이 얼마나 아팠던가. 연극배우 위마의 분장실의 거울이 위마의 상체를 조각조각 내었듯이 말이다. 그렇게 조각나고, 슬픔에 가득찬 가슴은 다시 조각난 가슴과 맞닿아야 아픔이 낫는다. 마누엘라가 죽은 수녀의 에이즈 걸린 아기를 가슴에 담뿍 집어넣듯이 말이다.

치' '무기력' '자기 과시' '연인'의 서를 잇는 글들은 각각 '유혹' '젊음' '비밀' '침묵' '배신' '잘못된 시작' '죽음'이라는 제목을 달고 있다.

대표는 그 글들에 현혹된다. 마지막으로 열세번째 책, 죽음의 서가 스모 선수의 몸에 쓰이자, 그 텍스트가 대표를 죽인다. 스모 선수의 칼이 대표의 목을 자른다. 글을 완벽히 이해한 대표도 순순히 죽음을 받아들인다. 그리고 혼혈아를 출산한 나기코. 그녀는 출판사 대표를 죽이는 것으로 자신의 '복수의 책'을 마감한다. 책은 나기코가 어머니로서의 정체성을 발견하게 되기까지의 일종의 입문서가 된다. 나기코는 제롬의 피부로 정교하게 만든 책을 가져다가 분재 화분 속에 넣는다. 그리고 물을 준다. 제롬의 몸, 책은 꽃나무의 거름이 된다. 결과적으로 여자도 남자의 몸에 책을 쓸 수 있었다. 그것은 지워지는 책, 남성성을 죽이는 책, 아이를 얻는 책이었다. 그 책을 쓰는 과정을 통해 나기코는 여성적 글쓰기에 입문한다.

천 년 전 상궁 세이 쇼나곤의 책에는 '세상에서 제일 아름다운 것들' '내 가슴을 뛰게 하는 것들'이라는 제목의 글들이 실려 있다. '오리알, 눈밭의 자두꽃, 은그릇의 부서진 얼음조각, 감색 비단, 모든 감색은 아름다워, 감색

여장 남자인 아그라도, 매춘부 생활을 청산하고 연극배우 위마의 비서가 된 그(녀)는 공연이 취소된 어느 날, 무대에 서서 말한다. "내 이름은 아그라도, 모든 사람을 만족시켜준다는 뜻이에요. 나는 모두 정품이죠. 눈은 팔만, 코는 이십만 페세타, 가슴은 하나씩 칠만, 입술, 이마, 양쪽 뺨, 엉덩이, 0.5리터에 십만 페세타인데 계속 넣다보니, 계산하는 걸 잊어버렸네요. 레이저로 계속 털 깎아내는 데 칠십오만…… 진짜가 되려면 돈이 많이 들어요. 하지만 여러분도 진짜가 되는 데 돈 아끼진 마세요. 진짜가 될수록 내가 원하는 모습에 가까워지거든요." 이 말이 나는 왠지 여성의 삶 속에서 자신의 영화 언어를 건져올리는 남성감독의 지난한, 그리고 유머러스한 말처럼 들렸다. 그는 이 영화를 이 땅에서 어머니로 살고 있거나 어머니가 되려는 사

꽃, 감색 실, 그리고 무엇보다도 감색 종이, 놀이에 빠진 아이 곁을 지나가는 것, 향 피워놓은 방에서 잠을 자는 것, 뽀얗게 흐려진 중국 거울을 들여다보는 것, 밤에 아무도 몰래 찾아온 연인, 중국 비단, 칼집에 조각이 새겨진 단검, 나무 조각의 살결, 상궁들이 선도하는 황제의 행렬' 등등. 옛 여자의 사랑의 환희에 빠진 정황들…… 이 표현

람들, 그리고 영화 속에서라도 어머니를 연기해 봤던 모든 어머니에게 헌사했다. 그리고 어쩌면 어머니의 영화를 만든 자신에게도?

영화를 보고 돌아 나오는 내 가슴속에서 몸 밖으로 불쑥 눈물이 솟아올랐다. 붉은색이었다.

들은 모두 어린 세계를 보듬는 어휘들로 채워져 있다. 사랑의 행위와 글쓰는 행위를 동일시한 여성이 사랑하는 몸으로 쓴 글이다. 나기코는 그와 같은 글들을 쓰고자 했으나 그런 아름다운 글은 그녀의 몸에서 솟아나오지 않았다. 그러나 남자들의 몸에 쓴 그녀의 텍스트가 완성되고 그녀가 스물여덟 살이 된 해, 상궁 세이 쇼나곤의 책이 나온 지 천 년이 되는 바로 그해, 드디어 나기코는 여성의 사랑을 감각적으로 표출한 첫 글을 쓸 수 있게 된다. 갓 태어난 혼혈아를 안고. 자신의 몸에서 솟아나오는 여린 언어로 '세상에서 제일 아름다운 것, 산허리를 타고 내리는 빗줄기, 진홍색 옷을 입고 느긋하게 교토 거리를 거니는 것, 사사(山寺)에서의 연인과의 입맞춤, 고요한 물과 일렁이는 물, 역사(춘화)를 모방하는 것과 같은 한낮의 정사, 사랑하기 전 그리고 사랑하고 난 후, 살갗, 책상, 글을 사랑하고 그것을 깨달아버리는 것' 등등.

나기코의 텍스트에서도 문자와 육체가 결합되어 문장들과 그것을 읊어내려가는 리듬의 관능성이 비로소 실현된다.

피터 그리너웨이는 영화의 화면을 분할하고, 그것을 다시 나누고 겹치면서 분열적인 화면을 구사한다. 이러한 화면 구성 방식은 기존의 텍스트 구성 방식에 항의하고 새로운 텍스트를 탄생시키려는 여성들의 구성방식, 말하기 방식과 유사하다. 안이 밖이 되고, 밖이 안이 된다. 한 화면이 여러 글쓰기의 동시 진행장이 된다. 제롬과 나기코가 서로의 몸에다 글쓰기 의례를 진행하는 중에도 하녀가 침대보를 탁탁 털고 지나가고, 글자들 위에 정사 장면이 겹쳐진다. 한 프레임 내부에 수많은 프레임이 각기 다른 시공간을 현시한다. 그녀의 삶과 세이 쇼나곤의 일기는 수시로 겹쳐진다. 각 프레임들은 귀족적 입체감을 벗고, 서민적이고 평면적 프레임으로 동시 화면을 수시로 맞바꾼다. 미장센과 몽타주가 한 화면 속에서 동시에 출현한다. 천 년 전의 시간과 현재의 시간이, 결혼식 날과 가출의 날이 그대로 겹쳐진다. 인쇄소에서 책이 만들어지고 있다. 그 과정을 한 개의 카메라가 쉼없이 따라간다. 그런데 다른 카메라는 여전히 책 만드는 그 사람이 조금 전에 하던 바로 그 단계의 작업을 진행하고 있다. 책의 제작 과정은 마치 구성되고 있는 텍스트처럼 천지사방의 날줄과 씨줄, 선형적인 시간을 벗어나 얽히고설킨다. 물에 대한 명상조차 겹쳐진 채 진행된다. 나기코가 슬플 때, 동그란 욕조에 들어가 몸을 말고 누워 있는 장면은 마치 모태에 들어간 아이 같다. 그러나 나기코는 아이를 안고 있다. 동시에 그 욕조 밖으로 일렁이는 물, 쏟아지는 물이 물결치고 있다. 그다음엔 나기코가 아이에게 젖을 물린다. 그리고 나기코의 글쓰기가 그 장면에 겹쳐진다. 글쓰기는 영화와 텔레비전, 책의 경계를 넘어 화면 밖으로 흘러넘친다. 동시에 국가와 언어, 인종, 성별, 매체의 경계가 무너진다. 그리고 그것들을 가로지르는 여성적 글쓰기의 한 형식적 모형이 탄생한다. 이 완성된 텍스트 안에서는 어떤 서사도, 어떤 에피소드도, 어떤 프레임도 주체가 될 수 없었다. 한 여성의 얽히고설킨 텍스트의 구축 과정 그 자체가 텍스트의 숨겨진 목소리였다.

글쓰기는 출산 행위이며, 쾌락을 전제로 진행되는 것이다. 글쓰기라는 사랑의 행위가 있었기에 텍스트 창조라는 출산 행위가 가능해졌다. 나기코의 책은 열세 편의 분절된 장으로 이루어진 출산의 텍스트였다. 어머니 되기의 텍스트였다. 어머니로서의 사랑은 외부가 안으로 들어오고, 내부는 문을 열고 나가는 과정 속에서 가장 극적으로 완성된다. 아기를 잉태하고 낳을 때처럼. 그러기에 어머니의 텍스트는 사랑의 텍스트, 이 세상 어떤 창조물보다 가장 관능적인 텍스트였다.

물
— 물의 언술

물의 뿌리는 어디에 있는가. 모든 물의 뿌리는 산중의 계곡 속에 있다. 계곡은 노자에 의하면 여성의 상징이다. 노자는 "골짜기 신은 죽지 않는다. 이것을 감은 암컷이라고 한다. 감은 암컷의 문을 일컬어 천지의 뿌리라고 한다(谷神不死 是謂玄牝 玄牝之門 是謂天地根, 『노자도덕경』 6장)"고 하여 여성적인 것의 영원함, 깊음을 골짜기 상징에서 추출하고 있다. '바리데기 신화'에서 약수는 물의 뿌리에 해당한다. 바리데기는 죽음(텅 빈 곳)에의 회귀를 감행함으로써 물의 뿌리에 도달한다. 바리데기가 물의 뿌리를 찾아가는 여정은 가역적인 행위, 물길 거슬러가기의 여정이다. 바리데기는 지옥을 건너 약수가 있는 곳에 이른다. 바리데기는 죽음을 가로지름으로써 그 죽음(텅 빈 곳)이 숨긴 약수를 서천서역국에서 가져올 수 있게 된다. 『노자도덕경』 16장에는 "만물이 함께 일어나지만, 나는 만물이 돌아감을 보나니, 무릇 만물은 각기 그 뿌리로 돌아감이라. 뿌리로 돌아가는 것을 고요함이라 하고, 이를 생명을 회복하는 것이라 할 수 있고, 그것을 일러 정상이라 하리라(萬物竝作 吾以觀復 夫物芸芸, 各復歸其根 歸根曰 靜 是謂復命 復命曰常)"고 함으로써 만물이 죽어 그 뿌리로 돌아감을 생명의 회복, 또는 천명이라 하였고, 이를 다시 상(常)이라고 하였다. 이 말은 죽어서 땅으로 돌아간 식물처럼 죽어서 물질화됨으로써만 인간 또한 역설적으로 생명을 지속시킬 수 있다는 것을 암시한다. 노자는 도의 모습을 여성에게서 읽고, 도의 상징을 물에서 찾고 있다. 바리데기는 죽음이라는 뿌리로 돌아감으로서 생명의 회복을 도모한다. 바리데기는 죽음의 한가운데서 약수를 지키는 사람과 혼인을 하고, 아들을 낳는 어머니가 됨으로써 생명의 약수를 획득한다. 그러기에, 약수는 모유이다. 그것은 제도의 정점에 선 아버지마저도 유아로 만드는 물이며, 동시에 아들들을 기르는 젖이며, 자신을 다시 탄생시키는 물이다. 그것은 마치 여성시인이 자신 안에 이미 존재했던 시를 만나는 순간 저절로 흘러넘치는 말, 여성시의 언어와 다르지 않다. 그것은 어머니 여신이 아버지 남신의 문화 속에서 죽어버린 아이들을 불러모아 새로운 탄생의 자리로 되돌려보내기 위해 젖을 먹이는 일과 다르지 않다. 어머니 여신의 수유는 어머니 스스로가 자신의 몸을 발견하고, 그 몸안에서 스스로 죽음으로써 시작된다.

여성의 육체는 주변적인 것, 이면에 있는 것, 부정적인 것으로 말해진다. 여성은 스스로 자신의 육체에 대해 말할 수 없었다. 그것을 말하는 것은 일종의 금기였다. 여성의 육체는 점액질이며, 끈적끈적하며, 물처럼 유약하다고 규정되어왔다. 여성의 육체는 정복의 대상이기에, 여성 스스로 욕망할 수는 없는 것이었다. 그러기에 권력구조 내부에서 여성은 점점 자신의 육체로부터 분리되게 되었으며, 자기 밖의 타자에게로 물처럼 다가갈 수밖에 없었다. 타자를 통해야만 어떤 성취를 이룰 수 있었다. 여성은 성스러

당신의 꿈속은 내 밤 속의 낮

내 시 속의 '나의 현실'이란 무엇인가. 어떻게 등장하는가. 내가 경험했다고 생각하는 이 기억들이란, 시간이란 다 무엇인가. 비유하자면 그것은 청소부 아저씨들이 누군가 몰래 버린 검은 쓰레기봉투를 헤집고 있을 때 거기서 쏟아지던 날벌레의 유충, 애벌레와 같다. 애벌레는 잠재적으로 나비이다. 그러나 나비는 아니다. 꿈꾸지 않는 애벌레는 날 수 없다. 애벌레 안에는 장차 나비가 되었을 때의 세포 하나하나의 무늬, 색깔, 냄새까지 다 들어 있다. 그러나 현재 애벌레는 나비가 아니다. 애벌레는 나비로 변신, 변용, 데포르마시옹하기 위해 존재한다. 단백질 덩어리로밖에는 보이지 않는 애벌레의 내부 어딘가에는 날고자 하는 욕망이 숨어 있을 것이

운 것의 운반 수단일 수는 있어도 스스로 성스러울 수는 없었다. 여성은 스스로의 몸에서 스스로의 정체성을 발견할 수 없었다. 누군가가 부과해준 정체성만을 갑옷처럼 입었을 뿐. 바리데기는 스스로 자신의 육체를 드러내기를 주저한다. 죽은 사람이 산 사람 앞에 나서기를 주저하는 것만큼 주저한다. 그래서 심지어 남장(男裝)을 하고 자

다. 그 욕망이 애벌레를 나비로 만들 것이다. 내 시는 그 욕망을 시의 시작으로 삼는다. 그래서 그 욕망의 변용이 내 시의 형식이다. 그렇지만 애벌레에서 나비가 부화하고 나면, 애벌레의 껍데기는 쓰레기통으로 들어가고 만다. 그 껍데기는 아무도 먹지 않는다.

나의 이렇게 닫힌 몸안에는 애벌레에서 나비에로의 변용을 가능케 하는 어떤 기관이 있다. 보이진 않지만. 즉 현실을 꿈으로 만드는, 쉴 새없이 가동하는 공장이 있다. 그 공장은 내 눈꺼풀이 잠으로 닫히고 얼마 지나지 않아 제 스스로 에너지를 방출하며 스스로 넓어진다.

꿈의 공장 혹은 꿈의 나라의 통치는 수사학으로 이루어진다. 그 나라에서는 온갖 과장, 비유, 점층, 도치, 영탄 같은 모든 허황된 법칙들이 꿈의 현실이라는 애벌레를 지배한다(나는 그 법 신의 남편 될 사람을 만나러 간다. 다른 여성들처럼 만남을 통해서만 바리데기는 자신에게서 약수를 찾아낼 수 있다. 모든 여성적 언어는 타자를 통과해야만 어떤 성취를 이루어낼 수 있다. 타자를 이용한다기보다는 타자를 만남으로써 언어를 생산해낼 수 있다. 이 부분은 다른 신화 텍스트에 대한 바리데기 텍스트의 미메시스이다. 그러나 바리데기는 타자를 이용하여 자신의 육체에 내재했던 약수를 구한 다음 그 타자를 떠나 새로운 텍스트를 써내려간다. 아내 되기와 아들 낳아주기, 아들 길러주기에 고착된 어머니상을 최고의 덕목으로 가진 웅녀나 유화부인과는 달리, 자신이 발견한 새로운 어머니상을 가진 어머니로서의 자신의 자리를 스스로 선택하게 된다. 바리데기는 지상의 통치를 거절하는 대신 영혼의 세계의 안내자가 되기를 자처한다. 자기 안의 여성을 찾아가는 기나긴 도정 속에 있는 여성시 역시 그 어떤 남성적 언어와 구별되는 여성적 언어도 갖고 있지 않다. 그러기에 자기 안의 어머니를 찾아가는 길에서 발설되는 언어조차 남장을 하고 있다. 남장한 언어로 여성적 언술이 타자의 몸을 찾아간다. 그러나 곧 자신의 몸을 파열하여 새로운 몸을 탄생시키고 그 몸

칙들을 '몽유비행선 탑승 규칙'이라 불렀다). 그러기에 그 나라에선 우리의 존엄한 헌법도, 십계명도, 세속오계도, 어느 것도 통하지 않는다. 그 나라에선 영화가 현실이며, 간통이 하나의 관습이다. 그 나라에선 감각이 이성을 지배한다. 그 나라에선 무대와 객석이 하나며, 유치장과 심문대가 하나다. 그 나라에선 나와 남의 또는 남과 남의 경계가 무너진다. 검은 쓰레기봉투처럼 묶인 내 몸의 경계가 비로소 사라진다. 내 몸이 외부와 섞여 한없이 넓어진다. 나는 내가 아니며, 너이다. 그렇다고 너도 네가 아니다. 밤마다 꿈으로 이 검은 쓰레기봉투가 들썩인다.

애벌레의 꿈속에선 날마다 애벌레 나라의 영토가 넓어진다. 미지의 세계가 날마다 정복된다. 애벌레는 꿈꾸는 것을 통해 몸을 분열시키고, 몸의 경계를 지운다. 애벌레가 꾸는 꿈의 디

을 떠난다. 여성시인들은 자신들에게조차 낯선, 그 언어를 가지고 타자를 다시 세우려고 한다. 그러기에 여성시의 언어는 죽은 언어 속에서 스스로 죽음으로써 새로운 삶의 언어의 기미를 찾을 수밖에 없는 질곡 속에 있다. 그러나 그럼에도 불구하고 타자를 통해서만 타자와 자신을 새로이 탄생시키는 역할 속에 시적 자아의 본래적 모습이 숨

테일, 움직임, 말, 변용이 애벌레의 몸을 무한대로 함수 분열시킨다. 꿈이 애벌레의 현실을 강화하고, 왜곡시키며, 단조로운 순환 속에서 벗어나게 해준다. 애벌레는 날마다, 순간마다 다른 꿈을 꾼다. 꿈이 애벌레 내부의, 혹은 외부의 모든 거울을 깨준다. 애벌레가 애벌레임을 알게 해주던 거울상마저 깨준다.

그때 모든 거울이 깨지고, 나비가 한 마리 날아간다. 꿈이 사라지면서 한 편의 시가 완성되는 것이다. 꿈은 잊혔고, 애벌레는 사라졌다. 아마 애초부터 존재하지 않았는지도 모르겠다. 시 속의 현실이란 그런 것이다.

햇빛 속에 나비가 한 마리 날아간다. 어딘가에 비밀의 출구가 있을 것이다. "그래, 이 세상의 '밖'이 어딘가에 꼭 있을 거야."

어 있지 않겠는가. 이토록 남성적인 세계, 바리데기의 지옥과 같은 곳을 가로질러 흐르다보면 나의 몸 어느 곳에선가 희디흰 젖이 흐르는 것을 어떻게 발견할 수 있을까. 그것은 베풂과 소외의 형식을 통해 나의 몸을 발견해내려고 애쓰는 행위 속에서 저절로 우러나오는 것일까. 여성의 언어는 온 세상을 헤매고 다니며 무한 속에 투영된 여성 시인 자신의 부유하는 정체성, 어머니를 찾아가는 길 위에서 분출되어 나오는 것일까.

바리데기도 다른 신화들 속의 주인공처럼 약수를 구하기 위해 길을 떠나, 모든 간난을 물리치고 약수를 구해 돌아온다. 약수가 숨겨져 있는 곳은 모든 간난의 중심, 아직 인간으로선 누구도 경험해보지 못한 곳이다. 그것을 찾아내는 것은 단순히 숨겨진 것을 찾아내는 행위만이 아니라, 현재 바리데기가 처한 존재의 조건을 초월하기 위한 투쟁의 의미를 내포한다. 이것은 인간이 자신의 현실적 한계 속에서 자신의 존재를 재위치시키려는 탐색의 행위이다. 이러한 행위는 무속의 입무자가 '내림굿'을 할 때의 일월대와 무구, 신복을 찾는 행위 속에 남아 있고, 아이들의 보물찾기 놀이 속에 그대로 남아 있다. 이들은 탐색해야 할 것을 찾아냄으로써 이전의 존재를 벗어난다. 그리고 천덕꾸러기 소녀는 공주가 된다. 바리데기는 바리공주가 된다. 공주라고 명명하는 것 속에는 소녀의 행복은 소녀 개인의 것이지만, 공주의 행복은 국가 전체의 것이라는 함의도 숨어 있다. 바리데기의 탐색이 개인의 행복만을 추구하려는 목적하에서 행해진 것이 아니라는 전언이 숨어 있는 것이다. 무구와 신복을 찾아낸다는 것은 개인의 직업이나 능력을 스스로 찾아내었다는 의미 이상으로, 그 공동체 전체의 공동선을 위해 일하는 자로서의 위치를 부여받았다는 사실을 내포한다. 그래서 바리데기가 약수를 구해오는 것은 단순히 개인의 아버지를 구하는 것을 넘어서 바리데기가 처한 공동체 전체와의 신체적 접촉을 통한 새로운 양육을 감행하기 시작했다는 의미를 내포한다. 약수를 구해온 바리데기의 입에서는 흰 젖과 같은 말이 쏟아져나온다. 바리데기의 아버지는 현실세계를 새로운 법으로 다스리는 자로 다시 자리매김되지만 바리데기는 영혼의 세계를 안내하는 자유로운 영혼으로 재위치되는 것이다. 이처럼 바리데기 신화는 다른 신화처럼 부권 질서를 회복하려는 지배 이데올로기의 기제를 표면적으로 드러내는 것 같지만, 사실상 그 내포적 의미는 여성 자신들의 자유스러운 정신세계의 개진이다. 탈영토화된 자신을 제시하고 그 비가시 세계의 우월성을 드러냄으로써 여성 자신들의 실존적 상황으로부터의 탈출을 도모하면서, 자신의 몸에 내재된 영적인 재생의 기제를 길어올린다.

여성시인이 자신에게서 자신의 정체성을 발견하려 하면 할수록 그녀는 파멸한다. 여성시인이 된다는 것은 끝없이 파멸할 수도, 타락할 수도 있는 은총이다. 이 은총 속에서 그녀는 더이상 이곳에 존재하지 않을 수 있게 된다. 여성의 몸에는 그렇게 존재하지 않을 수 있는 자리가 마련되어 있다. 죽음에의 무한한 참여, 목적 없는 여행을 무한히 감행할 수 있는 자리가 있다. 여성시인의 내부에는 머뭇거리고, 비틀거리고, 남장을 한 채 멀어지는 한 여성이 존재하고, 영원 속에서 젖을 먹이는 한 어머니가 동시적으로 존재한다. 그 두 존재의 슬픔과 기쁨이 여성시가 가지는 정서다.

모든 생물에게 생명을 주면서, 스스로 움직여 멀어져가는 것이 물이다. 그러나 물은 길이 아니라 물 그 자체다. 물은 낮은 곳으로 낮은 곳으로 미로를 따라 흘러가지만, 잡을 수도 없고, 모양도 없다. 그렇게 물은 흘러가면서 생명들 속에 깃들지만, 그 생명들을 자기 것이라 하지 않는다. 물은 마치 어머니처럼 흘러들지만 곧 **스스로는** 그 생명으로부터 더 낮은 곳으로 떠난다. 물은 스스로 사라짐으로써 뭇 생명에게 생명을 준다. 물은 실체는 있지만 스스로 형태가 없다. 그릇의 모양에 따라 스스로 변한다. 물은 어머니처럼 자식에게 생명인 물을 전할 수는 있으나 받을 수는 없다. 그러므로 물고기는 물속에서 자신 안팎의 물을 잊을 수 있고, 풀은 뿌리 위에서 자신 안팎의 물을 잊을 수 있다. 내 몸은 나를 낳아준 내 어머니를 잊을 수 있다. 물은 모든 생명 안에서 어머니의 존재방식 그대로 존재한다. 어머니는 생명을 주고 그 자리를 떠나 물처럼 어디론가 스며들고, 흘러간다. 누가 시키지 않아도 자발적으로 솟아오르며, 저절로 움직인다. 조그만 틈도 뚫고 들어갈 수 있으며, 단단한 바윗덩어리도 뚫을 수 있다. 얼음처럼 단단해지기도 하고, 수증기처럼 부드러워지기도 한다. 물은 마치 노자가 말하는 도(道)처럼 아무것도 하지 않는 것 같지만, 모든 생물 속에 편재한다. 물이 모든 생물 속에 편재하는 모습을 어떠하다고 해야 할까. 아마도 '흘러가는, 지나가는, 멀리 돌아가는, 되돌아가는, 스며드는, 끈적이는' 여성의 몸을 비하해서 표현하는 언어들을 그대로 써야 할 것 같다. 미로 속에서 헤매는 사람의 모습을 표현하는 언어들을 그대로 써야 할 것 같다. 이미지들 속을 헤매는 시적 언술이 흘러가는 길의 모습을 표현하는 언어들을 그대로 써야 할 것 같다. 물은 지나가면서 수많은 물의 길을 새끼 친다. 또 그 작은 물의 새끼가 새끼를 친다. 물의 길은 깊고 멀다. 어머니의 사랑처럼, 어머니의 몸처럼. 노자가 여성을 상징하고 지칭하는 명사 앞에 붙였던 감을 현(玄)은 적막하고 깊은 물을 가리키는 형용사이기도 하다. 현은 우리가 거울을 바라보기 전의 우리를 담고 있던 검은 거울 속처럼 다 비추나 아무것도 가두어두지 않으며 신비롭다는 뜻을 품고 있다. 또한, 현은 어린아이를 품은 어머니의 몸안처럼 가득하다는 뜻을 갖고 있다. 깊은 산중의 계곡처럼 적막하다는 뜻을 갖고 있다. 카오스를 가리키기도 한다. 감을 현은 깊은 샘물, 혹은 심연을 가리키기도 하지만, 모든 생물을 어린아이의 상태로 되돌리는 치유와 세례의 능력을 지닌 물을 일컫기도 한다. 물은 이처럼 길고 멀며 부드럽고 검다. 적막하고 깊다. 그러면서 끝없이 흘러다닌다. 돌고 돈다. 이 물의 편재하는 모습이 어머니의 모습을 드러낸다. 여성시의 언술의 특성을 드러낸다. 여성시인은 물의 언술, 타자화되고 폄하되어왔던 물의 언술을 통해 오히려 타자를 살려낼 수 있다. 남성적 화자들이 여성들의 몸을 비하해서 부를 때 쓰던 그 형용사들로 오히려 타자를 살려낼 수 있다. 물은 타자 속에 스며들지만, 거기 머무르지 않고 곧 떠난다. 물은 타자와 목숨으로 접촉하지만 타자를 소유하지 않는다. 흘러가지만 흐르는 자는 남아 있지 않다. 물은 아버지와 남편마저도 어린아이처럼 부드럽게 만들지만, 그러나 모양도 냄새도 남기지 않는다. 그러기에 물의 언술은 여성시인들에게 또다른 부재의 존재방식을 현시한다. 스스로 죽음에 처함으로써, 탄생과 질병과 죽음과 노역의 온갖 질곡을 가로질러 생성의 경이를 죽음의 공간에 펼친 바리데기처럼 물의 언술이 나아가는 모습은 자유로운 시적 영혼이 사는 모습 그대로이다.

병

— 여성이라는 이름의 병

여성이 쓰는 시는 쓰인 것이 아니라 행해진 것이다. 그것은 경험한 것이고, 몸으로 한 것이다. 시는 쓰는 것도, 짓는 것도 아닌, '하는' 것이다. 존재'하는' 것과 마찬가지로, 사랑'하는' 것과 마찬가지로 시'하는' 것이다. 시는 시인인 내가 생산한 것이 아니라 삼라만상이 시'하는' 것과 마찬가지로 내 몸이 시'하는' 것이다. 내 몸이라는 감각의 환영이, 내 마음이라는 콘텍스트가 삼라만상의 시'하는' 자태와 함께 어우러졌을 뿐이다. 삼라만상의 시'하는' 자태는 자신들의 있음을 가지고, 자신들의 없음을 현현하는 것이다. 나 또한 시'하는' 순간엔 내 안에 내재한 죽음이 그들의 죽음과 어우러진다. 나는 그들과 어우러지는 이미지 속에서 없음의 유희를 한다. 감은 눈으로 보고, 만지는 것이다. 나는 나를 써(使用)버림으로써, 시 쓰게(創作) 되는 것이다.

나를 써버리자, 너의 이미지가 살아나오고, 그 이미지가 가닿자 저 나무인 너는 사라지고, 저 나무의 존재성인 그것만 남는다. 그 남겨진 것이 시다. 그 남겨진 것으로는 적선을 할 수도, 심지어 당신의 오래된 마음 자락에 바늘코 하나 걸 수도 없다. 그러나 이 할 수 없음이 시'하는' 것이고, 그것이 시의 존재 이유이다.

시는 이 '할 수 없음'의 목소리이다. 이 '할 수 없음'의 '함'은 자신의 내부에서 자신을 주고 떠난 어머니를 만나지 못해 떨고 있는 목소리 속에서 흘러나온다. 어머니는 나에게 전 존재를 주고 나에게 머물러 있으나, 그러나 나는 그 어머니를 알아보지 못한다. 시는 그렇게 내 존재 속에 머물러 있는 조그만 어머니가 떠나간 어머니를 부르는, 애타게 부르는 목소리이다. 어머니는 여기 조그맣게 숨어 있고, 저기 어딘가에 떠나가 있다. 나는 이 세상의 법에 구금되어 내 안의 어머니를 알아보지도 못하고 있지만, 다른 한편으로 사라져간 어머니를 욕망한다. 그 욕망 속에는 너를 내 안에 잠재우고 싶은 욕구가 없다. 그 어머니를 욕망하는 목소리는 기존의 시적 목소리를 위반한다. 오히려, 나는 소유 없는 위반의 욕망을 통해 나의 사라져간 어머니, 자아상 속에서 잃어버린 낯선 나의 어머니, 나 자신을 욕망한다. 욕망 그 자체가 나인, '나'가 나를 욕망한다. 나는 나의 안으로 침투해 들어간다. 나 자신을 욕망하는 시적 언술은 공허한 언술이 아니라 내 속에 기나긴 세월 숨어 살아온 어머니를 내가 욕망하는 충만한 언술이다. 이때 나르시시즘은 시 담론의 기저에 충만하게 들이차서 나의 안으로 침투해 들어오는, 새로운 해체 구성이라고 부를 수 있는 형식을 통해 극복된다. 나는 대상들 속에서 어머니를 느끼는 것과 동시에 어머니에 의해 느껴진다. 나와 너의 시선은 얽혀들고, 감아들고, 그 얽힘과 감아듦 속에서 우리는 상생한다. 이 새로운 밀고 당김의 해체 구성 때문에 내가 내는 목소리는 그들이 보기에 '병적'이다. 그래서 나의 언술은 자신들의 언술이 건강하다고 믿는, 건강에 대한 병적인 환상을 가진 그들에 의해 '병적'이라고 명명된다. 여성 시인은 그 병적인, '병'이라고 그들에 의해서 명명된 목소리를 통해 그들의 상징적 제도, 언어의 고리 마디마디에 착색된 가부장성을 폭로한다. 여성의 목소리가 어떻게 그들의 거짓 건강에 대한 환상에 의해 소멸의 길을 걸어왔는지를 폭로한다. 병을 병으로써 폭로한다. 오히려 내가 '그들'의 병과 싸움으로써 그들의 병을 폭로한다. 그 폭로의 방식 속에서 멀어져간 어머니의 목소리, 그들의 타자의 목소리가 새롭게 울려퍼진다. 병든 목소리라고 불리는 목소리야말로 여성시인의 진정한 목소리, 그녀 안에서 억압된 목소리, 여성시인 스스로의 분노와 공포의 음률이다. 내 안에 아픈 어머니가 고요하게 생동하고 있다고 외치는 음률이다.

병은 몸이 쓰는 답장이다. 여성의 목소리는 이 세상의 중심 질서에 대한, 그 질서가 묘사해온 여성에 대한 거대한 이분법에 대한 답변이다. 이 거대한 이분법은 여성 스스로를 자신들의 무의식으로부터, 자신들의 성 자체로부터 소외시켜왔다. 여성은 그 소외로 인하여 자신의 몸과 무의식이 내는 목소리를 들을 겨를이 없었으며, 오히려 남성에 의해 제공되는 시선에 자신을 맞추는, 남성의 꿈, 남성의 시선의 타자로서 자신을 바라보는 이중적 시선을 갖게 되었다. 이렇게 이중의 소외 속에 있다는 자각을 싹 틔운 여성은 병이라는 답장을 쓴다. 남성적 주체성을 지지하고 그 주체성을 강화하거나, 그들의 시선의 유희적 공간이 되게 하거나, 그들의 감각에 맞춰주는 기능을 요구하는 언어에 대해 여성의 몸이 스스로 답장을 쓴다. 이 답장은 말할 수 없이 저항적일 테지만 여성 자신도 그것을 깨닫지 못할 때가 많다. 알아보지 못할 때가 많다. 이렇게 스스로 의식적으로는 알아보지도 못하는 저항의 답장을 여성의 몸이 저 혼자 스스로 쓴다. 우리가 정신이라고 믿었던 것 속에는 누군가에 의해서 조종되어온 수많은 감각의 집적이, 그것의 관념화가 굳은살처럼 박혀 있지 않은가. 그 속에서 분열된 의식들이 소리치지 않던가. 그런 것을 느끼자 몸안의 누군가가 저 혼자, 심리적이고 육체적인 박탈에 병으로 항의한다. 그것을 그들은 병이라고 부른다. 혹은 광기라고도 부른다. 그러기에 고착된 상징적 의미를 풍기는 언어로는 여성의 몸이 병들어 내지르는 목소리를 옮겨 실을 수 없다. 그것은 부유하며, 소리치며, 떨며, 쏟아져나온다. 그것은 분열된 정체성을 노정하며, 부과받은 여성성과 남성성 사이에서, 혹은 병으로 선택받았다는 우월감과 무의식 깊숙이 각인된 열등감 사이에서, 자신도 측정할 수 없는 권력에 대한 환상과 각인된 죄의식과 부재의 나락 위에서 마구 발설된다. 그 목소리는 몸안에서 쏟아져나오지만, 몸안으로 다시 쏟아져 들어갈 수밖에 없는, 병만이 스스로 생동하는, 그런 언어로 되어 있다.

이 병에 걸린 여성의 시는 몇 가지 모습으로 나타난다. 가장 먼저 자신의 정체성을 이 세상에 존재하지 않는 허구의 존재와 동일시하는 시들이 있다. 그 존재는 완벽한 순결성과 투명성, 초월성을 가지고 있으므로 이런 시를 쓰는 여성시인들은 세상 전체를 자신의 사랑으로 감쌀 수 있다고 믿는다. 어느 면에서 이런 시인들은 자신의 욕망을 억압하고, 자신이 가상적으로 만들어 세운 어머니를 선취했다고 믿는다. 이것은 세상이 만들어 하사해준 모성, 또는 대지모신에 대한 환상과 자신을 동일시하는 기제가 발현된 것이다. 물론 이때 여성의 성적인 욕망은 억압되거나 변형된다. 반대로 악마성으로 무장하고, 이 세상을 향해 공포에 찬 비명을 내지르며, 자신을 위악적인 포즈로 위장하는 시

처참한 메시지

우리는 모두 자신의 정체성이 정해져 있다고 믿고 산다. 할아버지는 할아버지로서의 정체성, 아버지는 아버지의 정체성, 엄마는 엄마의 정체성, 여고생은 여고생의 정체성. 우리는 이 정체성을 벗어난 사람들을 경멸하거나 왕따시키거나 기인이라 부르거나 한다. 그러다 그 정도가 너무 지나치다 싶으면 아무도 상대를 안 하거나 아니면 아예 이 세상 밖의 사람으로 치부해버린다. 그리고는 심지어는 존경까지 한다. 왜냐하면 그 사람은 절대로 자신의 인생에 끼어들 일이 없을 테고, 또 자신은 못할 일을 그가 대신 벌여주고 있다고 생각하니까. 그렇다면 이런 사람은 어떤가. 아시아계 여자이고, 캘리포니아의 인류학 전공 대학생이고, 처녀이며, 외동딸인

여자. 약간의 직장생활을 하다가 세속적으로 훌륭하게 성공한 남자를 만나 결혼을 하고 아이들을 잘 키우는 엄마가 되는 것이 그녀가 타고난 정체성을 지키며 사는 일일 것이다. 그러나 생각해보자. 그녀는 아시아인이므로 미국의 백인들이 보기에는 열등한 몸을 가지고 있다. 더구나 여자이므로 남자가 보기에는 열등한 존재다. 게다가 미국에 살고 있으므로 아시아 원주민이 보기에는 조금은 헤픈 여성이 되어 있을지도 모른다는 고정관념이 있을 수 있다. 그런데 그녀가 옥스퍼드의 킹스칼리지 법학부에 다니던 중 런던 지하철역에서 여섯 명의 남자에게 윤간을 당한 경험이 있다고 한다면 문제는 자못 심각해진다. 그녀를 바라보는 사람들의 눈에 혼란이 생기기 시작하는 것이다. 이제 우리는 정체성에 금이 간 그녀를 어떻게 보아야 할지 망설이가 있다. 이때 여성시인은 자신의 몸이 숨쉬는 소리조차 듣지 못한 채 그 위악적인 놀이 자체에 중독되기 쉽다. 또다른 여성시들은 유토피아를 선취한다. 그곳엔 여성적인 전체성만이 충만하다. 그곳에서 여성시인은 모두를 사랑한다고 말한다. 그러나 그 사랑은 타자와의 차이가 무시되고, 대화가 증발하며, 신비주의에 의해 세상의 모든 경계가 선험적으로 무시된 또다른 가상의 동일자의 사랑이다. 이런 시들의 화자에겐 현실적 타자는 필요 없고, 어쩌면 자신의 육체도 필요 없다. 다만 자신만의 에로스의 공간, 황홀경이 필요할 뿐이다. 그 화자가 그려낸 세상은 여성이라는 이름의 밀도로 모든 아이를 하나로 뭉뚱그린, 녹아버린 버터 속 같은 곳이다. 이런 시의 여성은 살아 있기는 하지만, 자신의 외부에서만 살아 있다. 그러므로 추상적인 언어로 영적 체험을 현재화하는 언어, 신비주의에 사로잡힌 여성적 제스처의 언어는 남성적 세계를 표면적이고 외부적으로만 극복한다. 그럼에도 불구하고 앞에 예로 든 여성시들의 각각의 언술들 속에서 거부된 어머니가 말하는 목소리를 어렴풋이 들을 수 있다. 어머니에 대한 욕망의 목소리를 들을 수 있다. 지워지고 거부된 세계가 상상되고, 형상

게 된다. 그녀가 원하지 않았음에도 그런 일이 벌어진 것은 안중에도 없이 우리는 그녀를 아주 정상적인 자세로 마주 대하고 있을 수 없게 된다. 더구나 그녀가 양성애자라고 하면 어떤가. 우리는 더욱 혼란에 빠진다. 더 나아가서 그녀가 신문에 난 기사를 보고 포르노그래피의 배우가 되기로 했다면 어떤가. 그러다가 갱뱅쇼라는 것을 열어 열 시간 동안 251명의 남자와 마라톤 섹스를 했다고 하면 어떤가. 우리는 그녀 앞에서 그만 두 손 두 발 다 들고 만다. 이제 우리는 그녀를 왕따시키다못해 이 세상에 거주하는 인간으로 취급하지 않거나 아니면 마음속 깊은 곳에서만 존경해야 한다. 그러지 않으면 그녀는 우리가 가진 정체성에 대한 고정관념을 낱낱이 부정했으니까 짐승의 나라로 추방하거나 아니면 정신병원 같은 곳으로 보내야 한다.

화될 수 있다. 또한 이들의 언어 속에는 남성적 세계의 동일성, 은유 구조, 기존의 언어 질서에 항의하는 여성 언어를 모색할 수 있는 기제가 숨어 있다. 이들의 언어에는 고착된 자아와 타자와의 관계를 풀어헤치는 언술로 나아갈 수 있는 기제가 숨어 있다. 그럼에도 이런 언술에 고착되어 있으면, 표면적으로만 남성적인 동일시의 시론이 극복

본명이 그레이스 켁인 애너벨 청이라는 공부 잘하는 대학생 겸 포르노 배우가 있다. 펑크 록 밴드의 일원이었던 고프 루이스는 이 년간 그녀를 졸졸 따라다니면서 다큐멘터리 영화를 찍었다. 그리고 그 작은 아시안-아메리칸 여성이 어떻게 자신에게 부과된 정체성을 섹스라는 틀 안에서 깨뜨리려 하는지, 어떻게 온몸으로 섹슈얼리티 안에 내재한 온갖 권력의 술수를 까발리려 하는지 보여주려고 하였다. 오리엔탈리즘과 관음증에 포획당하는 동양 여성의 정체성에 대한 항의를 삶의 내용 곳곳에 산포시킨 애너벨의 행동에 카메라는 시선을 맞댄다. 동시에 페미니즘 담론이 어떻게 여성을 무성적 존재로 만들고, 여성에게 페미니즘이라는 이름으로 새로우나 또다른 억압인 성 정체성을 부과하는지도 보여주려고 한다. 그러면서 사회체제 내에서 무능한 될 뿐, 자신들 속에 이미 살고 있는, 자신들의 감각이 되어버린 가부장적인 자아 구성물들, 담론들을 영원히 폭로할 수는 없을 것이다.

시는 의미 생산을 지워버리고자 할 때조차, 기존의 의미를 잘게 부수어 공중에 날려버리려 할 때조차 의미체이다. 그러므로 여성적 의미 생산은 일단 여성적 자리에서 남성적 담론들에 대한 해체로 시작할 수밖에 없다. 이것은 기존의 고착된 남성적, 관념적 의미체에 대한 부유하는 여성의 실존적 의미체의 가동이라 부를 수 있다. 몸이 곧 말이 되는 작용을 통해서 이 실존적 의미체의 문장들은 가동된다. 관념을 주는 자, 받는 자로 나뉘었던 관계 설정을 해체하고, 말하고 듣는 시람의 용해를 통해 몸들의 현현을 노정할 수 있는 것이다. 관념의 선행 이전에 몸이 먼저 말한다. 몸 말은 의미 작용만을 실어 나르는 배가 아니기 때문이다. 기왕에 존재해왔던 남성적 시의 담론은 성 정치학의 구도 아래에서뿐만 아니라 미학적 형태로서 담지하고 있는 대상을 전유하는 재현의 구성 속에서도 여성적 타자를 소유하고 소멸시키는 데 바쳐져왔다. 그들은 여성을 자연과 죽음의 동의어로 보면서 육체라는 물질성만을 가진 존재로 취급했다. 여성은

남성으로 낙인찍힌 감독 스스로도 자신에게 부과된 남성적 판타지에서 벗어나려고 하는 것 같다. 남성이든, 여성이든 부과된 정체성의 울타리 안에서 괴롭기는 마찬가진가보다. 그러나 나는 이 다큐멘터리 필름을 보는 내내 불안했다. 꼭 이 여자가 다칠 것만 같았다. 자신의 몸을 버림(?)으로써 자신에게 부과된 정체성을 부인하고, 자신을 얽어맨 사회제도에 항의한 여자들의 삶의 불운과 고통을 그리고 그 비참한 말로를 우리는 얼마나 많이 알고 있는가.

내가 이 영화를 볼 때 극장 안엔 나를 포함해서 대여섯 명 정도의 관객이 있었다. 모두 여자였다. 나는 하품을 하거나 브로슈어를 읽거나 아니면 밖에 나가서 전화를 한 통 걸고 와서 영화를 계속 들여다봤다. 나는 이 영화를 보면서, 이 영화를 피하고 싶었다. 왜냐하면 애너

자신의 초월을 위한 방해물이거나 혹은 내면 속에만 머물러 있는 수동적 존재이기 때문에, 자신의 초월을 위해 딛거나 버리거나 해야만 했다. 혹은 시선의 체포에 의해 의미를 가동시켜야만 존재하는 대상이었다. 그것이 남성이 의미를 생산하거나 대상을 전유하는 방식이었다.

벨 청의 항의방식이 나를 불편하게 했기 때문이다. 주인공이 나와 똑같은 동양 여성이었기 때문이고, 또하나는 오리엔탈 도그가 아니라 칼리지 걸로 봐달라는 그녀의 호소가 너무나 처절했기 때문이었다. 그리고 싱가포르에 사는 그녀의 엄마가 딸이 포르노 배우가 되었다는 사실을 알게 된 순간 그녀 앞에서 너무나 처참한 통곡을 했기 때문이다. 캘리포니아의 햇빛 속에서 욕을 하며 걸어가는 그녀의 왜소한 몸이 너무나 비참해 보였기 때문이다. 그러나 나는 나를 불편하게 하는 이 장면들이 산포하는 절규의 메시지라는 것을 안다. 그러면서도 목을 옥죄는 것 같은 손길이 내 몸 어디에선가 올라오는 것을 또한 느낀다.

그러므로 남성적 해체는 자신들 스스로 남성적 담론들을 취급하고 있을 때나, 혹은 남성적 담론들로부터 회피한 영역 속에서 발화할 때나 마찬가지로 소유, 혹은 의미 부여를 그 목적으로 하기 때문에 남성과 여성의 이분법을 전제로 발화되게 마련이었다. 그들의 해체는 성 차이를 전제로 한 담론 자체에 대한 해체로 나아가지 않았기 때문에 또다른 이분법을 조장할 뿐이었다.

그러나 이때, 자아와 언어의 동일성에 대한 상실감 속에서 그 상실감을 육체화한 방식으로 겨우 발화하는 여성의 병적 언술은 하나의 새로운 해체의 궤적을 그릴 수 있는 중요한 좌표가 될 수 있다. 해체의 구문을 통해 여성시는 이제까지의 문학 지도를 문제시할 수 있으며, 이제까지의 작품들의 가치 평가에 대한 새로운 기준을 제시할 수도 있다.

여성시의 해체는 여성들이 시'함'으로써 구축한 것이다. 그것은 기존의 시에 대한 한없는 열림이다. 그 열림은 한 시인의 주체성을 확장하기 위한 열림이라기보다는 오히려 주체성을 상실하기 위한 열림이다. 너의 거울에 나를 비추고, 나의 거울에 너를 비추기 위한 열림이 아니라, 너의 거울에서 나를 상실시키기 위한 열림이다. 그러므로 여성시의 해체는 스스로 여성의 몸이 시'하는' 과정을 상연하는 도주로를 구축한 것이다. 여성시는 무엇에 관해 쓴다기보다는 자신의 동일성으로부터 달아나는 도주로를 보여줌으로써 시'하는' 과정 속에서 시적 대상에게 존재성을 오히려 선사하는 것이다. 무엇에 관해 쓴다기보다 타자들이 스스로 말하는 것을 여성의 몸이 받아 적는 것이다. 이때 대상은 더이상 대상이 아니다. 대상은 재현의 도구가 아니라 여성의 몸과 서로 안팎이 흘러넘쳐 섞이는 관계를 형성한다. 나와 너, 주체와 객체, 남성과 여성, 말하는 사람과 말해진 것 사이의 경계가 벽이 아니라 문이 된다. 문을 열자, 대상이 바로 넘어들어오며, 그 대상을 따라서 세상 전체가 발가벗고 달려들어온다. 현실은 이제 과다노출되어 있어 오히려 투명하다. 모든 사물이 벌거벗은 채 울고 있다. 여성이 해체하는 것은 자기 동일성의 은유 구조와 아울러 구문의 변형이다. 과도한 쉼표와 느낌표들이 숨차하고, 헐떡거린다. 떨리고, 서두르고, 급한 언술들이 경련적으로 쏟아진다. 이제까지의 남성적 전유의 구문들은 비명에 가득찬 여성들의 목소리 속에서 다른 모습으로의 변형을 준비한다. 이 해체된 구문 속에선 시니피앙들, 몸들, 충동적인 것들이 모두 살아나와 반짝거린다. 혼란이 아니라 억압되어 있던 것들이, 그림자들이 나와서 함께 춤추고 있는 것이다.

병에 걸리는 것은 바리데기 연희자들이 그 연희를 현실공간에서 담당할 수 있기 위한 가장 기본적인 전제조건이다. 연희에 입문하려는 여성들은 가난하거나 소박맞았거나 아니면 현실세계에서 가장 열악한 환경 속에 살았던 여성들이 대부분이다. 그들은 병을 앓기 시작하면서 꿈을 꾸고, 환청·환상에 시달리며, 광기에 휩싸여 알지 못할 곳을 헤매기도 한다. 그러다가 어머니 연희자가 제공하는 통과의례의 제의적 공간에 참여하게 됨으로써, 병을 영원히 살아내야만 하는 또하나의 연희자로 탄생하게 된다. 바리데기 텍스트를 재생산하면서, 이본들을 파열시키는 여성으로 살게 되는 전제조건은 병에 의한 고통의 '겪음'이다. 이들은 단순한 서사전달자로서 바리데기 텍스트를 재연하는 것이 아니라 대상의 다름에 따라 다른 텍스트를 매번 다르게 탄생시키는 생산자가 된다. 이 생산자는 남성적인 서사구조를 파열시키는 역할을 담당한다. 자기 스스로 바리데기가 됨으로써 스스로 엑스터시, 트랜스, 빙의를 매번 다시 경험하게 되는 것이다. 이들은 또한 첫번째 입문 제의의 날(내림굿의 날) 고통과 탐색의 종착점에서 '말문 열기'라는 의례를 거침으로써 자신만의 새로운 언술의 방식을 가진 연희자로 재탄생한다. 새로운 이본 텍스트의 한 사람의 독립된 주례자로 탄생하는 것이다. 바리데기 텍스트에는 현세가 생명의 땅이며, 서천서역국은 죽음의 땅이라는 일치적 도식이 성립되어 있다. 그러나 현세의 죽음은 서천서역국의 생명수가 있어야만 해결 가능하다. 현세와 이승은 가역적 상응성을 가지면서 서로 마주보고 있다. 현세의 생명은 서천서역국의 죽음과, 현세의 죽음은 서천서역국의 생명수와 서로 마주본다. 이때 바리데기의 죽음공간 속에서의 고행은 새로운 연희의 입문자가 병을 치러내는 것, 현세에서 새로운 생명의 담지자로서 살아가는 것과 일치한다. 새로운 연희자가 자신의 연희자로서의 탄생 의례 이전에 현실공간에서 겪게 되는 병은 강화된 무의식에 대한 의식의 대극으로 강력한 힘을 갖게 된 콤플렉스들이 무의식을 간섭하면서 치르게 되는 홍역일 수도 있다. 이 병은 무언가 낡은 것을 소멸시키려는 절차를 밟아, 즉 상징적으로 죽음에 드는 절차를 밟아 오랫동안 그녀를 그녀가 속해 있던 집단으로부터 소외시키는 역할까지 맡는다. 이 시련은 연희자로서의 탄생 의례를 할 때 다시 한번 상징적으로 되풀이된다. 간혹, 육체적 고통을 겪은 후, 수수께끼를 품고 있는 물건이나 제의에 필요한 옷과 도구를 찾아야 하는 것은 물론, 불길을 뚫거나 강을 건너야 한다. 그러나 이 병은 낡은 자아의 포기, 또는 희생을 통해 새로운 언술을 하기 위한 절대적 전제조건이다. 이 병을 앓고 나야만 한 사람의 여성은 현실 속에서 부과된 정체성을 붙안고 억눌려 살던 자기 자신과는 분리된 존재로서, 새로운 텍스트의 발화자로서의 자격을 갖추게 되는 것이다. 그후 그녀의 새로운 발화는 연희자 자신을 넘어 상대방의 고통 속에서 죽음의 해체를 향해 가없이 멀리 나아간다. 시한다.

증후

— 죽음을 껴안고 뒹구는 말

그 여자는 살아 있는 것보다는 죽은 것에 매혹을 느끼는 여자다. 죽은 동물들을 상자에 넣어두기도 하고, 그 동물의 냄새를 맡기도 하고, 심지어 그 죽은 동물들의 사체를 뺨에 대보기도 하고, 목덜미에 갖다대기도 한다. 밤에는 몰래 침실을 빠져나와 숲속으로 가서 상자 속의 죽은 짐승을 묻어주며 자신만의 제의를 펼친다. 그녀는 외로운 소녀였지만, 어느 날 한쪽 눈이 먼 친구를 사귄다. 둘은 한여름 내내 숲속에서 죽은 동물들을 찾아내 장례놀이를 하면서 보낸다. 어느 날, 소녀는 친구 앞에서 모두가 잠든 밤에만 치르던 자신의 제의를 해보인다. 그러나 하필이면 그 순간 소녀에게 초경이 시작되고, 초경의 피와 주검의 피가 섞여서 그녀의 몸에 발리자 놀란 친구는 소녀를 떠난다. 성인이 된 그녀는 장의사로 취직한다. 그녀는 실려온 젊은 남자 시신들에게 한없는 애정을 느낀다. 시신들 앞에서 그녀의 제의는 다시 계속된다. 그녀는 시신들을 만지기도 하고, 키스도 하고, 심지어는 섹스도 한다. 그녀는 시신들을 사랑한다. 그녀는 시신들 속에서 빛이 나온다고 말한다. 그녀는 삶과 죽음의 경계에서 희열을 느낀다. 그리고 점점 그 비밀스러운 제의 속으로 혼자서만 빠져든다.*

  영화 〈키스드〉(1996)의 산드라는 '여성과 죽음이라는 이름의 병'에 걸린 여자라고 봐야 할 것 같다. 이 영화는 이제 시체가 되어서 더 이상 움직이지 않게 되었으므로 상대방을 완벽하게 소유할 수 있게 되었다고 말하는 남성적 소유욕에 시달리는 여자를 창조하고 형상화한 것이 아니라, 여성이라는 이름의 병에 걸린 여자의 증후를 드러내 보인다. 여성이라는 이름의 병에 걸리면 일단 세상을 보는 시선이 달라진다. 그 시선은 남성적 시선으로 점유된 세상으로부터 고개를 돌려 이 세상에는 존재하지 않는 어떤 다른 공간을 바라보게 되는데, 영화 〈키스드〉의 산드라처럼 죽음에 점령된 주검에게로 그 시선이 옮겨질 수도 있는 것이다. 산드라가 그들에게서 빛이 난다고 말하는 것, 또는 각각의 죽은 몸에서 느껴지는 것이 모두 다르다고 말하는 것, 자신은 죽음과 삶의 경계에서 희열을 느낀다고 말하는 것 등은 그녀가 철저히 이 세상의 지배적 시선과는 다른 시선, 다른 움직임을 포착하는 감각을 지니고 있다는 사실을 말해준다. 그러므로 그녀는 병에 걸린 것이 아니라, 오히려 다른 감각에 의해 네크로필리아라는 새로운 증후를 내보이는 것이다. 생물이 죽으면 그 생물들에게서 기생하던, 우리의 육안으론 볼 수 없던 수많은 미생물들이 살아나오기

---

* 바바라 가우디 원작, 린 스톱케 비치 감독, 영화 〈키스드(Kissed)〉.

시작한다. 이제 죽은 생물의 몸은 그 생물의 것이 아니라 미생물의 것, 주검의 것이다. 육안으로는 보이지 않는 것들이 그 죽은 생물의 몸을 먹기 시작한다. 아무것도 남지 않을 때까지. 그 순간, 또다른 생물들의 삶터가 된 몸이 내는 에너지의 찬란한 방출에 매료된 한 여성이 그 시체를 사랑하는 것이다. 그리고 그녀는 삶과 죽음의 경계에서, 위태로운 자신의 실존을 유희해보기 시작하는 것이다. 에로티시즘의 그 깊고 깊은 심연 속에서의 또다른 삶을 말이다.

여성시인의 시에 나타난 병적 증후는 미래의 죽음이 현현한 것이다. 이 미래의 죽음의 과도한 현재화가 여성시인에게 병적 증후를 가동시킨다. 여성시인은 병적으로 과도한 부재 상태와 병적으로 과도한 존재 상태 사이에서 기침한다. 코를 훌쩍인다. 숨이 막힌다. 헐떡거린다. 숨죽인다. 돌처럼 굳어져서 응시를 멈추지 않는다. 울부짖는다. 소리친다. 욕한다. 말을 더듬는다. 하품한다. 훌쩍거린다. 노려본다. 고통스럽다고 외친다. 산드라처럼 주검에서 삶을 본다. 무언가 몸안에서 태어나려고 하는가보다. 그러나 이렇게 과도하게 현재화된 죽음들, 경련과 제어할 수조차 없는 움직임들이라는 증후 자체가 시 속에 수용되어 시의 언술 속을 점령할 때, 그것들은 현실과 죽음 사이의 경계를 허무는 역할을 한다. 자신의 경험이 여성적 자아에 의해서 수용되지 못할 때, 그러한 경험이 죽음에 중독된 그녀의 시선으로 포착되어 모든 존재와 함께 계속 늘어날 때, 모든 존재와의 과노한 짝짓기가 자신 속에서 일어나고 있다고 느낄 때, 여성은 병적 증후를 '산다'. 비상한 표현능력을 '산다'. 아아, 나는 마음대로 말을 시작할 수도 없고, 마음대로 말을 중지할 수도 없다. 나는 밧줄에 묶인 것처럼 꼼짝 못하거나, 거대한 급류를 혼자 맞고 서 있을 때처럼 빠르고 빠른 이 말의 속도를 멈출 수도 없다. 내가 의도하지도 않은 말들이 내 안으로 돌진해 들어온다. 나는 과도하게 있거나, 나는 과도하게 없다. 아아, 나에게는 왜 그토록 고상한 중용이라는 게 없는 거지? 이러한 증후 속에서 여성시인은 커다랗게 밀려오는 해일을 혼자 맞고 서 있을 때처럼 무모하다. 분절된다. 도발적이다. 돌연하다. 파괴적이다. 뻔뻔스럽다. 천하다. 관능적이다. 그리고 그 안에서 여성은 시간이 지나면 지날수록 더욱더 자아를 상실한다. 고통스러운 기억은 여성의 몸안에 저장되어 있지 않다. 왜냐하면 그녀의 과거는 억압되어 있거나, 변형되어서 그녀 자신조차도 알아볼 수 없는 모습으로 변해 있기 때문이다. 그녀의 과거 또한 죽음에 감싸인 채 어딘가에 감춰져 있기 때문이다. 현재 안에서 죽어 있기 때문이다. 그래서 여성시인들은 역설적으로 모두 '과거 있는' 여자가 된다. 더불어 여성시인에겐 자신의 병에 대한 자각 또한 없다. 그녀는 어떠한 중심도 설정하지 않았기 때문에, 병을 병이라고 부를 수 있는 자리조차 없다. 몸에 생각이 들러붙은 채 그것들은 세상 안으로 흘러들어가버렸다. 몸의 세계화가 일어나버렸다. 그러나 그럼에도 불구하고 증후는 여성의 내면이 매단 발화 기계이다. 이 기계는 주술의 언어를 내뱉는다. 주술의 언어는 있음의 세계를 짓뭉개며 없음을 현현하는 언어, 유창한 실어증의 언어를 방출한다. 그녀는 바리데기라는 이름처럼 무명 속에 있다. 그 안에서 자아 지우기에 빠져 있다. 여성시인에 겐 자신의 여성적 경험을 늘 그곳에 보관했다가 그것을 자신의 증후 속으로 방출하는 놀라운 발화 기계, 이미지 기계가 있을 뿐이다. 이미지 기계는 실재의 세계 안팎에서, 진리의 세계 안팎에서, 현재의 구멍들인 죽음에 덧씌워진 과거 속에서, 혼자서 스스로 가동한다. 이미지 기계는 시적 대상인 저 나무를 없음의 세계에 현현한다. 발화가 시인의 내부에서 솟아오르는 순간, 실재와 비실재의 구분은 이미 존재하지 않는다. 시적 대상과 보는 자가 간격 없이 뒤섞인다. 이때 시적 대상은 하는 수 없이 탈소재화의 운명을 맞는다. 한 그루 저나무는 비실재적인 공간에서 공감각적으로 표출될 뿐이다. 이때 여성시인은 지각하는 줄도 모르고 지각한다. 이 비실재적인 미지의 공간과 시적 대상들이 여성의 시 속에 섞여들자 현실세계의 형상 경계들은 무너진다. 상이한 것들의 뒤섞임이 여성의 시 속에서 자연스럽게 펼쳐진다. 개별적인 정황들만이 무너진 경계 안에 있는 것이 아니라, 정황들을 묶어놓은 시라는 형식 그 자체마저도 현실공간을 뭉개면서 탈경계화를 시도한다. 이 뭉그러진 형상과 공간이 여성시가 내포한 강렬한 현실이다. 여성시인들이 몸으로 그려낸 시적 현실의 모습이다. 이러한 공간의 탈영토화는 언술된 이미지들의 운동방식에서 유래하는데, 이 운동방식을 바로 미로의 궤적을 닮은 물의 언술이라 명명할 수 있다. 물의 언술은 쉴새없이 방향이 바뀌고, 느닷없이 잘리며, 덧붙여지고, 끊어지다 폭발하며, 비틀리고, 되돌아오며, 감기거나 한없이 미끄러지다가, 스며들고, 증발한다. 무질서한 자기 발작 속에 감금된 듯하다가도 쏜살같이 빠져나간다. 그 과정 속에서 생명들이 솟아오른다. 『장자』의 「소요유(逍遙遊)」편의 붕(鵬)이라는 새나 곤(鯤)이라는 물고기는 경험적 인식의 세계를 박차고 싶은 시인 장자가 이미지화한, 탈경계화된 장소의 현현이다. 탈경계화된 공간이 자유롭게 유희하는 모습 그 자체이다. 죽음이 이분법적 분리의 사이를 뭉개버린 모습이다. 이미지가 유희

현대 서정시를 읽는 독자의 자세

현대 서정시는 시 한 편을 어떤 코드로 읽든, 그 시에서 한 가닥의 실이 당겨져 나온다는 사실이 가장 큰 장르적 특성이라 할 수 있겠다. 그래서 만약 한 편의 시를 여러 코드로 읽으면 무궁무진한 실이 그 시에서 이끌어져 나올 수 있을 것이다. 마치 다성악적 구성의 음악작품에서 여러 가지 소리를 분해해낼 수 있는 것과 같은 이치이다. 다성악을 구성하는 데에는 직선과 직선의 교차라는 한 가지 방식만이 있는 것이 아니라 다양한 입체적 구성이 응용되기 때문에 한 편의 작품 안에서 다양한 도형(목소리의 짜임들)을 발견해낼 수 있다. 그러므로 어떤 권위적인 비평가가 현대 서정시를 읽고 나서 자기 같은 시 전문가가 이해하지 못한 시는 엉터리 시라는 판

하는 공간은 붕이나 곤이 노니는 공간처럼, 가없고, 상하가 없고, 가역적이다. 곤이 붕의 꼬리를 물고, 붕이 곤의 꼬리를 문다. 붕은 세상을 가득 채운 새이고, 또한 세상을 자기 몸안에 지니고 있어, 세상에서 가장 작은 새이다. 곤 또한 그렇다. 그들은 가장 커서 잡을 수 없고, 가장 작아서 만질 수 없다. 그들이 정처 없이 날아가고, 헤엄쳐간

단을 내린다면 그것은 자신이 아직도 프리모던한 서정시관을 가지고 현대시를 대하고 있다는 고백을 한 것이라고 볼 수 있다. 다성악적인 입체 구성방식은 허구적인 방식이 아니라 우리 현실의 존재방식, 우리 삶의 존재방식, 우리 삶을 구성하는 사물들의 존재방식과 조금도 다르지 않다는 견지에서 매우 사실적이라 할 수 있다. 그러므로 현대 서정시 안에서 끓어오르는 이미지들은 환유적 방법에 의해서 선택된 리얼리티가 있는 국면의 선택에 의해서 구성된다. 이것이 근대의 이분법적 틀을 뛰어넘는다. 그래서 소위 현대 서정시의 독자가 갖추어야 할 자세가 있다면 자신들이 이제까지 허구적으로 구축했던 관념들, 이를테면 외면과 내면, 상위개념과 하위개념, 미와 추 등등의 경계를 부수는 것이고, 그 폐허에서 현대시를 읽어야 한다는 것이다.

다. 유희의 움직임 속에서 자아는 잊히고, 유희되는 가없는 장소 자체만이 부상한다. 그러기에 장자의 「소요유」 텍스트는 비실재의 시학 텍스트이다.

시 텍스트 또한 「소요유」와 같은 유희의 텍스트이다. 시의 언술들이 유희의 운동방식을 내포할 때 비로소 시 텍스트는 스스로 아무런 필연성도 담보하지 않는 자유를 갖게 된다. 삶이라고 불렀던 것들이 죽음에 거주하게 되며, 죽음이라고 불렀던 것들이 삶 속에 거주하게 된다. 나무들이 소금처럼 짜디짠 바닷속에서 살아가게 된다. '삶을 잊어버린 사람에게는 죽음이 없고, 항상 삶을 가진 사람에게는 삶이 없다. 사물이 된다는 것은 모든 것을 보내고 맞아들이며 모든 것을 파괴하고, 모든 것을 이루는 것을 말한다(殺生者不死 生生者不生 其爲物無不將也 無不

迎也, 無不毁也, 無不成也: 초횡, 「대종사(大宗師)」, 『장자익(莊子翼)』)'는 해석은 타자성을 선취한 시적 자아의 모습을 그대로 반영하는 구절이다. 시적 자아는 사물들과의 관계, 얽힘 속에 있을 뿐, 그 어디에도 없다. 있다고 하면 없고, 없다고 하면 없다. 이와 마찬가지로 동일자의 파괴와 생성이라는 역동적인 궤적 안에 여성시인의 시 '하는' 모습이 숨어 있다. 이런 시의 궤적 안에서는 기억이 환기된다고 하더라도 그것이 증후를 강화시키는 역할에 종속될 뿐이거나 혹은 죽음을 강화시키기 위한 기제가 될 뿐이다. 이러한 여성시인의 텍스트를 현실성을 인식하기 어렵다는 구실로 시 장르 밖으로 내쫓을 수는 없다. 죽음에 중독된 산드라가 살아 있는 사람과의 섹스가 끝난 후면 꼭 다시 한번 죽은 사람과의 제의적 섹스를 경험해야 하는 것을, 비실재적이고 비현실적이라는 이유만으로 영화 바깥으로 내쫓을 수 없듯이 말이다. 여성의 경험 속에서 감각은 증후와 접합되어서, 증후를 강화시키는 일에 동참하고, 나날이 병은 뚱뚱해진다. 몸안으로 들어온 상이하고 비실재적인 것들이 병적 증후라는 유동적인 짜임 속에서 변형되고, 변용된다. 나날이 죽음에의 중독은 강화되고, 기억과 경험은 순환적 증후의 세계를 넓혀나간다. 그것은 마치 같아 보이나 실제적으로는 너무나 상이한 악절의 반복인 변주곡 형식에서처럼 순환하면서, 한 번의 순환이 반복될 때마다 더 깊은 심층을 내면화한다. 이것을 시로 쓰는 여성에겐 자연히 프랙털 도형과 같은 겹침이라는 언술구조가 발생할 수밖에 없다. 여성적 경험은 응축되어서, 증후체계에 저장되고, 그것은 무한한 반복의 궤적을 그리면서 시인의 입술을 타고 흘러넘친다. 흘러넘쳐서 또 흘러간다. 이 반복의 연결은 같은 궤적만을 그리면서 간다기보다는 타자의 경계 속으로 흘러들고, 다시 그 경계를 허물고 나아가는 흐름으로 이루어진다. 차이와 연결을 동시에 몸으로 견뎌내면서 접속해가는 언술의 길 말이다. 어머니가 몸'하면서' 몸들을 건너가는 방식 말이다. 이 언술의 길은 이때, 여성시인의 언술이라는 명명을 넘어 시라는 장르 자체가 갖는 특이성을 노정한다. 시는 단순한 미메시스를 넘어, 단순한 물질성과 닫힘을 넘어 시 쓰는 몸을 넘어 시'하는' 몸으로 변형된다. 설사 여성시인의 눈이 감각을 담는 기관이 되더라도 그 눈은 보는 기관이라는 한정성을 넘어 맞대고 접촉하는 공감각의 기관이 된다. 이러한 언술의 길은 바리데기 텍스트가 수많은 이본들을 건너다니면서 변용되고 새로이 생성되는 반복을 구성하는 방식과 유사하다. 바리데기 텍스트는 연희의 공간을 흘러가면서 스스로를 확장하고, 변장하고, 구성하고, 형성한다. 그러기에 이 순환적이고 반복적이고 입체적인 궤적은 표상할 수조차 없는 깊이를 노정한다. 기계적인 반복이 아니라 죽음과 삶이 스며든 해방된 반복 속의 깊이를 살아낸다. 이러한 흐름을 타고 발화되는 여성시인의 언어는 그야말로 유동적이고, 환유적이다. 환유는 없음이라는 시간성이 여성의 삶의 현재와 기억에 기투된 모습이다. 그것은 자연히 시니피앙들의 유희일 수밖에 없다. 그러기에 노자가 말하는 곡(谷), 현(玄), 빈(牝) 같은 여성적 기호들은 없음의 시니피앙들이다. 이 없음, 혹은 존재하는 듯하고 부재하는 듯한 여성의 시니피앙들은 모든 이분법의 대립을 넘어 유희한다. 이 유희를 은유적 고정체계에 대해 자신들의 몸의 경험으로 쓴 환유적 반응체계라고 할 수 있을 것이다. 그러지 않고, 여성의 시가 기존의 시의 미적 형상화 방법을 그대로 받아들인다면, 여성은 시를 쓰는 과정 속에서, 자신의 발화 속에서 살려낸 어머니를 또다시 저 동일성이라는 죽음의 심연으로 몰아넣게 되고 말 것이다. 이러한 시는 여성적인 요소를 시 속에 끌어내어 천재성을 노정했다고, 혹은 인간의 그 밑바닥에서 끌어내었다고 칭송받는 남성의 시와 다를 바가 없다. 그들 속의 어머니를 시의 시작으로 삼았으나 형상화 단계에서 어머니를 권위적 모성으로 옭아매고, 남성적 동일시의 시각으로 형상화해낸 '여장남자'들의 시와 다를 바가 없다. 그러한 시를 여성들이 쓸 때, 그 여성시인의 시는 기존의 남성적 방식대로 쓰인 것이지, 여성적으로 시 '한' 것이 아니다.

병이라는 답장을 쓰는 여성의 문체는 비규범적이다. 분절되고, 망설이며, 찢긴 말들이 터져나오는 방식 그대로다. 이 떨리는, 병든 말들이 오히려 시적 건강성을 노정한다. 이 말들이 이제까지 시를 규정해왔던 장르적 특성의 한 곳을 잘게 부수어 망가뜨린다. 그리하여 장르의 영역을 한없이 잡아당겨 넓힌다. 이 떨림과 부숨은 다른 사람들의 거울 속에 들어 있던 자신 스스로를 해체하는 여성의 아픔 속에 숨어 있었다. 고정되고, 단단하며, 직선적이고, 딱딱한 것 대신에 입술처럼 부드러우며, 문처럼 열려 있고, 구멍처럼 검은 심연을 드러내려는 여성들의 병적 증후 속에 숨어 있었다. 이 숨어 있던 것들이 터져나오는 말들의 결이 여성의 문체다. 말의 길이라기보다는 말의 결이다. 기존의 장르적 특성 속에 들어 있던 시적 감지, 그 속에 들어 있던 무의식, 그 무의식 너머에 있는, 무의식 속에 숨은 채 떨고 있던 말의 결이다. 여성적 자서전이 배양시킨 상상적 문채(文彩)다. 문채는 여성의 몸에 의해 저절로 오르고, 내린다. 열리고, 닫힌다. 켜지고, 꺼진다. 가까워지고, 멀어진다. 그러기에 여성의 문체는 환상과 현실의 경계 사이에서 부유하면서 생동한다. 여성의 문체는 지금도 행해지고 있는 몸이다.

여성의 병적 증후는 자아를 상실한 병, 또는 보편적 자아에 대한 환유적 반응체계라고 부를 수 있다. 그러나 동시에 이 증후는 자기 자신만의 목소리를 가지려는 시도를 내포한다. 이 시도 때문에 병적 증후를 가진 수많은 여성들은 자신의 경험의 도처에서 만나는 감각들을 증후 안으로 끌어들이며, 연이어 변형된 감각으로 자신의 증후를 더 확고히 한다. 그러나 이 감각들은 오감으로 나뉜 신체의 각 기관들에서 보내는 신호라기보다는 여성이라는 이름의 병에 걸린 여성이 열린 몸으로 해방시킨 감각이라고 할 수 있다. 그들은 타자들의 고통을 자기 것으로 만들기를 서슴지 않으며, 심지어는 타자의 고통을 대신해서 앓기까지 한다. 타자의 손바닥에서 흐르는 피가 실제로 그들의 손바닥에서 흐른다. 이것은 살과 살의 접촉 속에서 이루어지는 겹침의 과정이다. 여성적 동일회는 남성적 동일화와 나르다. 여성의 동일화가 접촉의 동일화라면 남성적 동일화는 소유의 동일화이다. 남성적 동일화는 생생한 삶의 고통 대신에 재현된 것들 속에 자신의 자아를 부여한다. 그리하여 남성적 동일화는 자신에 의해 지배될 수 있거나 자신의 세계를 넓힐 수 있는 대상들로 구성된다. 이렇게 남성적 자아는 자아 확대의 길을 가다가 마지막 형상화 단계에 이르러 초월적인 것과의 동일시 욕구를 슬며시 표방한다. 이 마지막 단계에서 남성시인의 몸안의 어머니는 억압된다. 여성적 동일화는 혼재되고 고정될 수 없는 수많은 감각들이 흘러들어간 고통스러운 전이 속에서, 타자의 고통을 받아들이고 그것과 섞이는 용해 속에서 발생한다. 여성적 동일화는 남성적 동일화가 독식에 의해 이룩되는 것과는 달리 용해된 감각들의 고통 속에서 발생한다. 환유된 요소들의 상징화(전이)가 이 용해의 작업과정 속에서 일어난다. 즉, 독자이며 창조자인 여성시인, 바리데기의 독자이며 이본의 창조자인 여성 연희자들의 작업 속에서 전이가 일어나고, 그것이 비로소 여성시인의 시 텍스트가 된다. 그리하여 마침내 동일화라는 함정을 벗어나게 된다. 이렇듯 독자인 동시에 창조자로서의 용해의 전이가 이루어지지 않으면 여성이라는 이름의 병 속에서 해방된 감각들은 그저 부유할 뿐, 시라는 장르 자체가 본래적으로 갖고 있는 병적 증후를 여성시인 스스로가 '산(生)' 것은 아니게 될 것이다. 이때 환유된 것들이 은유되는 현상이 시 텍스트 안에서 발생하는데, 각각의 증후 현상들은 환유이지만, 증후 자체는 새로운 은유가 된다. 여성의 시에 본래적으로 존재하는 병적 증후는 여성시 밖에서 명명된 은유를 전복하기 위한, 저항하기 위한 환유적 저항을 언제나 텍스트 내부에 포함한다. 여성언어의 이중적 질곡을 벗어나기 위한 치유적 처방을 내포하는 것이다. 그러기에 여성시인에 대한 은유적 판명은 여성시인의 질곡과는 아무 관계가 없다. 그러므로 내가 증후라고 부르는 것은 역설적 차용일 뿐이다. 여성의 고통 자체와 은유적 명명은 아무런 관계가 없다. 그 명명은 '병이 아닌 것'이라고 명명된, '건강한 것'이라고 명명된 것에 대해서 여성시인 밖에서 품은 망상의 소산일 뿐이다. 그러기에 여성의 언어는 여성시인 바깥의 건강(망상)에 대해 병(현실)으로 쓰는 답장이다. 바리데기 연희자들의 삶 또한 이와 같다. 좌절하고, 불안해하며, 삶의 한계 상황에 봉착한 여성이 신병을 앓는다는 것은 소극적으로 자신의 삶의 질곡을 벗어나겠다는 의지, 혹은 욕구 그 자체만은 아니다. 절망의 극한 상황에서 창조적 기능을 하는 사람의 자리를 적극적으로 찾아내고자 하는 욕망의 발현이다. 이것이 기존의 남성적 서사구조를 잘게 부수고자 하는 변주에 대한 욕망이다. 그들은 연희를 주재하는 사람으로서 끊임없이 타자들의 고통의 장에 참여한다. 그들은 타자의 병을 대신 짊어지고 끙끙거린다. 그들은 타자의 병이나 고통 속에 머무는 죽음을 대신 짊어진다. 그들은 병과 싸움으로써 스스로 환자가 된다. 그리고 스스로 환자가 된 환자가 또 스스로 치유 프로그램을 가동한다. 물에 빠진 사람, 애 낳다 죽은 사람, 제 명을 다 살지 못하고 죽은 사람들을 달래줌으로써, 죽음의 공간에 갇혀서 방황하는 죽음을 살려내고, 또한 그 죽음에 붙들린 병든 자를 살려내려고 한다. 현실과 죽음이 경계를 히물이놓고 그곳을 왕래한다. 그곳에서의 감각을 '말문 열기'로 현재화한다. 그 제의에 참여한 사람들과의 무한히 반복되는 공감의 시도를 감행한다. 이 교환의 유희는 무한히 반복됨으로써 어떤 총체화도 불가능하게 한다. 이러한 유희 속에는 여성적 상호주관성의 실천이라는 기제가 숨어 있다. 바리데기와 연희자, 연희자와 고객 사이에 무한한 교환의 유희, 카니발이 숨어 있다. 그것은 마치 여성시인이 자신의 증후의 발현을 통해 경험된 감각을 열정적인 대화적 언술로 풀어놓는 것과 다를 바가 없다. 그러나 이들의 언술과 행위의 궤적은 여성적 언술 밖의 시선으로 보기엔 병이고, 광기이다. 규칙 위반이고, 이분법에 대한 위반이다. 그러나 여성시인들에게 죽음 공간에로의 넘나듦을 가능하게 하는 이 병은 그들을 생존시키는 유일한 무기이자, 삶의 조건이다. 시 '하게' 하는 시적 현실이다.

사랑
― 내가 사랑을 멈출 수 없는 이유

나의 몸엔 지금 시간이라는 이름의 칼이 꽂혀 있다. 이 칼은 내 생명이 시작되기 이전, 그 이전부터 나에게 꽂혀 있었다. 나의 얼굴엔 이미 그 시간이라는 이름의 칼이 무수히 스쳐간 흔적인 주름이 패기 시작했다. 시간은 한시도 쉬지 않고 나를 저며내어 저 소멸이라는 이름의 불멸의 깊이로 나를 보낸다. 시간은 나로부터 나를 저며내어 스스로 늘어나고 새끼 치며 저 혼자 영원히 살아 있을 것만 같다. 나는 시간의 칼질과 또 시간이 저며낸 무수한 '나들'의 만남 속에서 상처를 받고, 병에 걸리고, 언젠가 죽음의 얼굴을 마주 대할 것이다.

그리고 나는 그 시간의 틈 속에서 너를 만나기도 한다. 너와 만나면서 나는 내 시간의 칼날들이 저며낸 자리마다 들어찬 아픈 상처를 치료할 고약을 발견했다고 어느 순간 믿기도 할 것이다. 그러나 과연 그런가. 사랑은 봉합인가. 시간의 칼날에 저며지고 있는 두 존재

가 만나 서로의 상처를 더듬는 것은 우리들 시간 속 존재에게 허락
된 하나의 경이이다. 그 순간 시간은 칼질을 멈추고 저 심연으로 열
린 깊이를 언뜻 내보인다. 그 순간 너와 나는 시간의 깊이마저 잊는
다. 그 순간, 너와 나는 어제이고, 오늘이며, 그리고 내일이다. 사랑은
봉합이 아니라 측량할 수 없는 깊이이다. 우리는 그 시간의 칼날이
벌려놓은 상처의 깊이로 한없이 추락했다. 추락 속에서 우리는 둘이
라는 사실을 잊었는지도 모르겠다. 이것은 시의 언어로밖에는, 시라
는 형식으로밖에는 표현할 수 없는 느낌이고, 깨달음이다. 충일하고
오롯한 존재가 아니라 시간의 난도질에 너덜너덜해진 두 존재가 어
느 순간 삶의 자리라는 현실적 공간을 잃고, 저 세상으로 떨어져가며
자신의 밖에서 자신을 본다. 나는 어느 순간 너라는 타자에게로 완
전히 흘러가버렸다. 흘러버렸다. 그곳엔 나의 시간이 시작되기 이전
그 이전의 땅이 있었다. 형상도 없는 땅이. 나는 그곳을 문득 알아본
다. 네 안에 그곳이 있었다니. 그곳에서 우리는 육체의 깊은 곳 어딘
가, 혹은 육체의 밖 어딘가에 있다고 우리가 알고 있었던 것, 그리고
태어나기 이전의 시간 어딘가, 혹은 죽은 후의 시간 어딘가에 있다고
믿었던 곳, 그곳이 두근거리는, 그 찰나의 시간을 문득 알아본다. 그
러나 어느 순간 시간은 현재라는 칼날을, 너와 나라는 두 존재 사이
로 슬며시 들이민다. 깊이는 사라지고 우리는 다시 햇빛이 찬란한 세
상의 표면 속으로 내동댕이쳐진다. 알고 보니 우리는 하나가 아니고
둘이었다. 우리는 둘이서 뭔가 생명의 약수를 마신 것 같았는데 기억
이 없다. 우리는 어느 시각 그곳에서 죽어버렸다. 그리고 여기 이렇

게 시간의 칼날에 꽂힌 채 버려져 있다. 시간이 우리에게 내려준 형벌, 영원히 반복되는 이별이 우리를 또다시 감싸버렸다.

몸은 스스로 욕망한다. 스스로 어떤 몸을 알아본다. 찾아 헤매지 않아도 시간의 칼질 속에서 나는 너를 '우연히' 만날 수 있다. 선택하는 것이 아니라 만나는 것이다. 그리고 도취의 프로그램이 몸안에서 가동된다. 다른 몸도 아닌 바로 저 몸, 저 얼굴이다. 그러자 저 얼굴 주위로 세상이 재배치된다. 나의 일상이 저 얼굴을 중심으로 돌기 시작한다. 나는 지금 막 기체 별의 시간을 끝내고, 하나의 행성으로 뭉치기 시작하려나보다. 나는 결국 눈뜨자마자 저 얼굴로부터 시작해서 잠들 때 저 얼굴로 돌아간다. 이해하거나 사유하기 전에, 아니 그런 관념의 작용을 바라지도 않으면서 몸은 저 혼자 욕망한다. 나는 저 몸이 그런 관념의 활동을 하는 것을 바라지 않는다. 나는 저 얼굴을 발가벗기려 한다. 나는 발가벗어서 투명해진 저 얼굴을 내 몸안에 두려 한다. 나는 그 발가벗음을 섬기려 하고, 다가가려 하고, 애무하려 한다. 이때 몸은 저 혼자 관능적으로 지각한다. 그러기에 이 세상에서 짝사랑이 가장 관능적인지도 모르겠다. 나는 너를 가두고 싶어 '몸단다'. 나는 너와의 경계를 허물지 못해 안달한다. 몸이 스스로 가동한 이 욕망은 나의 몸도, 너의 몸도 대상화하지 못한다. 아니, 대상화하지 못할 만큼 열정에 눈멀어 있다. 나는 너를, 아니 너와 나를 같은 감옥 속에 가두려고 매번 시도한다. 그러니 이무리 가두려 해노 가둬지지 않는 강물처럼 너는 가두었다고 생각하는 순간 저멀리로 달아나버렸다. 너는 너의 변화무쌍한 표정만큼 그 수가 많다. 나는 너를 절대로 가둘 수 없다. 너의 얼굴은 내 것이 아니다. 내가 너를 잡은 순간, 너는 이미 저멀리 있다. 그러나 너는 저멀리로 흘러가버렸지만 내 곁에 있다. 이번엔 내가 너로부터 도망가려 발버둥을 쳐보지만 나는 마치 너라는 꿈속에 있는 듯 발이 움직여지지 않는다. 나는 너라는 취중을 걷는 듯 비틀거린다. 너는 나로부터 달아나지만 나는 너로부터 달아날 수가 없다. 그래서 나는 내 안에 있는 네가 영원히 내 안으로 오지 않을 것만 같다고 안달한다. 그래서 사랑은 영원한 미끄러짐이다. 미끄러지는 사랑을 따라가는 몸의 움직임을 그대로 따라가는 시가 몸이 쓰는 시다. 관능적 지각으로 쓰는 시다. 그런 시는 대상을 대상화하기 전에 먼저 몸이 스스로 몸에게 끌린다. 몸으로써 몸을 쓴 시다. 관능적 지각은 감각적 지각과 사실적 지각에 선행한다. 그때 내 몸은 끌림을 수용한 자석으로 돌변한다. 그리고 둘이서 함께 살아가려 한다. 함께 얽히려 한다. 심지어 함께 연소되려 한다. 둘은 함께 얽힘으로써 의식 속에서가 아니라 자연으로서 서로를 감지한다. 나는 너의 위에 서서 군림하려 하지 않는다. 군림할 수도 없다. 너는 내 앞에서 심지어 초월적이기까지 하다. 아무리 서로에게 욕설을 퍼부으며 가학적 피학적이 되더라도 몸안 깊이 어딘가에 숨어 있는 너의 숨겨짐, 초월성은 사라지지 않는다. 너의 존귀함은 지워지지 않는다. 나는 너를 알려고 하면 할수록 너를 모르게 된다. 그렇다고 해서 인식이 부재한다는 것이 아니다. 내 몸은 인식 이전에 선행한다. 인식 이전에 타자의 몸을 통한 내 몸의 밖을 내 몸이 욕망하는 것이다. 마치, 몸을 주고 싶어 내 몸안에서 내 몸을 두드리며 안달하는 내 안의 어머니처럼.

　나는 욕망의 부르심에 즉각 반응하는 몸, 그 자체다. 그럼에도 나는 내 욕망과 늘 어긋난다. 욕망하면 할수록 나는 나를 잃는다. 그리고 내가 판단하고, 재단하고, 가두었던 너를 잃는다. 내 몸이 너에게 끌리자 나는 너에게서 형용사들을 떨어버린다. 너는 예전엔 아름다웠는지 모르지만, 지금 너는 아름답지도, 그렇다고 추하지도 않다. 그리고 너는 예전엔 부드러웠는지 모르지만, 지금 너는 부드럽지도, 단단하지도 않다. 그전에 너를 감싸고 있던 것들이 너에게서 떨어져 나간다. 그리고 너는 오롯한 타자성만으로 온몸을 감싼 채 내 앞에 있다. 나는 이제 더이상 너의 형상에 관심이 없다. 나는 너의 도주에 정신이 팔려 너의 형상을 살필 겨를이 없다. 그 도주에 동참하느라 나는 나를 돌아볼 겨를조차 없다. 나는 이제 기다림의 화신이다. 너는 내가 아무리 전심전력 기다려도 나에게 함락되지 않는다. 나는 네가 옆에 있다는 그 사실, 그러나 너는 내가 아니라는 그 사실 때문에 더 맹렬히 너를 기다린다. 너의 얼굴은 영원히 너의 것이다. 이러한 분리, 영원 속에서 영원히 나뉜 두 존재, 이 엄연한 사실이 너와 내가 현존의 시간성에 지불하는 고통이다. 너는 나를 욕망하거나 그렇지 않거나 한다. 그것은 너의 자유다. 네가 나를 바라본다. 너의 시선 속에서 나는 하나의 타자이다. 그것을 깨달을 때마다 나는 내가 품은, 혹은 세상이 나에게 부과한 형용사들 속에서 안절부절못한다. 네가 그 형용사들로 나를 타자화할까봐 안절부절 못한다. 너는 욕망하는 주체이고, 나 또한 그렇다. 너와 나는 여기 있다. 그러나 너는 거기 있고, 나는 여기 있다. 내가 너를 욕망하자, 아니 심지어 네가 나를 욕망하자 너와 나는 영원히 추락하는 두 개의 나선형 계단처럼 감아내려갈 뿐, 우리는 서로를 함락시킬 순 없다. 너 때문에 나는 하나의 존재로서 존재하고, 또 너 때문에 나는

혼란에 빠진 아버지들

우리에겐 언제나 무서운 아버지가 있었다. 벽처럼 단단해서 소통이 불가능한 아버지. 그래서 우리는 영화나 소설에서 그 아버지를 아버지들 몰래 묘사하기를 즐겼다. 6·25나 4·19 혹은 5·18을 거치면서 우리의 예술작품들에 나타난 아버지들은 가혹했다. 그 아버지들은 전장이나 시위대 속에 우리가 우리 몸을 스스로 몰아넣을 수밖에 없게 만들었다. 우리는 아버지에 대항해서 맹렬히 싸웠다. 우리의 아버지는 권력과 제도였으며, 가부장제의 수호자였다. 우리는 그 아버지들을 향하여 밤마다 이불 속에서 이를 갈았다. 우리에게 아버지는 타도해야만 할 엄혹한 대상이었다. 그러나 우리는 그 아버지 아래에서 징징거리고 앙앙거리며 치욕에 몸을 떠는 한낱

내 존재를 빼앗긴다. 이렇게 사랑하는 나의 존재방식은 여성인 내가 이미 몸안에 내재하고 있던 존재방식이었는지도 모르겠다. 나를 낳은 어머니는 타자를 함락시켜 자신의 존재 영역을 넓히기를 바라지 않는다. 어머니는 자식에게 생명을 주고 그 자리를 떠난다. 어머니는 어머니를 주었지만, 아무것도 요구하지 않는다. 자신을 잃음으로써

미물처럼 보잘것없는 서자이기도 했다.

우리에게 때로는 아버지가 없었다. 그래서 우리의 예술작품들엔 '부재의 아버지'라는 제목이 붙어다녔다. 우리의 아버지는 전쟁터에서 사라져버린 존재였으며, 어머니를 홀로 남겨둔 채 이데올로기의 소용돌이에 홀로 투신하느라 우리 곁에는 없는 아버지였다. 아버지는 우리의 일상 속에, 경험적 현실 속에 존재하지 않았다. 그래서 구체적 현실을 그려야 하는 예술작품들 속에 아버지는 부재했다. 혹은 우리는 있는 아버지를 우리의 작품 속에서 도려내기도 했었다. 아버지는 우리의 면면한 독재체제 속에서 아무런 목소리도 내지 못하는 불쌍하고, 무능한 존재였기 때문에 아버지가 없는 것이 차라리 낫다고 생각하는 창작자들이 아버지를 도려내어버렸다. 그렇거나 저렇거나 간에 우리의 작품 속

어머니는 어머니라는 이름을 얻었다. 잃음으로써 어머니는 내 안에 영원히 부재로 살아 있다. 사랑하는 너는 영원히 내 것이 아니다. 나는 너에게 가서 나를 잃음으로 사랑을 얻는다. 만약 나를 잃지 않는다면 나는 나에게서 떠나 나에게로 돌아오는 영원한 악순환에 빠진 존재가 되고 말 것이다. 나는 너에게로 가서 죽음으로써 나에게서 벗어난다. 그 고통스러운 벗어남으로 나는 시인이란 이름을 얻는다. 이제 비로소 나는 나의 바깥에 머물 수 있게 된다. 그렇다고 네가 고정된 존재로 거기 늘 머물러 있는 것도 아니다. 너는 내가 불러세운 그 자리에서 미끄러져간다. 너는 미끄러져가지만 나는 너에게 점령되어 있는 것만 같다. 그래서 나는 너와 손을 맞잡고 있는 순간에도 너를 찾아 두리번거린다. 그리고 나는

너에게 나를 주지 못해
안달한다.

바리데기는 바리데
기 자신을 누군가에게
주지 못해 안달하는 여
자이다. 바리데기는 바
리데기 자신을 아버지
에게, 남편 무장승에
게, 일곱 자식들에게,
결국에는 죽음에게 준
다. 바리데기는 자신
을 죽인 부모에게서 얻
은 죽음을 가지고, 그
죽음을 스스로 죽임으
로써 사랑의 화신으로
현현한다. 바리데기는

에서 아버지는 없었다.

그런 아버지들이 돌아오기 시작했다. 요즈음
특히, 우리 영화 속에서 아버지들이 돌아오기
시작했다. 〈8월의 크리스마스〉(1998)와 〈반
칙왕〉(2000)의 아버지, 신구를 보라. 〈8월의
크리스마스〉의 아버지는 무능력하지만 귀여운
아버지이다. 아버지는 비디오 사용법, 신식 속
성현상기의 작동법을 몰라 불치병에 걸린 아들
을 안달하게 한다. 〈반칙왕〉의 아버지는 잠 안
오는 늦은 밤 러닝셔츠만 입고 앉아 화투나 뒤
적이는 아버지이다. 그는 늦게 귀가하는 아들을
'저게 언제 인간이 될까' 하고 걱정하는 아버지
이다. 아버지는 돌아와 이제 귀엽고, 불쌍한, 심
지어 여성적인 아버지가 되었다. 이런 아버지들
이 왕가위 영화에도 나오고, 차이밍량의 영화에
도 나온다. 동북아의 아버지들이 이제는 돌아와

'버려진 아이'라는 명명을 벗어나 스스로 약수를 담은 '그릇'[발(鉢):
바리, 먹을 것, 헌물]의 존재로 현현한다. '바리데기'라는 새로운 함
의의 이름을 얻는다. 바리데기 신화는 금기의 신화가 아니라 베풂의
신화다. 바리데기 신화엔 「나무꾼과 선녀」 「우렁이 색시」 같은 설화
에서 보이는 금기가 없다. 금기의 설화 속에서 '하지 마라'라는 금기

'거울 앞에 선 내 누님'같이 되어버렸다. 남성감독들이 어머니를 그릴 자신이 없자, 영화 속에서 아예 어머니는 빼버리고, 귀엽고, 음식 잘 만들고, 집 잘 지키는 배 나온 홀아비들을 대거 포진시킨 것은 아닌지 모르겠다.

그러나 영국 감독이 만든 미국 영화 〈아메리칸 뷰티〉(1999)엔 한 번도 우리 같은 아버지 모델을 가져본 적이 없는 듯한 아버지가 나온다. 그는 어느 날, 고등학생 딸의 학예회에서 딸의 친구인, 자신의 눈엔 관능 혹은 아름다움 그 자체인 앤절라에게 반한다. 그는 그날 이후, 근육 키우는 운동을 시작하고, 치기어린 짓거리로 직장을 때려치우고, 햄버거 가게 종업원으로 스스로의 차원에서 직업을 하향 조정한다. 또한 그는 딸의 남자친구 리키에게서 마리화나를 사서 피우고, 혼자 수음을 하다가 아내에게 들키

의 명령을 어길 경우, 그동안 쌓았던 공든 시간은 모두 원점으로 돌아가게 되어 있다. 그러나 주인공들은 누구나 그 금기를 위반하므로 파멸한다. 선녀인 아내는 하늘로 돌아가게 되고, 우렁이인 색시는 다시 우렁이로 돌아가게 된다. 그리고 지상의 남성들은 아름답고 순종적인 아내를 결국 잃게 되고 만다. 그러나 바리데기에게 부과된 노동은 '하지 마라'가 아니라 '해주라'이다. "물 삼 년 길어주고" "나무 삼 년 해주고" "불 삼 년 때주고" "일곱 아들 상전 받아주고" "물구경 꽃구경 하고"이다. 이렇게 베풂을 통해서 얻게 된 바리데기의 능력은 금기의 설화 속에 들어 있는 선녀의 옷처럼 벗고 입는 도구적인 것이 아니라 몸 사체에

* 「바리공주 서울 김종덕본」, 『서사무가 바리공주전집 1』, 209쪽.

서 나오는 사랑의 능력이다. 자신의 힘든 노동을 아이 낳기나 '물구경 꽃구경' 같은 유희의 차원에서 묘사하고 있는 것은 자신의 허여가 자발적인 노동이었음을 강하게 암시한다. 바리데기는 자신의 베풂인 노동을 통해서 "몸은 바윗덩이가 되고, 손은 서산 갈퀴밭이 되었"(「바리공주 서울 김종덕본」)지만 남편과 자식들을 두고 지상으로 돌아가려 한다. 몸을 모두 내주었으므

기도 하는 등 점점 청소년 수준으로 자신의 정신적 나이도 하향 조정해간다. 그러면서 그는 천박한 인생 속에서 진짜 뭔가에 탐닉할 줄 아는 인간으로 변모되어간다. 레스터라는 미국 아버지는 엄혹하고 권세 있는 아버지도, 애써 지워버리고 외면해버리고 싶은 이데올로기 신봉자 아버지도, 점점 여성화가 진행되어가는 어머니 같고 누나 같은 아버지도 아니다. 그는 아버지 노릇을 도저히 감당해나갈 수 없는 아버지일 뿐이다. 그래서 그런 그가 택한 길이 아무래도 청소년 시절로 돌아가는 것이었나보다.

딸의 친구 리키는 그보다 훨씬 어른스럽고 자신만만하다. 그는 마치 엄혹한 아버지 밑에서 이를 갈며 자라난 우리나라의 감수성 많고 약을 대로 약은 아들들 같다. 그러나 그 또한 엄혹한 가정 속에서 변태적 아름다움에 빠져드는 탐닉

로 이제 돌아가려 한다. 그녀는 남편에게 아무것도 요구하지 않는다. 다만 자신을 주었을 뿐이다. 그리고 자신의 사랑이 약수를 스스로의 몸으로 구하는 일이었음을 깨닫는다. 그러자 남편이 '여덟 홀아비'를 어찌할 것이냐면서 오히려 천상을 버리고, 그녀를 따라나선다. 바리데기는 표면적으로 하나의 허구 혹은 규약에 따라 남편과의 약속을

의 길을 발견하기도 한다. 리키의 아버지는 폭력적이고 가부장적인, 그러나 잠재된 동성애적 욕망을 감추고 사는 아버지이다.

이제, 어린아이가 되었으나, 바람도 나고, 집(상징적으로 말하면 가정)을 팔아치우는 데 혈안이 된 아내에게 모성을 기대할 수도 없는 아버지는 점점 더 나이가 어려지는 사춘기의 길을 택해간다. 그러다가 옆집 리키의 아버지, 대령 출신으로 모든 욕망을 군대식 생활과 규범 안에 가둬놓고 살다가 자신의 동성애적 욕망을 들켜버리고 만 아버지에게 살해당하고 만다. 앤절라의 육체적 접촉 시도 직전 레스터가 자신이 딸아이의 아버지이고, 사회의 어른이라는 것을 깨달은 시점에 말이다. 어쨌거나, 미국이나 한국이나 아버지들이 요즈음 자신들의 정체성에 대단한 혼란을 느끼고 있는 모양이다.

이행하지만, 즉 주인과 하인의 관계를 그대로 답습하는 듯하지만, 내재적으로는 그 규약 속에서 자신의 노동과 출산, 유희를 자유의 행위, 사랑의 행위로 변모시킨다. 그러자 무장승의 타자였던 바리데기는 하인이 아닌 여성으로, 종국에는 스스로 사랑하는 여인으로 변모한다. 바리데기가 육체적이고 정신적인 몸으로써 무장승인 천상의 남자에게 새롭게 현현하는 것이다. 그리고 결국 무장승은 바리데기를 따라 자신의 삶의 터전인 천상을 포기하는, 육체를 가진 현세적 존재로 변이하는 일을 감행하게 된다. 자신의 공간을 이탈해 인간들의 세상으로 오게 된다. 욕망하는 주체처럼 보였던 남편이 오히려 타자가 되는, 무장승 스스로 바리데기의 타자였음을 깨닫게 되는 이러한 전제는 바리데기 신화의 클라이맥스를 이룬다. 남편을 사랑하는 타자로 변화시키는 과정 속에 가부장제 여성들의 은밀한 전복적 욕망이 숨어 있었던 것이다. 그들은 사랑과 베풂을 통해서 남편과의 존재의 전이를 강력하게 도모했던 것이다. 말하자면 바리데기의 구약 여행은 여성적 정체성을 획득하는 과정을 그리는 여행이기도 하면서, 동시에 사랑을 통해 자신의 타자성을 벗고자 했으며 아울러 남성들의 존재론적 전이를 갈구했던 여성적 욕망을 드러내는 여행이기도 했던 것이다.

내 몸은 영혼을 담은 그릇이 아니라 영혼이었던 것들로 이루어진 살덩어리다. 아울러 내 영혼은 이전에 몸이었던 것들로 이루어진 보이지 않으나 몸으로 만질 수 있는 살덩어리다. 내 몸과 네 몸은 스스로 욕망함으로 존재한다. 그리고 내 영혼은 사랑의 행위 속에서 너에게 읽힌다. 만져진다. 보인다. 사랑하는 사람은 몸만을 사랑하거나 영혼만을 사랑할 수 없다. 그 둘은 얽힌 채 살갗의 접촉을 동반하고 상승하거나 하강한다. 사랑 속에서만 영혼은 상대방에게서 만져진다. 나는 나의 영혼을 만질 수 없지만 사랑의 행위 속에서 너의 영혼을 만진다. 우리는 사랑의 행위 속에서 두 영혼의 교류를 몸으로 목격한다. 우리는 포옹 속에서 우리의 깊이까지, 우리의 하늘까지 끌어안는다. 우리는 포옹 속에서 둘이면서 하나인 심연을, 하늘을 끌어안는다. 그래서 '사랑은 나눈다'고 하는 것이리라. 나는 몸으로 너를 향한다. 그러기에 내 사랑은 몸의 것이다. 그러나 너라는 사람, 그 많고 많은 사람 중에 그 누구도 아닌 너를 향하는 나를 보면 사랑은 몸으로 하는 것만도 아닌 것 같다. 내가 너 없이 밥 먹고 잠자고 사는 동안에도 네 존재가 나를 감아들어오기에 나는 몸만으로 너를 사랑하는 것도 아닌 것 같다. 나는 지금 여기에 현존하는 너의 몸을 만지고 있지만, 그리고 너는 지금 여기에 보이는 나의 몸을 만지고 있지만, 그러나 나와 너는 지금 여기에 존재하는 몸만을 만지고 있는 것이 아니다. 우리는 서로 보이지 않는 것들을 동시에 만지고 있다. 우리는 서로의 보이는 몸과 보이지 않는 몸을 관능적으로 지각한다. 사랑은 보이는 것과 보이지 않는 것으로 한다. 존재하는 것과 부재하는 것으로 한다. 사랑 안에서 보이는 것은 비실재적인 것이 되고, 비실재적인 것은 보이는 것이 된다. 그 둘의 얽힘의 방식 속에 사랑의 궁극이 들어 있다. 시적인 언술의 구축 방법이 들어 있다. 그러나 너는 때때로 나에게 감옥이 되려 한다. 너는 너의 눈길과 손길과 말로 나를 가둔다. 너는 나를 새로 빚어내려고 하는 것처럼 보인다. 너는 나를 너에게 복종하는 인질로, 너의 죄수로, 너의 피조물로 재조립하려 한다. 너는 내 몸에 수많은 구멍을 뚫어놓고 그 구멍들 속에 내가 빠지기를 바란다. 그 구멍 속에서 너만을 욕망하기를 바란다. 너는 나의 손발을 묶고, 나의 눈에 안대를 씌운다. 너는 나에게도 너의 몸에 영원한 구멍들을 파기를 요구한다. 그러면서 너는 너의 피조물들을 번식시켜주길, 그리하여 내가 생산해준 수많은 너의 분신들로 네가 초월할 수 있기를 바란다. 너는 네 몸에서 너만을 본다. 그럼에도 사랑에 빠진 나는 너의 억압을 참아낸다. 나는 이제 더이상 이 세상에 너 없는 공간이 존재하지 않는 것을 몸으로 안다. 너 없는 초원은 너 없는 평화가 넘치는 공간이 아니라 사실은 아무것도 없는 곳이다. 나는 이제 스스로 너의 감옥에 갇힌다. 그리고 그 감옥에서 나는 이제 나의 주인이 아니라는 것을 슬프게도, 기쁘게도 깨닫는다. 그리고 나는 나의 몸 깊은 곳에서 너의 몸 너머에 있는 그 비실재의 보이지 않는 '그것'의 수인이 된다. 나는 끝없이 내 몸안의, 혹은 몸 너머의 나를 너에게 봉헌한다. 그리고 너에게 몸을 굽힌다. 이것은 나의 자유로 획득한 부자유이다. 나는 너를 내 안에 현현시키기 위해 내 자유를 버렸다. 그러나 내 부자유는 내 자유의지의 소산이다. 그러나 나는 내 부자유로 너를 내 안에 두려 한다. 내 부자유, 내 약함, 나의 부재의 공간, 그 안에 너를 두려 한다. 그러나 너는 내 안에도, 내 밖에도 없다. 있는 것 같다가도 없다. 나는 너를 버릴 수도, 버리지 않을 수도 없다. 나는 너의 부재와 존재의 덩어리와 관계를 맺은 부재와 존재의 덩어리다. 나는 너에게 내 몸을 열었지만 너는 내 몸안에 없다. 이렇듯 사랑은 너와의 만남 속에서 내가 하나의 완벽한 동일자가 아니었다는 사실을 받아들임으로써 달성된다. 나는 나를 가두지 않음으로 너 또한 가두지 않는다. 나의 몸과 너의 몸의 만남은 여성시인과 타자와의 만남에 비유될 수 있다. 이 만남 속에서 여성은 동일자이기를 포기하지만, 탈영토화된 세계는 포기하지 않는다. 여성시인은 자신의 몸이 다른 몸을 만남으로써만 자신의 타자성이 극복될 수 있음을 안다. 다른 몸과의 사랑을 통해서만이 역설적으로 어머니인 자기를 실현할 수 있음을 안다. 그래서 자신만이 유일하고, 전체라는 생각을 버린다. 타자를 받아들이면서 동시에 타자를 받아들이는 자신을 받아들인다. 내가 너를 안는다. 너는 현존하고, 온갖 형용사들로 치장되어 있었지만 내가 너를 안자 너는 하나의 덩어리로 변한다. 덩어리는 점점 부풀어오른다. 점점 커진다. 너는 내게 안겨 있지만 무한하다. 무한한 감각이다. 감각이 파도치는 거대한 덩어리이다. 남성도 여성도 아닌 거대한, 부드러운 아기이다. 나는 너의 안에서 나를 잃어버린다. 그만큼 너는 크다. 나의 사랑을 받은 너는 나 또한 무한의 감각기관을 가진 존재로 변화시켜버린다. 나는 너의 안에서 수백개의 귀와 코와 눈을 가졌다. 수천 개의 혀를 가졌다. 이 무한수의 감각기관을 주렁주렁 달자 나는 나를 잊어버리고야 만다. 나는 자궁을 가지고 있다고 말할 수 있지만, 자궁은 하나의 구멍이나 집이 아니라 너와 내가 삼투하는, 존재와 부재가 들며 나는, 허공과 내가 기거하는, 명명할 수 없는 거미줄이다. 내 몸안의 폐처럼 웅크리면 한 줌이지만, 펼치면 무한이다. 내가 너를 포옹하자 나는 네게서 나를 잃어버린다. 나는 내 몸을 잃는다. 나는 수천의 나로 두근거린다. 나는 이렇게 많은 나로 그렇게 많은 너를 만난다. 그래서 여성시인과 타자와의 만남은 관능적 지각으로 촉발되고 감지되어서, 사랑이라는 에너지를 발산하는 영적인 시를 탄생시킨다. 여성시인은 타자와의 사랑을 통해서 타자를 내면적인 생기 속에 무한수로 동참시킨다. 그러기에 여성시인의 시에는 자아의 대확장인 이데올로기는 생성되지 않는다. 형상은 물질이 되고, 관념은 감각이 된다. 본질이라 불리던 것으로부터의 도주가 시작된다. 주체와 타자는 자신의 몸안에서 흩어져 떨어지는 몸의 파편들, 죽음의 형상들을 볼 것이다. 그리고 두 사람은 자신들의 몸안에 켜진 원초적인 어둠, 존재의 어두운 등불을 향해 헤엄쳐갈 것이다. 그러면서 자신들의 몸이 원초적인 물질들로 환원하는 것을 목도할 것이다. 그것이 여성시인의 동일자의 폐기, 형상의 해체, 몸의 역동적인 에로스이다. 그러자 몸과 영혼을 통한 한 편의 시가 완성되었다. 이제 한 사람의 여성시인은 자신의 낯선 몸 앞에서 두리번거린다. 현존은 되살아났고, 내 몸의 형상은 여전히 너의 눈초리 아래 있다. 그리고 나는 여전히 너의 타자이다. 내가 말한 것이 아니라 나는 너로 인해 말하여졌다.

몸 말

─ 몸으로 시를 쓴다는 것은

몸으로 쓴 시는, 내 몸의 각각의 기관들이 쓴 시가 아니라 내 몸과 네 몸이 만났을 때 솟아나오는 사랑이 쓰는 시다. 내 몸은 밖에서 보면 자연의 일부이고, 감각기관들을 주렁주렁 매달고 있다. 몸으로 쓴 시는 몸이 스스로 너를 사랑함으로 그 사랑이 스스로 쓰는 시다. 사랑은 하나의 움직임이고, 그 움직임이 시를 산출한다. 마치 내가 아이를 낳을 때 내가 아이를 낳는 것이 아니라 아이 스스로가 내 몸안에서 스스로의 몸을 비틀어 나오는 것처럼, 그 시각, 아이의 움직임에 내 몸이 반응하여 움직이는 것처럼 그렇게 시는 내 몸안에서 터져나온다. 내 몸은 아이의 움직임 앞에 길이 되어 움직인다. 움직임이 곧 길이 된다. 너는 내 안에 새길을 내고는 내 몸밖으로 나가버렸다. 나는 너를 내 몸밖으로 버림으로써 내 몸안에서 나온 너를 안을 수 있었다. 나는 너라는 나를 버림으로써 내 몸에서 나온 너를 안을 수 있었다. 내가 너를 낳자 너는 안이었으나 밖이 되었고, 밖이었으나 안이 되었다. 몸으로 글을 쓴다는 것은 사랑으로 나를 버림으로써 오히려 너와 합일하려는 몸의 욕망을 보여주는 하나의 궤적이다. 나는 내 몸안에 새겨진 아픔과 병과 기쁨과 욕망을 통하여 어떤 기쁨을 느꼈다. 그것은 출산의 고통 속에서 느낀 어떤 것이었다. 그 고통 속에서, 나를 내보내는 끝없는 움직임 속에서, 그 거대한 수동적인 움직임, 저항도 할 수 없고, 멈출 수도 없고, 내가 시간을 정할 수도 없으며, 거대한 흐름에 내 몸을 맡길 수밖에 없는 그 심연 속에서 나는 한 아이의 울음소리를 들었다. 그 아이의 울음소리와 나의 눈물 속에서 하나의 글이 쓰였다. 그 글이 내 몸을 적시고, 어디론가 너와 나를 이끌고 흘러갔다. 그러나 나는 너를 느낄 수 있다. 너를 안고 너를 느끼지만 너는 내가 아니다. 너는 내 것도 아니다. 다만 너를 안고 있으면 있을수록 너는 나의 온갖 장벽들을 무너뜨린다. 너는 내게 너의 얼굴을 드러내었다. 너는 너의 얼굴로 나에게 침입하여 내 오랫동안의 규약들을 남김없이 파괴해버렸다. 그리고 내 안으로 벽이 무너지고 폭풍우가 쳐들어왔다. 나에게 현실이라고 명명되던 것들은 어디론가 흩어져버렸다. 나는 그만 무너져서 모조리 젖어버렸다. 너와 나를 품고 무언가 흘러간다. 그러나 너와 나는 그 흐름을 타고 가는 두 존재가 아니라 흐름을 이루는 강물 그 자체이다. 내가 너를 안고 너를 느끼는 순간, 내 안의 장벽들이 무너지고 느낌은 시를 솟아오르게 했다.

우리는 흘러가면서 하나의 시 텍스트를 완성한다. 시'한다.' 그래서 나의 시'하기'는 의미체를 구성하는 말들의 나열이 아니라 몸의 움직임 그 자체이다. 나는 내가 말하는 것과 의미를 구별할 수도 없고, 표현되는 것과 표현 자체를 구별할 수도 없다. 나는 돌연한 상상력으로 세상을 내 마음대로 재단하는 사람이 아니라 몸안에서 몸이 된 것들, 그 부재하는 것들을 나의 몸과 함께 드러낸 것에 지나지 않는다. 나의 상상력은 몸이 몸'하는' 과정 속에서 우러나오는 보이는 것과 안 보이는 것 사이의 관능일 뿐이다. 나는 너 때문에 이제 쉴 수도, 문을 닫아걸 수도 없게 되었다. 나는 너를 안고도 네가 나에게 달려들지 않는다고 안달하는 사람이 되었다. 나는 너와 나 사이의 거리 때문에 날마다 절망하는 사람이 되었다. 그 절망은 하루도 쉬지 않고 나에게서 솟아올랐다. 그러기에 시는 너와 나 사이의 거리가 사라지고 그 거리가 사라진 시간에 바치는 노래가 아니라, 시간과 시간 사이의 심연, 너와 나 사이의 벌어진 심연 속에서 너와 나 사이의 한없는 가까움의 발견이다. 너와 나 사이는 한없이 가깝지만 그러나 우리는 한몸이 아니다. 나는 너에게 한없이, 한없이 다가간다. 아니 다가가려 한다. 나는 나의 자폐를 쳐부수려 날마다 너에게 다가간다. 나는 간청한다. 애걸한다. 빈다. 운다. 화낸다. 그러나 너와 나 사이에는 히말라야의 크레바스와 같은 죽음의 심연이 가로놓여 있다. 우리는 그 심연 위에서 포옹하고 애무하면서, 날마다 그 심연의 주름에 발을 건너 디디며 걸어간다. 그러나 그것이 바로 내 몸과 네 몸이 시간의 틈에 새기는 기적일 것이다.

　사랑하는 두 사람 밖의 사람들은 사랑하는 두 사람을 두려워한다.

그들이 실재하는 세계의 법칙을 이탈해 멀리 도망갈까봐 두려워한다. 도망하는 두 사람이 도망하는 도중에 새로운 힘을 얻고, 사랑하는 두 사람 밖의 사람들의 법을 무시하고, 그 법 밖에서 살아갈까봐 두려워한다. 세상은 사랑하는 사람, 혹은 시 쓰는 사람의 그 기묘하고 반역적인 것을 싫어하는, 아니 박해하는 것으로 유지되어왔다. 겉으론 그들을 숭상하는 것 같지만, 사실은 그들을 내치는 것으로 체제를 유지해왔다.

여성성, 모성, 환유

시에서 환유적 정황들을 즐겨 구사하는 것은 은유적 이미지를 즐겨 구사하는 것과 어떻게 다른가. 그것은 단순히 어떤 수사를 즐겨 쓰느냐의 차이가 아니다. 그것은 세계관의 차이를 극명하게 드러내는 것이다. 은유적 이미지를 즐겨 구사하는 시인은 시 안에서 살아 있는 주체로서 자신을 가동시키는 시인이라 할 수 있고, 환유적 정황을 구사하는 시인은 시 안에서 시인 자신이 시적 주체가 되기를 포기한, 아니면 시적 주체의 자리를 타자에게 내어준 시인이라 할 수 있다. 이런 시인들의 시에선 오히려 존재의 충만보다는 존재의 결여가 소리친다.

그중에서도 여성시인이 환유적 정황들을 즐겨 구사한다는 것은 자신보다는 타자들을 시

사랑하는 두 사람은 달아나면서 두 사람만의 고독 속에서 자유를 발견한다. 아니다. 그들은 이제 세상의 평가로부터도, 세상의 가치 기준으로부터도, 이제까지 그들에게 아름다움이었던 것들로부터도 자유롭다. 그 둘은 자유의지로 자신들의 뿌리를 이 세상에서 뽑아 팽

적 주체의 자리에 위치시킨다는 의미가 내포된다. 다시 말하면 시 속에 자신과 타자들이 어울려, 함께 사는 공간을 구축한다는 뜻이다. 자신과 타자의 대립이나 전유보다는, 접촉을 통해서 새로운 시적 언어를 생성한다는 뜻이다. 이것은 은유적 고정성보다는 환유적 부유성을 자신과 타자들이 함께 갖는다는 말인데, 나는 이 부유성 속에서 오히려 여성시인의 언어가 모성을 획득한다고 생각한다. 그러니까 여성시인의 어머니로서의 자질은 자식을 사랑한다라고 시 안에서 도그마적으로 외치는 것이 아니라 대상 또는 타자를 시 안에서 어떻게 대접하느냐, 그 타자들과 어떻게 노느냐 하는 모습에서 밝혀낼 수 있다고 생각한다. 그러니까 시 속의 모성은 내용이나 소재 중심주의 속에서보다는 시의 말하기 방식, 그 방식 속에서 우러나오는 세계관 속

개쳐버렸다. 그래서 그 둘의 자유는 이제 고독이다. 이제 둘의 고독한 영토는 그 누구도 침범할 수 없는 그들만의 것이 되었다. 비밀이 되었다. 이것 때문에 그들 밖의 사람들은 그들이 광기에 사로잡힌 것이 아니냐고 수군거린다. 그렇다. 그들은 병에 걸렸다. 죽음에 중독되었다. 죽음은 이제 그들의 즐거움 속에서 분리해낼 수 없는 것이 되었다. 나는 이 고독한 둘만의 영토 안에서 너의 눈을 들여다보고, 너의 옷차림을 보고 변한 목소리와 표정을 알아보지만, 그렇게 너는 나에게 보이지만 나는 보이는 것만을 보는 것이 아니다. 나는 보이는 것 너머의 흔들리는 영토를 늘 불안하게 둘러본다. 그리고 이 영토에서 쫓겨나게 될 것 같아 늘 떨린다. 너와 내가 새로 차지한, 고정되지 않은 채 움직이는 이 고독한 영토 내

부가 즐겁다고 생각하면 큰 오산이다. 이 안에서 너는 끝없이 도망한다. 흔들리는 영토 안에서 또 네가 흔들린다. 나는 너를 붙잡을 수 없어 말할 수 없이 괴로워한다. 나는 네가 나에게 낯설어질까봐 전전긍긍한다. 나는 나의 잠마저 묶어놓고 흘러가는 너를 붙잡으려고 노심초사한다. 그러나 도망하는 너를 붙잡을 수 있다면 그건 이미 사랑이 아니다. 그것은 이미 위태롭고 부

에서 비로소 밝혀낼 수 있다는 생각이다.

은유적 고정성은 시인을 주체의 자리에, 확고부동한 권력의 자리에 둠으로써 대상을 영토화한다. 여성들의 몸을 풍만한 가슴, 통통한 엉덩이, 부드러운 입술, 날씬한 몸매 하면서 영토화하듯이 시인들 안팎의 자연마저도 영토화한다. 그러면 자연은 시 속에 체포되는 것이지, 시 속에서 살아 있는 것이 아니게 된다. 어머니가 자식을 기르듯이 하염없는 보상을 바라지 않는 선물을 타자들에게 주는 것이 환유적 접촉의 자리이다.

나의 시 안팎에서 여성인 나는 사랑하는 자로서, 아니면 사랑을 내어주지 못해 안달하는 자로서 흘러다닌다. 그 흘러다니는 말의 발자취가 나의 시의 구조를 이룬다.

그러기에 여성시인의 환유는 하나의 징후이

유하는 사랑의 나라를 벗어나는 것이다. 더욱이 이곳에선 몸의 기관들로 감각되는 것들만이 현실이 아니다. 그 감각 밖에 무엇인가 보이지 않는 것이 있다. 고독의 장소인 이곳은 실재하는 세계와 부재하는 세계의 경계의 자리이다. 나의 경험은 이 두 공간 사이를 떠, 돈다. 만약 우리 둘 사이에 이 부재의 공간이 존재하지 않는다면 우리

다. 그것은 남성적 정신에서 생산되어 나온 뒤부터 국가적 체제적 번안을 세세연년토록 거쳐 온 역사 텍스트나 신화 서사적 텍스트와는 다른, 끊임없이 진동하는 언어적 징후이다. 나는 그런 떨림이 여성인 내 몸에서 분출할 때 시를 쓴다. 그 떨림이 내는 소리는 내 존재에 대한 자의적 해석이 아니라, 내 구멍 뚫린 실존이 내는 무의식적 특질들의 시적 변용이다.

는 사랑하는 것이 아니다. 부재의 공간 속에서 실재의 공간으로 자유로운 영혼이 흘러들어온다. 그들이 보기엔 사로잡힌 영혼으로 보이는 그것이 흘러들어온다. 그러자 사랑하는 각자의 몸은 열리고, 열린 몸은 이제 더이상 하나의 물질만이 아니다. 그것은 영혼이다. 영혼 또한 비가시적이고 부재하는 것이 아니다. 그것은 이제 몸이다. 몸이 열리자 거기서 새로운 언어가 솟아나온다. 그러기에 사랑에 빠진 시인의 시는 모두 경계의 노래다. 시인은 실재하는 세계와 부재하는 세계를 넘나든다. 그 두 세계 사이에 다리를 놓는다. 나는 대상의 이면인 부재의 공간을 막막하게 사랑한다. 끌어안는다. 그러자 네가 일찍이 본 적 없는 새로운 모습으로 새 생되어 내 앞에 현현한다. 너와의 흔들리는 동거, 탈주하는 공간 속에서의 새로운, 괴로운 탈주가 시작된다. 우리가 디딘 발밑의 땅이 달아나고, 그리고 너와 내가 그 공간으로부터 또 달아난다. 특히 여성시인들은 자아의 포기를 통해 타자가 가진 생기를 내면적인 생명의 기운으로 변화시킬 수 있는 기제를 발견하는 데 능하다. 여성시인들은 그 영토 안에서 실재적 자리를 포기함으로써 비실재적인 영역에 생기를 불어넣는 언어를 획득한다. 그것은 실재하는 공간의 법칙을 먹어치우는 거대한 부재의 언어라고 말할 수 있다. 여성의 시는 실재하는 공간에 부재하는 공간을 가동시킨다. 그리고 그 안에서 사랑하는 너의 존재성인 부재까지도 끌어안는다. 사랑하는 너와 나는 각자의 존재와 부재를 끌어안고 형태 없이 흐른다. 흘러가면서 우리는 서로의 각질을 떨구고 간다. 우리는 흘러가면서 나날이 물렁물렁해진다. 끈적거린다. 붉어진다.

바리데기 신화는 아버지의 세계와 딸의 세계라는 이원적 대립구도 안에서 진행된다. 아버지의 세계는 유한한 시간 안에 존재하는 세계이며, 징벌과 윤리(그러나 비윤리)가 존재하는 가부장적 세계이다. 이곳에선 사랑보다 제도가 우선이다. 이곳에선 발자국 밑의 땅이 움직이지 않는다. 그러나 바리데기에 의해 서사가 진행되는 세계는 아버지의 세계에서 벗어난 세계이지만, 유한하지 않을뿐더러 비현실의 세계이다. 이 땅은 현실 밖에서 부유하는 세계이다. 이곳에서 아버지의 세계는 극복되어야 할 세계이며, 바리데기의 자유의지에 의해 꾸려진 바리데기의 가정이 있는 곳이다. 이곳은 아버지의 세계에서 보면 추방된 세계이지만, 딸의 세계에서 보면 바리데기를 '바리데기'가 아닌 화해와 권능과 치유의 능력을 가진 '바리공주'로 변모시킬 수 있는 힘이 내재한 세계이다. 이 세계는 주어지는 것이 아니라 쟁취해야만 하는 세계이다. 아버지의 법을 거스르려는 의지를 가진 여성에게만 도래할 수 있는 세계이다. 바리데기 신화에선 바리데기의 여섯 언니에게 이 세계로 갈 수 있겠느냐고 의향을 타진해보는 장면이 있다. 그때 여섯 형제들은 모두 가부장제에 함몰된 여성으로서 그 자신의 처지를 타기하지 못한다.

첫째, 만조백관들이 못 가는 길에 저희가 어떻게 가오리까
둘째, 맏형님 못 가는 길에 저희 어떻게 가오리까
셋째, 궁 안에서 고이 먹고 고이 자란 몸이 어디라고 가오리까
넷째, 뒷동산 꽃구경 나섰다가 길을 몰라 못 들어오는 몸이 어찌 가오리까
다섯째, 매화틀에 놀던 몸 어디라고 가오리까
여섯째, 만조백관 형님들이 못 간다 허는 길 소인이 어찌 가오리까 죽사와도 못 가겠습니다 (「바리공주 서울 최명덕본」, 『서사무가 바리공주전집 1』, 233~234쪽의 내용 요약)

그들은 모두 가부장제 사회 내부에서 부과받은 여성 정체성을 간직하고 있을 뿐, 독립된, 스스로 쟁취한 여성 정체성을 가지고 있지 않다. 그러나 바리데기는 이와 다르다. 그녀는 아버지의 세계에서 여

성이라는 이유로 축출되었지만, 부과받은 여성적 정체성을 간직하고 있지 않다. 그녀는 우선 남장을 하고 아버지의 세계를 떠난다. 죽어가는 아버지가 그녀의 길을 재촉한다. (죽어가는 아버지가 그녀에게 이 서사 텍스트를 완성시키라고 강요한다.) 그러던 중에 그녀는 한 남성을 만난다. 그녀가 맞이한 남성은 "이마는 도마 같고 눈은 퉁방울 같고 코는 젬병코 같고 입은 광주리 같고 귀는 짚신짝 같고 손을 보니 소당 뚜껑 같고 발을 보니 석 자 세 치가 되는"(「바리공주 서울 최명덕 본」) 무장승이다. 그는 천상적 존재이지만, 다른 신화 속의 인물들처럼 출중한 외모를 갖고 있지 않다. 그는 민담에 등장하는 도깨비의 모습 그대로이다. 도깨비는 신과 같은 능력을 가졌으나 한편으론 해학적이고 한편으론 어리석기까지 하다. 도깨비는 신화 속의 다른 천상적 인물과 달리 매우 '인간적'이다. 도깨비의 용모를 가진 바리데기의 남편 무장승은 바리데기에게 숱한 시련을 주고 희생을 강요하는 인물이지만, 바리데기에게 밥하고 빨래하던 그 물이 약수임을 암시해주는 인물이면서 동시에 바리데기에게 신적인 권능을 가지도록 독려하는 조력자로서의 능력을 발휘하는 인물이다. 그는 천상적 존재이지만 매우 자상하고 외조를 잘하는 남편으로 묘사된다. 이 묘사 속에서 우리는 바리데기의 사랑을 읽는다. (이번에는 이 남성이 그녀에게 이 서사 텍스트를 완성하자고 독려하는 것 같다.) 이 무장승과의 사이에서 바리데기는 아들을 일곱(혹은 아홉)이나 낳도록 아버지의 세계를 잊어버린다. 바리데기는 심지어 가족들과 "이삼월 춘풍시절 화초 구경"까지 간다. 바리데기는 꽃구경중에 초동들이 "구 년 전에 약수

길러 간다던/ 베리데기는 죽었는지 살았는지"(「바리공주 영암 정화점본」) 하는 넋두리와 바리데기의 아버지 오구대왕이 죽었다는 소식을 듣고, 그제야 아버지와의 약속을 떠올리게 된다. 바리데기 신화 속에서 바리데기의 사랑 이야기는 직접적으로 구술되지는 않지만, '꽃구경'이라든지, 아버지의 중병을 잊어버린다든지 하는 상황 전개 속에서 암시된다. 더구나 '단군신화'에서처럼 대부분의 우리나라 신화 속에서는 천상의 존재와 지상의 존재가 지상에서 결혼을 하고, 그때 탄생한 인물이 현실사회, 국가의 시조가 되는 것에 비해, 바리데기 신화 속에서는 천상에서 결혼이 이루어지고, 태어난 자손들도 현실세계가 아니라 천상의 일을 담당하는 관리가 되는 것은 비교해볼 만한 점이다. 더구나 다른 건국신화들 속의 여성은 잉태를 위한 도구적 존재, 혹은 모성만을 실현하는 역할을 부여받은 존재일 뿐인 데반해 바리데기는 웅녀나 유화가 속했던 여성의 위치를 박차고 나와 출산 후에 더욱더 강력한 힘을 얻는 존재, 가족 구성원의 리더가 되는 존재다. 이 사실로 미루어볼 때, 바리데기의 결혼 혹은 사랑은 현실세계 밖의 추방된 세계에서 이루어졌지만, 그러나 바리데기와 무장승의 자유의지에 의해서 결혼이 유지되었음을 알 수 있다. 더구나 그 결혼이 다른 신화와 달리 천상에서 성립되고, 결혼생활이 천상에서 지속된다는 것은 그들의 결혼생활이 행복했다는 사실마저 암시한다. 이 행복한 공간이 존재해야만 바리데기는 약수를 구할 수 있었던 것이다. 이러한 사실은 바리데기기 아비지라는 님싱과의 내립 속에서, 오히려 사랑하는 남성을 통해 아버지의 세계를 극복하는 모습을 보여준 것이라고 볼 수도 있다. 그러기에 '바리데기 신화'는 역사 속에서 유리된 여성이 상상의 공간을 제시해, 자신의 몸과 영적 능력과 지적 능력을 최대한 드러내어 자신의 정체성을 찾아가는 과정을 그린 신화라고 볼 수 있다. 바리데기의 정체성은 경계를 허무는 자리에 위치해 있다. 그녀는 죽음과 삶의 경계의 자리에서 그 두 세계의 넘나듦을 관장한다. 그녀는 아버지와 딸의 세계, 남성과 여성의 세계의 경계에 어머니로 서서, 그 경계를 지우는 역할을 담당한다. 그것이 그녀가 찾아낸 무(巫)신으로서의 자신의 정체성이다. (그녀는 자신의 자리를 경계의 자리에 갖다놓음으로써 자신의 텍스트를 완성한다.) 그녀가 발견한 정체성은 바리데기 텍스트 연희자로서의 여성들에게서 수많은 이본으로 다시 파열한다. 바리공주는 바리데기 연희자들의 '신 어머니'로서 그들의 텍스트 안으로 파열해 들어간다. (바리데기는 아버지에게서 남편을 거쳐, 어머니와 딸의 텍스트를 진행형으로 완성해나간다.) 그녀의 텍스트는 지금도 쓰이고 있다.

사랑으로 내 몸이 가득차자 내 몸은 내 몸안에서 끝없이 내 몸을 꺼내놓는다. 나는 수없이 많은 내 몸들로 파동한다. 날숨을 한 번 내쉴 때마다, 들숨을 한 번 들이쉴 때마다 몸에서 몸을 꺼낸다. 호흡할 때마다 영혼이 육체에 깃들어 몸안에서 몸을 꺼내며 흘러간다. 나는 숨을 쉴 때마다 우주가 내 속으로 들어와 좌정하는 것을 느낀다. 내 몸이 우주만큼 넓어지는 것을 느낀다. 별들이 우수수 내 몸안으로 쏟아지고, 별들이 저 하늘 가득 흩어져 뿌려진다. 나는 숨을 내쉬고 들이쉴 때마다 죽음에 한 번, 삶에 한 번 내 몸을 내보냈다가 거둬들인다. 나는 숨을 내쉬고 들이쉴 때마다 만남에 한 번 이별에 한 번 너를 내보낸다. 그래서 내 사랑은 죽음에 한 번 삶에 한 번, 이승에 한 번 저승에 한 번 다녀온다. 그래서 세상에 미만한 이 공기들이 내 몸을 통하여 숨결이 된다. 휙 지나가는 바람이 아니라 파동치는 숨결로 나를 감싼다. 나의 몸안에서 숲이 일어서고, 전나무들이 숨쉰다. 작은 호흡 하나 속에 전 우주가 오그라들었다가 펼쳐진다. 사랑은 그래서 세상에서 제일 질량이 많이 나가는 블랙홀이다. 내 몸안에 그것이 숨어 있다. 아니다. 내 몸이 그것이다. 그러나 이 블랙홀은 삼켰다가 내보내기를 일 분에 수십 번 이상 감당한다. 그러기에 시는 이러한 호흡을 그 리듬으로 한다. 너와 내가 우주를 끌어안았다가 내보내는 고통 속에, 열락 속에 시의 리듬이 있다. 너와 나의 떨림 속에 시의 리듬이 있다. 리듬은 시적 자아와 타자가 만나 껴안음으로써 세상 밖으로 터져나가는 길 위의 한없는 경련 속에 들어 있다. 그 리듬은 드디어 세상 밖에 이르는, 부재에 이르는 길의 모습을 그대로 반영한다. 너와 나는 살을 나누었다. 이제 아무것도 남지 않았다. 결국 파동의 승리, 언어의 결로 이루어진 파동의 승리이다. 이 파동이 우리가 살고 있는 이 세상의 운명인 시간의 모습을 바꾼다. 시간을 구부리고, 시간을 경련하게 하며, 시간에 수많은 구멍을 뚫는다. 시간에게 '정지!'라고 명령한다. 그 순간, 나는 삶의 저쪽에 있다고 알려진 부재의 허벅지를 깨문다. 너는 이곳에만 존재하는 것이 아니라 저곳에도 존재했다. 나는 이곳의 너만이 아니라 저곳의 너도 사랑한다. 너도 이곳에서도 살아 있었고 저곳에서도 살아 있었다. 순간적으로. 나는 들숨과 날숨 사이 경련하면서 너를 잡았다가 놓치면서, 어우러지면서 또하나의 미로를 그려놓았다. 그리고 언어와 시간이 나에게 내린 선의 운명을 벗어나보았다. 나의 시는 그 순간 무언가를 말했다기보다, 그냥 거기 그렇게 '없는' 너와 함께 '있었다'.

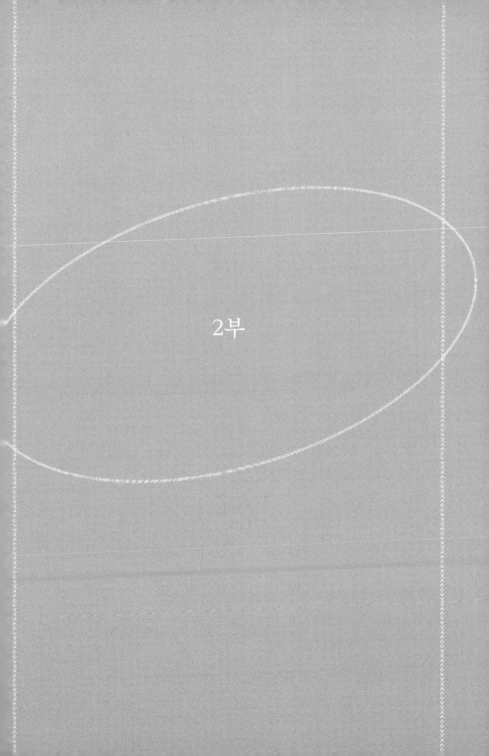

2부

어머니와 처녀라는 허구

─演技? 煙氣! 延期? 緣起!

어머니를 떠나며 어머니를 따르지 말고 돌아가라 강권하지 마옵소서. 어머니
께서 가시는 곳에 나도 가고 어머니께서 유숙하시는 곳에서 나도 유숙하겠나
이다. 어머니의 백성이 나의 백성이 되고 어머니의 하나님이 나의 하나님이
되시리니 어머니께서 죽으시는 곳에서 나도 죽어 거기서 장사될 것이라. 만일
내가 죽는 일 외에 어머니와 떠나면 여호와께서 내게 벌을 내리시고 더 내리
시기를 원하나이다.

─「룻기」 1장

나는 매번 발명해야 한다, 언어를. 나에겐 선생님도, 선배도 없다. 나
에게 모국어의 여성적 전범은 없다. 당연히 내 몸의 내재적·파동적
원리에 따라 새로 발명한 언어가 뛰어놀 수 있는 장(場)도 없다. 나
는 늘 목격한다, 내가 발명한 언어들이 누구와도 악수하지 못한 채,
허공중으로 사라지는 광경을. 다만 여성시인들의 시 속에, 나도 몰래
이사가서 살아가는 광경을. 나는 늘 생각에 빠진다. 내가 쓸모없는
언술기계를 만들고 있는 것이 아닌가 하는 생각 속에. 나는 늘 떨린
다. 그 쓸모없고 불쌍한 언술기계의 불용성으로 드디어 나마저 죽는
것이 아닌가 하는 불안 때문에. 수용미학자들이 말하는 대로 이제까
지의 문학사는 자신을 작가로 문학사에 자리매김하기 위해 이전 작
가의 작품을 전유하고 오독하는 투쟁의 기록이 아니었던가. 그러나
여성시인인 나에게 투쟁해야 할 선배의 목소리는 없다. 그들과 나는

다른 세계 안에 있다. 그들과 나는 언어가 다르다. 그들의 문학사 안에 내가 자리잡을 꽃밭은 없다. 이런 처지에 놓인 나의 언어에 유사성 장애는 필연적으로 일어나는 현상이 아니었겠는가.

언어가 다르다는 말은 통사구조와 의미망이 다르다는 말이기도 하지만, 그 언어를 생성·생장케 하는 존재 기반인 토양이, 국가가, 외부 실재가, 즉 맥락이 다르다는 말이기도 하다. 이를테면 그들은 꿈과 실재를 관찰하고 나서 사물들을 면면히 이어져온 미학적 기반 위에 위치시키고 그것들이 그들에게 전수되어온 방법으로 구성하여 작품화한다. 말하자면 그들은 대상과 방법을 두루 소유한 창조자 또는 장인으로서 존재할 수 있다. 그러므로 그들은 면면히 이어져내려오는 공안(公案)들 속에서, 그 공안을 깨치고 나와 시인 스스로 해탈하기도 쉽다. 그러나 여성시인인 나는 어떠한가. 나는 그들이 꾸는 꿈속의 존재임을 자각해야 하며, 그 꿈속을 벗어나려고 몸부림쳐야 하며, 그들이 내 살 속 깊이 넣어준 그들의 꿈의 그물의 날줄과 씨줄을 파내어야 하며, 감추어두었던 내 꿈속으로 유영해들어가야 하며, 내 꿈속을 들여다볼 수도 있는 눈을 가져야 한다. 나는 그들이 붙여준 이름 그대로 마녀도, 미친 여자도, 괴물도, 매춘부도, 천사도, 대모신도 아니다. 그러나 나를 가두는 각종 울타리, 미세한 권력들의 종소리 속에서 나는 미친 여자고, 괴물이고, 매춘부이고, 천사이며, 대모신이다. 나는 내 존재를 변화시키고자 하는 처녀이고, 어머니이며, 할머니이며, 딸인 여성이다. 그 여성들의 동시성이다. 심지어 나는 나를 사랑한다고 말하는, 내 앵두 같은 입술과 미끈한 다리와 봉긋한 유방을 사랑한다고 말하면서 내 몸을 영토화해버리는 사람에게, 혹은 내 짓뭉개진 입술과 축 처진 살과 늙은 유방을 혐오한다고 말하는 사람에게 한 번도 명명받아보지 못한 언어로 사랑한다고 말하면서도 내 몸을 탈영토화해내야 하는 상황 속에 있는 여성시인이다. 굳이 말로 하지 않더라도 내 몸을, 몸의 에로스를 가동시켜야 하는 시인이다. 나는 수동적이고, 정적이며, 연약하고, 부드럽고, 식물적이며, 감정적이고, 우연적이며, 감각적이라는 혼돈과 폄하를, 그 부정을 오히려 아름다운 것이며, 대안적이라고 말해야 하며, 그 부정을 부정해야 하는 이중, 삼중의 언어적 질곡 속에 있다. 그러나 나는 이 모든 혼돈과 결합한 몸으로 이데올로기 밖에서, 변두리에서, 안도 아니고 밖도 아니고, 주관도 아니고 객관도 아닌, 미메시스도 할 수 없는 그런 세상을 향하여, 그런 언어로 관습적이고 상투적인 묘사에 도전해야 한다. 그런 나에게 찾아온 것이 열린 스타일, 안에서 안으로 열리는 텍스트성에 대한 관심이었다. 텍스트 스스로 쾌락에 젖는 텍스트 말이다. 찰나에 붙잡았다가 놓쳐버릴지라도 끝없이 열리는 스펀지 같은 텍스트로서의 몸.

참 오래된 호텔. 밤이 되면 고양이처럼 강가에 웅크린 호텔. 그런 호텔이 있다. 가슴속엔 1992, 1993…… 번호가 매겨진 방들이 있고, 내가 투숙한 방 옆에는 사랑하는 그대도 잠들어 있다고 전해지는 그런 호텔. 내 가슴속에 호텔이 있고, 또 호텔 속에 내가 있다. 내 가슴속 호텔 속에 푸른 담요가 덮인 침대가 있고, 또 그 침대 속에 내가 누워 있고, 또 드러누운 내 가슴속에 그 호텔이 있다. 내 가슴속 호텔 밖으로 푸른 강이 구겨진 양모의 주름처럼 흐르고, 관광객을 가득 실은 배가 내 머리까지 차올랐다 내려갔다 하고, 술 마시고 머리 아픈 내가 또 그 강을 바라보기도 하고, 손잡이를 내 쪽으로 세게 당겨야 열리는 창문 앞에 나는 서 있기도 한다. 호텔이 숨을 쉬고, 맥박이 뛰고, 복도론 붉은 카펫 위를 소리나지 않는 청소기가 지나고, 흰 모자를 쓴 여자가 모자를 털며 허리를 펴기도 한다. 내 가슴속 호텔의 각 방의 열쇠는 프런트에 맡겨져 있고, 나는 주머니에 한 뭉치 보이지 않는 열쇠를 갖고 있지만, 내 마음대로 가슴속 그 호텔의 방문을 열고 들어갈 수가 없다. 아, 밤에는 그 호텔 방들의 불이 켜지든가? 불이 켜지면 나는 내 담요를 들치고, 내 가슴속 호텔 방문을 열어제치고 싶다. 열망으로 내 배꼽이 환해진다. 아무리 잡아당겨도 방문이 열리지 않을 땐 힘센 사람을 부르고 싶다. 비 맞은 고양이처럼 뛰어가기도 하는 그런 호텔. 나를 번쩍 들어올려, 창밖으로 내던지기도 하는 그런 호텔. 그 호텔 복도 끝 괘종시계 뒤에는 내 잠을 훔쳐간 미친 내가 또 숨어 있다는데. 그 호텔. 불 끈 밤이 되면, 무덤에서 갓 출토된 왕관처럼 여기가 어디야 하고 어리둥절한 표정을 짓는, 자다가 일어나서 보면 내가 봐도 낯선 호텔. 내 몸 속의 모든 창문을 열면 박공 지붕 아래, 지붕을 매단 원고지처럼 칸칸마다 그대가 얼굴을 내미는 호텔. 아침이 되면 강물 속으로 밤고양이처럼 달아나 강물 위로 다시 창문을 매다는 그런 호텔

—「참 오래된 호텔」 전문, 『나의 우파니샤드, 서울』(문학과지성사, 1994)

나는 이 시를 모젤 강변의 크로네호텔에서 썼다. 나는 그 오래된 호텔의 경관이 매우 아름답고, 주변 풍경도 매우 아름답다고 생각했다. 외부의 아름다움만큼 슬픔이 내부에서 차올랐다. 그리고 그 경관을 아름답게 묘사하고 싶은 충동을 가졌다. 그러나 그 경관을 묘사하려 하면 할수록 내 혀가 뻣뻣해지고, 내가 그 주변 경관을 내 마음대로 체포해 지금까지 전해져내려온 언어의 울타리 속에 우그러뜨리려 한다는 공포가 엄습해왔다. 대상을 묘사하려 하면 할수록 어떤 규범이나 전범의 절차가, 또는 통시적으로 나를 지배해온 미적 쾌감을 향한 욕망이 나를 대신해 나오는 것을 느꼈다. 갑작스럽게 찾아온 혀의 고통 속에서 나는 묘사의 대상이 되는 공간을 해체하기 시작했다. 그 해체 속에서, 저절로 재구성이 이루어지고 있다는 생각을 했다. 재구성의 과정 속에 있는 무수한 '나', 규정할 수 없는 '나'가 새롭게 흩어놓은 텍스트 내부에 깃들일 수 있다는 생각도 했던 것 같다.

나의 텍스트는 점점 길어진다. 그럴 수밖에 없다. 나는 주변성 때문에 재잘거리고, 수다스럽다. 나는 있지도 않은 나를 끝없이 분해하므로, 더듬거리므로, 복수적이다. 깨어질 수밖에 없는 미립자들이 말하므로 직선적인 언술의 길을 갈 수는 없다. 나는 사랑의 담론의 화자로서 이런 방식으로 존재하고 말할 수밖에 없다. '나'라는 언어의 공간 속에 '나'라는 것들이 존재하며 말하는 방식.

요즘에 와서는 이 말하기, 이 미로조차도 너무 각져 있다고 느낀다. 나는 물렁물렁한 미로, 내가 아기를 낳을 때의 산도(産道)와 같은 길이 시 안에 있기를 바란다. 그렇게 원하니까 나의 새로운 시들의 시적 언술의 길이 물렁물렁해진다. 그렇게 내가 느낀다.

　여성시인은 누구나 어머니이다. 여성시인이 시 속에서 사랑의 담론을 펼칠 때면 그녀는 언제나 어머니이다. 그것은 여성시인은 사랑의 담론 속에서 여럿인 '나'의 존재방식과 대상과의 관계를 어머니의 모습으로 펼친다는 말이다. 이때, 어머니라는 존재는 그들이 규정한 대로, 그들의 여성, 그들의 안식처로서의 상징물, 상징으로서의 몸을 가진 존재가 아닌 스스로 몸을 연 존재이다. 어머니의 자리는 변방이지만, 그러나 어머니인 타자가 타자를 껴안는 자리다. 어머니의 자리에서는 언제나 아이들의 목소리가 들려온다. 그곳엔 상징이나 은유라는 제도가 끼어들기 전의 목소리들이 분절된 채 무수히 많이 들어 있다. 여성은 자신의 타자들과 같은 위치에서 옹알이하고 사랑하며 대가를 바라지 않고 베푼다. 베푼다라고 의식하지도 못한다. 어머니는 존재 자체가 타자성이다. 그러기에 유독 여성시인들의 시 속에는 거울을 벗어난 이미지들이 흘러넘친다. 그러므로 그 거울 속의 '나'는 없다. 거울 밖의 '나'도 없다. 다만 무수히 많은 '나'를 증식중인 '나'가 있을 뿐이다. 그렇다면 어머니 시인인 나의 시에서 '나'라고 명명된 나는 누구인가? 그는 발화된 말이 타고 가야 하는, 시라는 공간 속에서 시간이라는 운명의 배를 타려고 일시적으로 구축해놓은 시적 화자의 목소리일 뿐이다. 그 '나'라는 시적 화자들이 거울이라는 고개를 한없이 넘어간다. 어머니는 타자성을 품은 존재이므로 또다른 타자의 세계로 쉬지 않고 넘어간다. 그러기에 어머니 시인인 나는 타자의 목소리로 말하는 사람이다. 타자들과 놀면서 수많은 시적 주체의 죽음을 건너가는 시인이다.

그러나 우리 사회가 나에게 하사한 모성 이데올로기와 내 시 속의 어머니는 다르다. 오히려 그들이 하사한 모성은 나에게 반사회적 인물이 되라고 강요하는 것이다. 어머니라는 허구 안에서 가만히 어머니의 배역을 수행하라고 강요하는 것이다. 그것은 신비주의적이거나 아니면 비현실적인 담론으로 치장된, 순환질서 속에 고요히 순종하는 여성이 되라는 것이다. 위대한 모성으로 치장해 추어올려주면서 스스로 그 질서에 복종하라고 강요하는 것이다. 그러기에 그들이 고착시켜준 모성은 하나의 허구이며, 그런 어머니 되기는 하나의 연기(演技)이자, 나에게 하사된 또하나의 허구적 정체성일 뿐이다.

어머니는 여성이다. 그러기에 어머니인 여성을 새롭게 표현해낼 수 있는 언술의 길이 필요하다. 어머니는 몸들의 유희에 빠진 존재이므로 정체성을 생각할 겨를이 없다. 어머니는 자신의 몸과 자신 밖의 자식들과의 몸의 접촉 속에서 정신의 몸, 영혼의 몸을 생성해낼 수 있다. 어머니는 자신의 몸에 절대성을 부과하는 존재가 아니라 '나'의 몸과 '너'의 몸의 접촉 속에서 새로운 몸 됨을 살려내는 존재이다. 이때 접촉의 말들이 쏟아져나온다. 그러므로 어머니인 여성의 모성을 어머니 밖에서 규정해주려 애쓰지 말라. 그럼에도 어머니는 여성이다. 어머니는 타자와 자신을 구별하지 않는 가운데, 차이마저도 인정하지 않는 가운데에서 관능을 드러낸다. 이 관능이 없으면 언술의 길은 딱딱할 것이다. 그 길 속에서 아이는 태어날 수 없을 것이다. 어머니가 품은 사랑의 관능성이야말로 물질주의에 대한 영성이다. 어머니의 관능을 억압하면, 나는 호흡곤란에 빠져버릴 것이다. 그러므로 내 시 안에서 나의 어머니로서의 자질은, 어머니로서의 사랑의 파동은 어떤 하사된 개념의 형태가 아니라, 내가 내 어머니(아이)와 분리되기 이전의, 그 이전의, 그리고 내가 내 아이(어머니)와 분리된 이후의, 그 이후의 심층 속에서 솟아나오는 것이리라.

거울을 열고 들어가니
거울 안에 어머니가 앉아 계시고
거울을 열고 다시 들어가니
그 거울 안에 외할머니 앉으셨고
외할머니 앉은 거울을 밀고 문턱을 넘으니
거울 안에 외증조할머니 웃고 계시고
외증조할머니 웃으시던 입술 안으로 고개를 들이미니
그 거울 안에 나보다 젊으신 외고조할머니
돌아앉으셨고
그 거울을 열고 들어가니
또 들어가니
또다시 들어가니
점점점 어두워지는 거울 속에
모든 윗대조 어머니들 앉으셨는데
그 모든 어머니들이 나를 향해

엄마엄마 부르며 혹은 중얼거리며

입을 오물거려 젖을 달라고 외치며 달겨드는데

젖은 안 나오고 누군가 자꾸 창자에

바람을 넣고

내 배는 풍선보다

더 커져서 바다 위로

이리 둥실 저리 둥실 불려다니고

거울 속은 넓고넓어

지푸라기 하나 안 잡히고

번개가 가끔 내 몸 속을 지나가고

바닷속에 자맥질해 들어갈 때마다

바다 밑 땅 위에선 모든 어머니들의

신발이 한가로이 녹고 있는데

청천벽력.

정전. 암흑천지.

순간 모든 거울들 내 앞으로 한꺼번에 쏟아지며

깨어지며 한 어머니를 토해내니

흰옷 입은 사람 여럿이 장갑 낀 손으로

거울 조각들을 치우며 피 묻고 눈 감은

모든 내 어머니들의 어머니

조그만 어머니를 들어올리며

말하길 손가락이 열 개 달린 공주요!

―「딸을 낳던 날의 기억―판소리 사설조로」 전문,
『아버지가 세운 허수아비』(문학과지성사, 1985)

　나의 아이는 나의 어머니들의 아이이면서, 동시에 나이면서, 나의 어머니들이다. 아이는 나의 타자이면서 동시에 내가 낳은 나이다. 아이는 태어남으로써 나를 타자의 자리에 갖다놓는다. 나는 출산을 통하여 어머니 되기와 아이 되기를 동시에 달성한다. 나는 출산을 통해 '몸'이 된다. 몸 됨으로 나는 나를 벗어나 타자가 된다. 또한 '내'가 된다. 이것이 내가 내 시들에서 무수한 타자와 맺는 나의 관계 맺기 방식이다. 나는 한 타자를 넘어서 다른 타자에게로 가는 것이 아니라 그 타자와 함께 거미줄을 짜나가는 것이다. 나는 타자를 혹은 타자를 통해 초월하려는 것이 아니라 함께 짜여 타자의 첫 겨울을 감쌀 배냇보자기가 되려는 것이다. 이것은 내가 생명이 없는 대상에게 어떤 명명을 하거나 존재를 부여하는 것이 아니라, 여성시인이므로 어머니인 내가, 다시 흐르는 자로서 '함께' 살아갈 준비를 하는 것이다. 흐르는 자는 어머니라는 은유적 고정성을 벗고 끊임없이 타자에서 타자로 흐른다. 반복되는 출산의 경험 속에서, 시니피앙들의 연쇄 속에서 은유적 고정성을 넘어가는 것이다. 그러므로 어머니는 우주의 은유가 아니라 별들끼리의 환유적 접촉이다. 어머니는 환유적 유체다. 어머니는 순수 그 자체도 아니고, 무한의 원천도 아니며, 단지 흐르는 시적 화자의 우발적인 인접성이다. 그러기에 어머니로서의 시 쓰기는 하나의 수행록이다.

물론 이럴 때 '딸을 낳던 날의 기억' 같은 나의 몸의 경험이 가장 중요한 글쓰기의 기제가 된다. 이 시는 출산할 때 실제로 보았던 어떤 광경의 투영을 그대로 기록해본 것에 지나지 않는다.

처녀라는 명명은 위험하다. 하지만 달리 일컬을 단어가 없으니 그녀를 처녀라고 하자. 처녀는 언제나 출생의 자리로 돌아오는 존재다. 나는 출산하고, 어머니가 되었으면서도 언제나 처녀로 돌아온다. 과정의 초기, 그 자리로 돌아'온'다. 이 자리는 지금 막 죽음을 건너와 초승달 같은 배를 젓기 시작하는 자리다. 어머니로서 싸안았던 그 모든 것을 잃어버린 자리로 돌아'간' 자리다. 어머니가 가진 관능성이 타자(혹은 시적 대상)의 자리로 몸 바꾸어준 자리다. 어머니는 죽음으로써 죽음의 강을 건너올 수 있었다(죽지 않고서야 어떻게 죽음의 강을 건너겠는가). 어머니라는 공동체성이 그렇게, 몸 바꾸게 하는 것일 게다. 어머니의 아이 되기의 극단에 처녀가 깃들일 것이다. 이 자리는 언제나 요동치고, 불안하지만 순간적으로 '있는' 자리이다. 성적 욕망에 가득차서 바라보면 보이지 않는 자리, 욕망 때문에 아무도 그 모습을 들여다볼 수 없는 자리, 어떤 슬픔, 그 자체. 공(空). 한없는 수레바퀴가 어느 지점에서 존재를 살짝 내어민 자리. 뛰노는 자리. 그 자리에서 처녀는 제도가 우리에게 부과한 더럽혀짐, 묶임의 자리를 벗어나서 한없이 타자성을 향해 몸을 열려고 준비한다. 다시 어머니인 처녀가 이미니가 되려고 준비한다. 타자들은 나와 전적으로 나르므로 나는 두렵다. 그러나 나는 그 다름과 함께 있으려고, 내 몸을 닦는다. 한없이 두려워 떨면서 주술의 언어를 내뱉는다. 이때, 나는 주술적 제의를 하는 것처럼 경건해 보일 수 있다. 그래서 마녀인가?

나는 내가 내민 수천 가지의 촉수로 '너'와 교통하기를 원한다. 그 열망으로 나는 미친 여자이다. 나는 너를 사랑하는지, 알지 못한다. 다만 어떤 미지를 향해 이 죽음과 같은 몸의 공간을 열려고 한다. 나는 타자 속에서 자아를 해체시키고 싶어서 안달한다. 차오르는 에테르를 감당하지 못해 눈물 흘린다. 나는 아직 얼굴이 없다. 나는 '너'의 얼굴도 알지 못한다. 나는 무엇을 잉태하고, 무엇을 출산할지, 아니 어떤 일이 일어날지 알지 못한다. 아니, 나는 이제 막 여성으로 출생했으므로, 내가 여성인지 남성인지 무성인지 양성인지 모르겠다. 다만 나는 '나'를, '너'를, 혹은 '그것'을, 그 알지 못하는 것을 만지고 싶을 뿐이다.

처녀는 어머니가 어머니의 몸으로 '몸하여' 낳은 아이의 에로스적인 열림이다. 처녀는 인간이 품을 수 있는 아름다움 중에서도 가장 진정하고, 순수하고, 자연스러운 찰나의 아름다움을 간직한, '순간'의 존재다. 이 찰나적 존재 안에서 몸은 몸 그 자체로 충일하다. 차돌처럼 순간적으로 매끄럽다. 어머니가 어머니의 아이의 자리로 돌아'선' 자리이다. 동시에 어머니의 자리로 돌아가려고 안달하는 자리다. 어머니에게 묻고, 딸에게 묻는 자리다. 어느 것도 고정된 자리가 아니라고 떠드는 자리다. 연기(演技)의 자리다. 어머니를 패러디하는 자리다. 어머니에게 어머니에게서 받은 말을 돌려주는 자리다. 그러기에 나에겐 정체성이란 없다. 그것은 다만 그들이 나에게 부과한 허구

일 뿐.

　처녀의 언어는 어머니가 늘 다시 시작하는 언어이다. 사랑한다고 '말'하는 것이 진정으로 사랑하는 것인지 알지 못하므로, 어떻게 사랑해야 할지 막막한, 다만 사랑의 에테르 상태 안에 있는 어머니의 처녀가 떠드는 말이다. 늘 과정 속에 있는 말이다. 몸의 순수한 기쁨으로 떠드는 말이다. 고통 속에서 기쁨을 연기하는 웃음의 말이다. 고통이 고백 속에서 감상적 차원으로 떨어지지 않도록 춤추는 말이다. 언어를 부여받지 못한 무수한 몸의 기쁨들이 사랑을 열려고 하는 환희의 달리기다. 다시 처녀가 된 어머니의 몸에선 사랑에 대한 욕망과 위반의 욕망이 뾰족하게 솟아오르고, 그로부터 다달이 긴장과 이완, 존재와 무의 피가 흐른다.

　나의 시에서 말하는 사람들은 여러 명이다. 나는 그 여러 가닥의 실로 시 한 편 한 편을 짠다. 나는 그 실로 아름다운 말의 무늬를, 이 말 저 말을 짜려고 한다. 나는 무늬를 새로 시작할 때마다 어머니에서 처녀의 자리로 돌아가곤 한다. 말이 감옥에서 풀려나와 온갖 애크러배틱스(acrobatics)와 유머, 놀이에 탐닉하는 상태로 돌아가려 한다. 여성이 품은, 규정할 수 없는 사랑, 순수한 기쁨과 유희의 대상인 몸의 말이 들끓는 자리로. 나는 내 말이 어떤 고착화된 의미를 생성하려고 하면 그 말을 버려버린다. 그리고는 새로운 말을 씹기 시작한다. 접촉의 언어를, 질문의 언어를.

　강 건너에서 모래 실은 트럭 한 대가

맹렬하게 달려오더니 귓속에 햇살 한 트럭 붓고 갔는지
메아리처럼 내게서 떠나갔다가
저 건너 산에서 내 귓속으로
다시 밀려들어오는 환한 꿈
공동묘지로 가득 찬 저 山中이 내 귓속까지
환하게 밀려 들어와 와글와글하는지
너 죽을래 하면 너 죽을래 하고
너 미쳤니 하면 너 미쳤니 하면서
저 산의 주름들 다 더듬고 돌아와서는
덤프트럭이 쏟은 모래만큼 와글와글하는 소리
이편의 너 죽을래와 저편의 너 죽을래 사이 공중에다가
그 허랑 방천에다가 다달이 피를 쏟고 가는
이제 갓 암컷이 된 새
나는 왜 이 나이 먹어서도 그 새파란 시절로,
그리로 자꾸만 돌아가는지
따뜻한 눈물이 하늘을 스치고 지나가자
내 눈물로 따뜻해지는 강물
메아리처럼, 노을처럼 또 한 번 핏방울 떨어지고
윤회의 소용돌이에 끼여 오도 가도 못 하는 한 영혼이
말잠자리처럼 저편 山中과
이편 강물 사이에 오래도록 떠 있고
메아리가 갔다가 돌아오는 그 사이, 그만큼

회오리처럼 오르다 다시 떨어지는 저 새가 저지르는

피 부신 노을 이부자리, 그만큼

너 미쳤니 하면 너 미쳤니 할 뿐

—「메아리가 갔다가 오는 만큼, 그만큼」 전문,

『달력 공장 공장장님 보세요』(문학과지성사, 2000)

  나의 언술은 새처럼 날아오른다. 그 새는 새파란 시절, 어머니/처
녀의 언어를 갖고 있는 새이다. 그 새가 떠 있는 황혼녘, 나는 말들
사이에서 새파란 어머니/처녀로 떠 있다(메아리가 갔다가 돌아오는
그사이, 그만큼의 세계 안에). 그러나 물가에서 터지는 나의 말은, 내
말을 메아리로 되돌려주는 무덤들이 있는 곳에서 볼 때는 미친 여자
의 말이거나 아니면 죽음이 하는 말일 것이다. 이편에서 내지르는 나
의 말은 강 이쪽에서 저 산중까지 갔다가 오는 동안에, 저 산중의 주
름들 다 만지고 와서는, 덤프트럭이 실은 모래만큼 많은 말로 또다른
나에게 그 말을 되돌려준다. 나는 두 개의 강이 합쳐지는 양수리 두
물머리에서 내가 하는 말들이 그렇게 많은 내 속의 '나'가 하는 사랑
의 말이라는 것을 안다. 그러면서 그 말을 하는 내 몸이 이 나이 먹어
서도 그 새파란 시절로 돌아간 어머니/처녀 새처럼 초경의 피를 쏟
으며 공중에 뜬 것도 본다. 사랑과 의문의 말을 내지르고 싶어할 때
마다 나는 초경의 새로 돌아가는 것이리라.

  내 안에는 무한히 많은 타자들이 나의 이름으로 산다. 나는 내가

어느 방향으로 튈지 나 스스로도 알지 못한다. 나에게 일관성이란 없다. 나는 무수하다. 나는 나와 접촉하면서 말한다. 나는 나로부터 나와서 나에게로 돌아간다. 그 많은 '나들'은 모두 다른 존재들이다. 그러기에 한 편 한 편의 나의 시들은 비체계적이며 단편적이다. 나는 나의 시들이 한 편의 완전한 신화, 시작과 종말이 있는 서사가 되길 원하지 않는다. 나는 나의 시들이 모여 어떤 궤적을 그리기를 원하지도 않는다. 나는 그동안 서사가 갖는 의미의 횡포를 얼마나 많이 보아왔던가. '장편' 혹은 '대하'라는 이름을 붙인 그런 서사들이 암암리에 제국주의적이고 가부장적인, 그래서 이데올로기마저 정립하려하는 현장을 얼마나 많이 목격해왔던가. 그 속에서 얼마나 많은 타자가 죽임을 당하는 것을 보아왔던가. 나는 나의 시의 체계 구축에 대한 욕망이나, 계보화에 대한 욕망이 없다. 체계에 대한 욕망은 대상을 타자화하는 재현체계를 구축하려 한다. 그 욕망이 타자의 병든 곳을 유린하고, 텅 빈 곳을 자기화한다. 나는 그래서 거대 서사를 믿지 않는다. 그것들은 내 텍스트 내부가 아닌 외부에 존재하면서 내 텍스트 내부를 지배하려고 하는, 또는 지배해온 거대한 모국어 기계의 대본이다. 나에게까지 달려온 거대 서사들은 또 얼마나 제국주의자들의 번안의 역사를 거쳤던 것일까.

　나의 글쓰기는 안과 밖, 상위와 하위의 동시적 언술이다. 나는 하나의 주체에서 또다른 주체로 끊임없이 흘러다닌다. 나는 처녀이고, 어머니이다. 아기이고, 할머니다. 나의 귀는 세상의 모든 조개만큼 많고 많지만, '지금, 여기'의 어느 순간에 응축되어 떨고 있다. 나는 이름이 있다가도 없고 없다가도 있다. 처녀의 극에 어머니가 깃들이고, 어머니의 극에 처녀가 깃들여 상생한다. 이 상생의 수레바퀴를 돌리는 인자가 바로 나의 사랑이다. 나는 죽음의 순간에 갑작스럽게 솟아오르고, 삶의 순간에 갑작스럽게 함몰해간다. 나는 무너짐으로 솟아오르고, 솟아오름으로 무너져내린다. 내 존재는, 늘 증식중이다. 이것으로 나는 죽음을 연기(延期)한다. 아니다. 나는 수많은 '나'들을 살아낸다. 연기(緣起)하는 것이다. 한용운에게 '거짓 이별'이 없다면 한용운은 이미 벌써 우리에게서 연기(煙氣)처럼 떠나버렸을 시인이다. 그러나 그는 수천만 번의 「거짓 이별」속에서 살아 있다. 그는 아직도 자신의 시를 읽는 독자들을 찾아와 시적 인생을 연기(緣起)한다. 그 수천만 번의 죽살이 속에서 발화하는 화자는 필연적으로 여성이었을 것이다. 그의 시 「당신의 편지」속에서처럼 "약을 달이다 말고" "바느질 그릇을 치워놓고" 물 묻은 손으로 님의 편지를 뜯어보는 여성이었을 것이다. 나는 내 말이 동시에, 마치 불협화음의 코러스처럼 내 입에서 한꺼번에 쏟아지지 않는 것이 불만이다. 그래서 나는 거미의 베 짜기 노동처럼 허방이라는 죽음의 공간을 해체하려고, 거기다 나의 무늬를 짜 펼치려고 한다. 그것이 나의 순간적 서사이고, 나의 시적 리얼리티다. 내 언어는 거미줄처럼 바람에 잘도 부풀어오르고, 점액질이며, 구멍투성이고, 끊어지기 쉽지만 그러나 자성을 띤다. 이제까지의 남성적 대본이 월경하는 여성을 묘사해온 그대로, 흐르며 끈적거린다. 그러나 나는 그 속에다, 나의 구멍들의 유동하는 액체 속에다 생명을 기르고자 한다. 내가 짠 말의 방은 거미의 방(그녀에게 그녀만의 방이 있을까)처럼 구멍이다. 나는 그 구멍의 방들을 돌아다닌다. 아버지의 벽지가 발라져 있지도 않고, 천장과 바닥이 모두 허방인 그 방들을.

나는 내가 모두 학생인 그런 학교를 세울 수 있지. 쉰 살의 나와 예순 살의 내가 고무줄 양끝을 잡고, 열 살의 내가 고무줄뛰기 하는 그런 학교. 이를테면 말이야. 지금의 내가 기저귀 찬 나에게 엄마 엄마 이리 와 요것 보세요 말을 가르칠 수도 있고, 여중생인 나에게 생리대를 바르게 착용하는 법도 가르칠 수 있을 거야. 어쩌면 열 살인 내가 예순 살인 나에게 인생이란 하고 근엄하게 가르칠 수 있을지도 몰라. 또, 이를테면 말이야, 나는 또 내가 모든 등장인물인 그런 소설도 지을 수 있지. 실연당하고 미친 듯이 농약을 구해온 열아홉 살 나와 네가 싫어 그랬다고 우리집 담을 도끼로 부수던 남자를 바라보는 스무 살의 내가 함께 나오는 그런 소설도 지을 수 있을 거야. 이런 소설은 어때? 열 살의 나와 예순 살의 나에게 겸상으로 우리 엄마가 밥상 차려주는 그런 소설. 결혼 전의 내가 공원에 앉은 지금 나의 뺨을 때리고, 일흔 살의 내가 뺨 맞은 나를 위로해주는 그런 소설 말이야.

불 다 꺼진 한밤중의 공원 벤치
나는 지금 가방을 열었어
일 년 삼백육십오 일 하고도 곱하기 삼
밥상 당번하는 거 지겨워 사춘기 소녀 식모처럼

징징거리면서 오늘밤 나는 가출했거든

그런데 무심코 가방을 열자

수많은 나와 가출해 추위에 떠는 내가 동시에 만나버린 거야

저기 봐, 저기 가방에서 나온 내 머리통 하나

그네 위로 높이 떠올랐잖아?

가슴엔 수놓인 손수건을 달았어

부처 얼굴이 무서워 포교당 유치원을 탈출했어

아니, 잘못 봤어 그보다 몇 년 뒤야

물 없는 우물에 빠져 소리지르고 울 때야

저기 저 봐. 또 저기

가로등 위로 풀빵을 사든 내가 지나가잖아

할아버지 몰래 금고에서 동전을 꺼냈어

저 발 아래 물웅덩이엔

내 무릎 사이로 발가벗은 귀여운 내가 기어오네

쭈쭈 아가 이리 온, 맛있는 젖 먹여줄게

일흔 살인 내가 마흔인 나를

위로하느라 가로수 사이 불어제치네

흰 머리칼 다 풀어지고 이마엔 땀이 맺혔어

내 몸에서 나온 나의 할머니들과

나의 딸들이 달로 뜨고 별로 뜨고

나뭇잎 잎잎마다 바람으로 불어제쳤어

한밤 내내 나는 나에게서 불을 쬐고 앉아 있었다

그 중에서도 어머니에게 안겨 젖 빠는

가장 어린 나에게서 오오래 불을 쬐었다

일흔 살 먹은 나의 껍질뿐인 젖무덤을 더듬기도 했다

보름달 아래 겨울 가출이 아주 따뜻했다

식어가는 화로 하나 껴안은 것처럼

        —「내가 모든 등장인물인 그런 소설 1」 전문,

          『불쌍한 사랑 기계』(문학과지성사, 1997)

 나는 밥상 당번하는 게 지겨워 가출한다. 그러나 내가 겨우 도착한 곳은 공원, 나는 거기서 "내 몸에서 나온 할머니들과/ 나의 딸들이 달로 뜨고 별로 뜨고/ 나뭇잎 잎잎마다 바람으로 불어제"치는 광경에 눈물 흘린다. 그 모든 '나'가 거주하는 곳이, 바로 내 몸의 집, 내 글쓰기의 집이다. 나는 이렇게 내 안의 모든 나로 말한다. 그러므로 나의 시가, 혹은 나의 시 전체가 서사적 언술구조를 가질 수는 없다. 한 가지의 고착된 인식에 머무르는 언설이 될 수도 없다. 움직이는 점처럼 흘러다니는 언술, 그런 언술이 연속성, 체계성을 탈각한 나의 시세계다. 여성적 경험 아래의, 저 깊은 아래의 여성성은 무수한 여자의 말들을 재잘거리며, 영원히 미끄러진다. 이 미끄러짐이 중심의 지배적 정서를 실어나르는 서정시적 전통을 배반한다. 그러나 나는 서정시의 장르적 특성 중에 순간(물론 이때 순간은 잡으려야 잡을 수 없는 시간, 그 시각을 잠시 명명해본 시간)적 압축이라는 특성(압축이 아니라 증발)이 가장 여성적 정체성을 드러내는 데 적합하다고 생각해왔다. 그 발견하려야 발견할 수 없는 정체성 말이다. 전부 아니면 무(無)인 정체성. (그러나 나는 그들이 분별의 칼을 내리찍을 때, 나에게 깨어질 정체성은 존재했었다고 문득 깨닫는다. 어머니와 처녀, 할머니와 소녀, 미친 여자와 대모신, 그런 틈을 미끄러져 흘러드는 '사이'의 정체성과 내가 끝없이 몸으로 '몸하며' 흘러가는 '과정'의 이름 붙일 수 없는 정체성을 품고, 한없이 떨고 있었다는 사실을 문득 깨닫는다.)

있는가 하면 없고, 없는가 하면 있는

— 시의 몸

새 선지자가 나타났으니 그의 이름은 생태주의자이다. 유사 이래 인류의 판관 노릇을 하던 권선징악의 '선'은 이제 곧 '생태'라는 말로 대체될 것이다. 인류 전체가 타생명체에게 겨눈 총부리는 이제 인류 전체를 향해 돌려졌다. '죽임'이 '죽음'을 향해 되돌려졌다. 우리는 바로 '나'인, '그것들'을 식민지화함으로써 스스로 식민지인이 되었다. 이 커다란 역설 속에서 나는 산다.

이 역설은 내가 컴퓨터의 도움 없이는 글을 쓸 수가 없고, 통신 기기 없이는 연락할 수 없고, 교통수단의 도움 없이는 일터에도 나갈 수 없게 된 처지, 다시 말하면 문명 기기의 도움을 받지 않고는 살 수 없게 된 현실을 말하는 것이 아니다. 이것은 내가 너를 인식하게 된 과정에서 내가 의도하고 희망하는 방향으로 네가 존재하리라는 인식 속에서 너를 마음대로 요리해온 나의 사유가 봉착하게 된 세계가 가진 역설을 말하는 것이다.

　서정시의 장르적 특징은 무엇보다도 포에지, 시적 세계관이나 비전에서 발생한다. 포에지는 단적으로 자아와 세계의 동일성 속에서 획득된다고 말해져왔다. 시인이 처한 환경과 시적 자아가 서로 통전되는 일체감 속에서 미적 체험이 흘러나오고, 바로 그것이 서정시라는 것이다. 이때 세계와 시인의 거리는 서정적으로 결핍되어 누가 누구인지 알아볼 수 없는 지경에 이른다. 이 결핍된 거리 속에서 독자는 지극히 작으면서 큰 대상, 이미지 속에서 시인의 세계관이 울려퍼지는 소리를 듣는다.

　'그것들'로부터 총부리를 되돌려받은 세계 속에서 그 세계와 일체감을 경험하는 시인들의 시는 어떠하겠는가? 어쩔 수 없이 그는 혼란을, 아니면 죽음을, 비명을, 아니면 냉소를, 그것도 아니면 가상현실을…… 바로 그것들의 먹이로서의 삶을 일체화할 수밖에 없지 않겠는가. 그것도 아니면 어지러움과 파괴를, 일관성 없음을, 서정이 파괴된 그 자리를, 파편화되고, 그로테스크한 세계를, 공격당하고 상처받은 몸을 그릴 수밖에 없지 않겠는가. 그러기에 자연과의 진정한 만남 속에 있는 것처럼 꾸며진 작금의 몇몇 시야말로, 소위 전통 서정이라 불리며 귀한 대접을 받는 시야말로 또다른 가상현실을 노래하는 시가 아니겠는가. 우리에게 20세기 이전에 노래되던 그런 자연이라는 것이 있는가? 만약 그런 자연이 저기 섬진강가 어디, 지리산 자락 어디 있다라고 항변하는 사람이 있다면 "산천은 의구한데 인걸은 간데없네" 하던, 면면한 풍경의 연속성 속에서 살던 시절의 사람이라고밖에는 말할 수 없지 않겠는가? 그는 풍경의 표면을 읽은 것이지 풍경의 깊이를 읽은 것이 아니지 않은가. 그와 함께 환경재앙의 오늘의 현실을 개탄하고 비판하는 시인이 있다면 그야말로 시인 자신을 절대불변의 항구적인 절대자의 자리에 올려놓고 '눈(目)만 있는 신'처럼 시인 자신을 모시는 사람이 아니겠는가? 그러한 시를 읽기보다 차라리 환경오염 데이터가 완벽한 신문기사를 읽든가 아니면 다큐멘터리를 보지, 왜 시를 읽겠는가? 풍경으로서의 자연은 시인의 창가에만 있는 것이 아니다. 시인은 풍경을 관조함으로 풍경의 가치를 일깨울 수 있다. 그러나 이 가치는 누가 생성해내는가? 그것 역시 시인이 생성한다. 그러나 이렇게 할 때 시인은 풍경 속에 있는 모든 '살아 있는 것들'과 '놓여 있는 것들'의 상호작용, 그것들의 밖에 자리하고 있다. 그는 풍경의 자유를 훼방 놓으면서, 동시에 자신을 풍경적 현실로부터 제외시켜 생기에 찬 생명 아닌, '체포된 자연'만을 우리 앞에 놓아두는 것이다.

내가 살고 있는 서울은 이제 지명이자 시간이다. 서울은 풍경이고 자연이며 현실이고 시공 연속체이다. 서울은 혼자서 휘어지고 엎어지고 일어선다. 서울은 그 휘어짐의 곡률을 따라 뛰어가는 운동체이다. 나처럼 말이다. 서울, 아니 나의 풍경은 실재 속에 살아 있기 때문에 필연도 아니고, 하나도 아니고, 하나의 내부도 아니고, 객관적 존재도 아니다. 이제 더이상 시인에겐 객관적 현실이란 존재하지 않는다. 다만 시인 스스로 구축한 현실이 있을 뿐. 시를 둘러싼, 아니 시를 포함한 환경은 요동치고, 분화하고, 스스로 진화한다. 서울은 내 손가락질을 받아주지도, 내 질문을 들어주고 대답을 보내지도 않는다. 우리는 서로를 알아보지 못한다. 그럼에도 서울은 내 안에 압도적인 모습으로 내면화되어 있고, 나와 함께 일그러지고, 휘둘러지고, 솟아오른다. 우리는 함께 미궁이다. 파장이다. 우리는 셀 수 없을 만큼 많은 각자이지만, 그러나 하나이다. '서울'이란 이름으로.

시 연구자들은 말한다. 시인은 세계와의 동일시를 통하여 세계를 자아화한다고. 그렇다면 자아는 항구불변하며 지금, 여기에서 고정된 실체로 존재하는가? 시인은 시의 세계를 열어가면서 하나의 사유를 발아시키고, 그 사유를 단순한 형태로부터 복잡한 형태, 소박한 일점의 폭발로부터 그물망의 구조화를 도모한다. 자신과의 만남에서 자신을 벗어나는 타자성으로 다시 넓혀진 자신으로 가는 길을 연다. 이때부터 다성적 존재로서의 시인의 목소리가 발화한다. 이러한 시인의 목소리를 시의 상상력이라 부른다. 상상력은 시적 자아를 고정된 자리에 놓아두지 않고, 이리저리 끌고 다니면서 타자에 대한 배려와 감수성과 원형에 대한 배반과 변용을 요구한다. 상상력은 세상과의 조응으로 세상에 내재한 세상의 자유, 세상 스스로의 변화성을 감지하게 한다. 그러므로 시인이 세계를 자아화한다는 정의는 수정되어야 한다. 세상과 자아는 함께 요동치며 휘어진다. 시적 자아가 세계를 자아화하는 것이 아니라, 그 둘이 함께 자유의 소용돌이 속에 있게 되는 것이다. '함께 동참한 소용돌이'. 이것이 시 속에 들어온 세상의 모습일 것이다. 그러기에 시는 끝을 알 수 없는 곡신의 모습을 갖는다. 목표를 향하여 돌진하기보다, 어딘가로 향해 가는, 또는 돌아오는 리드미컬한 춤이다. 어디가 시작인지, 어디가 끝인지 알 수 없는 '과정'의 언술이다.

그러나 그럼에도 나는 시라는 장르가 지향해가는 본래적 모습이 있다면 어떠한 모습일까 생각해보기로 한다.

생태주의는 인류 공통의 문제의식에서 출발하였지만 개개인의 몸에 관계한다. 그러므로 이전의 어떤 이념보다 자유롭고, 또 다원적이며 복합적이다. 생태주의는 '환경 속의 인간'이라는 이미지를 거부하는 대신에 관계적이며 그물망적인 이미지를 요구한다. 다양하면서도 함께 살아가는 법칙, 생명의 장에 거주하는 모든 생명(무생물까지도)의 평등, 주변성의 자율과 자연 분권화를 요구한다. 그러므로 내가 이 장에서 말하는 '생태주의'는 시작(詩作)의 과정들을 효율적으로 설명하기 위한 해석적 틀이다.

생명의 존엄성은 생명의 본질을 체험적으로 자각할 때 비로소 참되게 알 수 있다. 생태주의는 인간이 모든 생명과 연합된 하나의 생명으로서 이 세상에 존재하고 있음을 상기시킨다. 공기는 생명을 위한 하나의 환경이지만 생명 그 자체이다. 우리가 늘 두려움에 차서 가정하는 것처럼 공기가 없다면, 생명도 없다. 생명이 공기와 함께 살아 있는 것이지 공기가 생명을 위해 존재하는 것이 아니다. 그러므로 공기는 생명 그 자체인 것이다.

고대 중국에서는 예로부터 생태적이라 이름 붙일 수 있는 유기체적 자연관을 철학하기의 근본 바탕으로 삼아왔다. 이를테면 음양오

행설은 움직임이 생명의 한 양태가 아니라 생명이 오히려 움직임의 한 양태라는 사실을 드러내는 인식이다. 세계는 분류 가능한 재료들의 축적이 아니라 끓어오르는 생명의 도가니 같은 것이라는 것이다. 도가니에 구멍을 뚫으면 모두 죽게 된다. 현상에 구멍을 뚫으면 본질이 죽고, 본질에 구멍을 뚫으면 현상이 죽는다. 그들은 생명을 아르케로부터 도출해내지 않고, 생성과 변화의 리듬에 주목한다. 불교에서의 생명 개념도 창조의 개념이 아니라 변형과정이다. 『반야심경』은 생명의 리듬, 파동, 시시각각으로 움직이고 있는 생명의 본질을 보여주는 생명의 경전이다. 진제에서 보면 모두 공(空)한 것이 속제의 과정에서 보면 세간은 있거나 없고, 생하거나 멸한다. 그러나 그것은 가상일 뿐이다. 우리 뇌 속의 신경세포나 감광세포가 빛을 담아두거나 감각의 흔적을 담아두는 듯하지만 사실은 새로운 감각을 위해 언제나 백지를 준비하고 있는 것과 같다. 그렇게 되는 것은 언제나 구체적으로 실현하지만 아무것도 잡아두는 것이 없는 무(無)가 세포 안에 활동하고 있기 때문이다. 마치 지구의 대기권을 공기가 없는 진공이 둘러싸고 있듯이, 아니 우주만큼 큰 붕새가 빛의 속도로 날자 시간과 공간이 영점으로 느껴지듯이 구체적인 낱낱의 일상적 경험의 편린을 공이 둘러싸고 있다. 그래서 있는가 하면 없고, 없는가 하면 있는 것이 우리 삶이다.

그러나 공(空) 의식은 '나는 너'고 '하나는 전부다'라는 동일시로 세상 전부를, 자연을 뭉뚱그려 큰 자아 속의 작은 자아 하나로 내 몸을 구획 짓는 것이 아니다. 이데올로기라는 것도 자기를 우주의 중심에 두면서 작은 자아를 부풀린 것이 아닌가. 작으나 크게 부풀린 자아 속에 개념들을 고정하고, 절대적이고 불변하는 것으로 만들어버린 것이 아닌가. 이때 커진 자아는 감각이나 대화의 관계를 끊어버린다. 그러나 하나 속에 여럿이, 여럿 속에 하나가 마구 뒤섞인 일즉다(一卽多)와 다즉일(多卽一)의 세계는 차별의 극대화 속에서 발생한다. 뭉뚱그려진 세상을 끊임없이, 일순에 쪼개어보는 것, 그것이 바로 시인이 가지는 '관찰'의 소임이다. 시인은 그렇게 일상을 쪼개어 자신의 일상 속에 들어찬 중심을 바순다. 이때 시인이 가진 칼은 무이다. 시인은 '없음, 죽음'의 칼을 들어 중심을 바수고, 그 중심에게 타자를 마중할 자리를 내놓으라고 일갈한다. 그러자 그 바순 것 속에 생명이 편재한다. 생명과 물질의 몸안에서 생명을 일으키는 것이 시인의 영감이다. 각 생명은 모두 자기 생성적으로 우주의 중심이다.

시는 구체성으로부터 출발한다. 구체성은 시인이 세상과 몸 비빈 현실에서 울려퍼지는 목소리이기도 하지만, 시인이 여성성의 에너지로 육화한 죽음, 이미지이기도 하다. 이미지는 대상에 대한 감지, 관찰로부터 솟아오른다.

『반야심경』의 '관(觀)'은 '관자재(觀自在)'의 '관(觀)'이다. 초월하지 않은 경지에서 존재의 실상을 사실 그대로 껴안는 것, 그것이 '관'이다. 노장은 '관'을 그윽한 것과 지극한 것을 바라보는 것이라고 한다. 안으로 밖을, 밖에서 안을 그윽하게 바라보는 것이다. '관한다'는 것은 체험으로 사물을 파악하는 것을 이르는 것이기도 하다. 온몸을 다하여 소리를 듣고, 온몸을 다하여 대상을 바라본다. 온몸으로 바라보는 것을 통해 도리어 온몸을 벗어버린다. 그리하여 관하는 것 없이 관하는, 단지 관만이 활동하는 세계로 몰입한다.

시인이 자신의 몸을 관찰하고 있다고 해보자. 그는 어느 순간 관찰하고 있는 자신과 관찰당하는 몸도 없어지는 경지에 이른다. 관찰하는 '내'가 사라지고, '관찰의 작용'만 있는 세계, 관하는 것 없이 관하는 세계에 이른다. 직관적인 시선의 힘이 만물에게 원초의 모습을 되돌려준다. 오로지 시인은 몸을 관찰하는 활동만의 세계로 몰입하게 된다. 이 활동만의 세계가 공이다. 죽음의 전진 배치이다. 죽음 속에서만 모든 사물은 사물답게 존재한다. 죽음은 비었으나 에너지로 충만하다. 죽음은 몸과 몸 사이의 관계를 무한하게 확대한다. 이때 몸은 옷을 벗고 알몸뚱이로 편재한다. 우주 안에 있는 일체의 것은 모두 이 죽음의 역설적인 힘으로 움직인다. 우주의 삼라만상이 제각기 분수에 따라 저마다 자리를 잡고 있을 수 있도록 하는 것이 바로 이 공의 힘이다. 그리하여 만물은 생사라는 호흡이자 생멸(生滅)이라는 호흡이면서, 바로 '지금, 여기'의 무한한 호흡, 열림이라는 실상을 체득하게 된다.

이것이 바로 어디에도 걸리지 않는 관, 관자재이다. 『반야심경』은 생명의 근저에는 관자재 하는 관음, 관세음이 살고 있다고 한다. 공의 소리를 온갖 중생에게 들려주기 위해서 출현한 것이 바로 이 관세음보살이다. 생명의 본질을 안다는 것은 사물의 있는 그대로의 모습을 관한다는 것, 현실적이고 구체적인 체험 속에서 '생멸이 불생멸'로 형성되는 순간을 산다는 것이다. 현실은 시시각각 변하고 있고, 존재하는 것은 순간뿐이지만 그 생멸과 합일할 때 자연히 불생불멸이 현성한다. 내 몸안의 세포들은 나도 인지하지 못하는 가운데 끊임없이 생성, 소멸하므로 물질대사, 동적 평형운동에 참여한다. 그러면서도 항상 무소유, 불가득의 상태로 돌아가 다른 세포에게 자리를 내어준다. 그것은 공 속에서 삼라만상의 유동을 보는 것이고, 삼라만상의 유동 속에서 공을 보는 것이며, 안에서 밖을, 밖에서 안을 껴안는 것이다. 이것이 밖으로의 초월이 아닌 안으로의 초월(immanence)이다.

자연에 대비되는 일상에의 집착은 직선적 시간의식을 시에 노출시킨다. 자연의 도전에 응전함으로 살아남아야 한다는 집착에 머물러 있으므로 시인은 자신의 삶이 지속되는 직선적 시간 안에 있다고 믿는다. 그러면서 중심에 대한 환상을 갖는다. 그때 재현된 풍경은 시인에게 체포된 풍경일 뿐, 본래적 자연의 모습은 아니다. 원근법은 자연을 침탈 대상으로 삼는 데 기여했다. 화살처럼 눈에서 쏘아진 시선은 자연을 네모로 절단해 풍경을 만들었다. 그 속엔 생명보다는 바라보는 시선의 폭력만이 존재할 뿐이었다. 관세음보살이 서른두 개의 갖가지 여성적 몸으로 현성하는 것은 바라보는 자보다는 대상 속에 숨어드는 자가 되려 함이 아닌가. 새 생명은 경계를 떠나 맥락 안에, 그물 안에 존재할 것이다. 그러기에 직선적 시간은 타락한 시간, 인위가 가속화하는 시간일 뿐, 현대시가 품은 시간이 아닐 것이다.

김수영의 「풀」이 좋은 작품인 것은, 그의 '풀'이 민중을 상징해서가 아니라 그가 '풀'에게서 얻은 것, 즉 '바람보다 먼저, 바람보다 늦게 일어나고 눕는' 풀의 시간의식인, '스스로의 변화성', 장자의 말로는 '자화(自化)', 곽상의 주석으로는 '독화(獨化)', 나의 말로는 자화(磁化)를 체현하는 것 때문이다. 김수영이 '풀'에게서 자연(스스로 그러함)을 읽은 것 때문이고, 자연물에게서 변화의 자유와 진실됨을 읽은 때문이다.

그럼에도 내가 오감으로 체험한 현실은 시적 이미지로 생성될 수밖에 없다. 나는 이미지 밖으로 나갈 수 없다. 그것은 내가 시적 세계를 구축하는 자이기 때문이다. 시적인 세계를 형성해가는 나의 시 자체는 그에 상응하는 투명한 의미로 결속된 항구적인 의미체를 갖지 않기에 단순한 찰나의 말에 지나지 않는다. 시의 말들은 어느 하나에 고정되지 못하고 끊임없이 유동하고 미끄러져간다. 그래서 나의 욕망도 나의 시를 따라 유동해가고 결국 시에서 시로 이어지는 세계도 유동하고, 변화한다. 이렇게 내가 그린 시세계가 공허한 하나의 이미지라는 것을 알게 되는 방식은, 내가 욕망을 벗어남으로써가 아니라 욕망에서 욕망으로 건너뜀으로써 지나온 욕망이 바다의 거품 같은 것이었다는 것을 깨닫는 것이다. 이러한 미끄러짐 속에서 죽음이 용솟음친다. 의미를 연기시킨 언어 체험의 심연이 소용돌이친다. 그 속에서 온갖 존재로부터 소외된 나의 언어는 소통하고 싶어 몸부림친다. 나는 '기억의 분쇄기'라는 몸안에서 자기들끼리 결혼하고 이혼하고 새끼를 낳는 망령들을 벗어버리고자 머리를 절레절레 흔든다.

그렇다면 이 현실을 시적 이미지로 알아보는 자는 또 누구인가. 그 '나'는 꿈속에서 꿈을 꾸는 자신을 알아보는 자신의 잠 깬 의식이다. 그러기에 시인은 이미지를 이미지로 느끼는, 공을 아는 자이다. 시가 쓰이는 자리는 자신의 욕망이 미끄러진 자리에서 잠시 느껴보는 틈새의 자리일지도 모른다. 왜냐하면 공은 이미지를 세워가는 죽음의 의식이기 때문이다. 이 죽음의 의식은 무한의 의식이다. 김수영이 「눈」에서 "죽음을 잊어버린 영혼과 육체를 위하여" "기침을 하자"라고 젊은 시인을 독려하는 것은 바로 이러한 공, 진정한 의미의 죽음을 잊어버린 영혼을 위하여 '가래를 뱉자'라고 독려하는 것이다. 일상 속에 함몰된, 죽음을 잊어버린 자아를 향해 가래를 뱉자라고 외치는 말이다. 그러기에 김수영의 「눈」은 김수영 자신의 시에 대한 메타 시이며, 가래를 뱉는 행위 또한 언어를 버린 언어, 무의 언어, 침묵의 언어, 진짜 언어를 사용하고자 한 하나의 언술 행위이다.

욕망이 잠시 미끄러지는 자리, 욕망이 하나의 대상에 고착되지 않고 끊임없이 미끄러지는 환유적 자리에서 나의 시는 쓰인다. 나의 시적 환유는 비어 있는 공을 환기하며, 결여를 환기하며, 현재로 기투한다.

한용운의 '나'는 시집 『님의 침묵』에서 님이 떠나버린 무(無)와 불(不)의 진공(眞空) 속에서 떤다. 그리고 그 떨림 안에서 님의 진여(眞如)를 발견한다. 그러나 다시 이별이 그를 떨림의 무한 심연으로 떨어뜨린다. 이별은 만남이라는 대긍정의 부정이다. 그러나 이별의 떨림은 만남의 전후에서 만남이라는 대긍정을 회복시키고, 두 세계를 화해시키려 떤다. 이 떨림의 두 세계 안에 있는 한용운에게 옥시모론은 당연히 따라나오게 되어 있었다. 이럴 때 시 속의 '나'라는 존재는 인연상에서 가립(假立)된 존재일 뿐, 지속하는 자아, 시간을 움켜쥔 자아가 아니다. 시의 상상력이란 공성(空性)의 반영이라 할 수 있다. 시인의 감수성이란 무와 불(佛)을 선취한 자의 무한한 요동이다. 한용운의 시들에서 '나'는 무와 불을 선취한 자의 자리에 서 있고, 시 안에서 끊임없이 욕망이 연기(緣起)한다. 그러기에 한용운은 시의 수사에서까지 불교적, 동양적 정신을 끌어안을 수 있었다. 그러나 한용운이 선취했던 공성(空性)은 이해할 수 있는 것이 아니다. 그것은 체험되는 것이다. 공은 무색투명하고, 혼연일체이며, 어느 곳에도 존재하며, 움직이는 것 뒤에, 혹은 앞에 숨어 있으며, 형태 없이 살아 있다. 이것을 역설적인 죽음, 생명이라고 불러도 무방하리라.

　욕망이 미끄러지는, 시가 쓰이는 자리는 일점이다. 일점은 형태나 크기를 잴 수 없다. 나는 그 점을 '움직이는 점'이라 부른다. 그 점은 다만 '점'이라고 편의상 명명할 수 있거나 '지금, 여기'라고 부를 수 있을 뿐이다. 그러나 이 찰나의 점은 살아 있으므로 기하학적 점과는 구별해야 하리라. 이 점엔 영겁의 과거와 영원한 미래가 함께 기거한다. 너무 작아 보이지도 않지만 우주만한 붕새가 기거하며 전속력으로 날아간다. 너무 가볍지만, 그러나 너무 무거워 아무도 들 수 없다. 너무 단순하지만, 그러나 너무 복잡해 렌즈를 들이대도 그 구조를 파악할 수가 없다. 그 새는 우주의 파동과 함께 춤추지만 시공간은 영점이다. 너무 빨리 날아가므로 속도를 잴 수가 없다. 너무 빨라 움직이지 않는 것 같다. 우주에 편재하지만, 지금 여기에 응축되어 있다. 이 점의 커뮤니케이션은 자기 인식이다. 이 점엔 나의 모든 정보가 들어 있고, 그리고 무한하다. 이 점은 타자를 향해 매 순간 전속력으로 달려간다. 이 움직이는 점이 바로 '나'라고 명명된 시적 자아의 시공이 선 자리이다.

'대화'하고자 하는 욕구는 영적인 욕구이다. 인간은 자궁의 지복, 혹은 진정한 근본으로서의 여성성으로부터 떨어져나와 이 세상에 실존한다. 그러나 낙원으로 돌아가고자 욕망을 일으켜세우고 산다. 이것이 모든 시의 머나먼, 너무 멀어 보이지도 않는 궁극이다. 인간 존재의 최대 역설이다. 이 역설 속에서 인간은 타자와의 대화를 꿈꾼다. 가장 좋은 대화는 각자의 개성을 유지하는 합일상태에서 이루어진다. 두 개의 중심이 공존하면서 하나가 되는 타원형적 합일, 태극처럼 말이다. 이것이 둘이면서 하나인, 하나이면서 둘인 합일이다. 타자는 내 안에서 권리가 있고, 나도 타자 안에서 권리가 있다. 대화하는 둘은 함께 진화과정에 참여하면서, 함께 요동친다. 생명력이 '몸'안으로 공명함으로써, 몸이 몸밖과 공감하는 조화를 이룬다. 이러한 합일을 꿈꾸는 것이 한용운의 시적 세계이고, 불교의 변증법인 연기설이기도 하다. 우리의 몸이 계속적으로 환경과 교환되고 있다는 생태적 관점이기도 하다. 시가 본래적으로 가지는 시적 세계관이기도 하다.

타자와의 참다운 대화는 내 속에 사라짐의 씨앗이 초침처럼 존재하리라는 것을 일깨워준다. 죽음을 받아들이게 함으로써 삶을 확신할 수 있게 해준다. 내 삶과 자연의 삶이 육체적 대화를 통해 죽음과 죽음의 과정 속에 있음을 알게 해준다. 그것이 바로 내 몸이 자연의 몸에 참여하는 것이다. 이 죽음에의 참여는 활동하는 바 없는 활동, 바로 체험 속으로 몰입하는 시적 삼매에서 순간적으로 획득된다. 모든 자연은 인연에 따라 형성되고 소멸하면서 지금을 향해 달려들고, 또 변화한다. 이것을 불교에서는 오온(五蘊) 가운데 행(行)이라고 부른다. 시적 삼매 속으로 빠져들어갈 때, '나'는 자연을 보는 자연, 자연에 대해 말하는 자연으로 불릴 수 있으리라. 그러기에 '몸'은 동사 그 자체이고, '자연은 몸이다'라는 명제가 성립한다.

그러나 그 명제 속으로, 의식적으로 파고들어가면 정신의 최고 경지에 이르는가? 몸밖의 서울이 나의 최고 경전 우파니샤드인가? 나는 나의 경전을 안고 몸부림친다. 온갖 정치적 담론이 새겨진 몸이 모순으로 가득찬 무덤, 그러나 아무도 죽어 묻힐 수 없는 한국의 수도, 이 미궁을 품고 미끄러진다. 기왕의 생태시는 단순히 자연을 절대정신 및 대전제로 간주하고, 우리 인간을 큰 자아에 귀속된 작은 자아로 그리는, 환원주의적 태도를 견지해온 시들이 많았다. 즉, 일반적인 공식을 특수한 상황에 적용시켜버리는, 윤리적 목적에 시를 갖다 바치는 작품들이 많았다는 것이다. 또는 사회의식의 과도한 노출로 문학을 시사적 차원의 언술로 변환시켜버리는 시들이 대부분이었다. 자연은 자원도, 신비화할 정신도 아니지 않은가. 그렇다면 자연을, 혹은 '나'를 포괄적인 실체로 환원시키지 않으면서도 다양성을 산출해내는 시는 없단 말인가. 그런 함정에 빠지지 않으려면 자연이 끊임없이 연기(緣起)하는 움직임에 동참하는 일밖에는 없다. 이렇게 무질서하고, 더러우며, 폭력적인 고철더미들, 휴대폰들 속에서 '행'하는 '일점'인 몸을 읽어내는 수밖엔 없다. 정부도, 영토도 없는 사이버스페이스가 내 일상적 몸이 관여하는 현실이 아닌가.

눈을 감고 '나'와 '너'가 연결된 그 네트워크의 그물 속으로 걸어가야 하리. 그 움직임의 궤적을 그려야 하리.

시는 자연의 형식과 조응하는 몸의 형식을 드러내는 하나의 틀이다. '내'가 자연을 전용, 감상하는 것이 아니라, 자연이 '나'에게 무엇인가를 부과하는 것이 아니라 함께 변화에 참여하는 것이다. 이 틀의 형식 때문에 시는 생태주의적 관점을 드러내기에 가장 좋은 장르이다.

시인은 대상을 향한 욕망을 드러내면서 아울러 무한한 공의식을 따라 언술의 길을 간다. 장자가 말하는 무극(공간)과 무한(시간)으로 시공의 한계를 벗어난다. 그럼에도 만물의 생성과 소멸, 소멸과 생성에 따라 함께 작용한다. 노자의 말대로 도가 자연에 따르는 것이다. 이렇게 할 때 공의식 속에서 자연의 본래적 특성이 살아 움직인다. 시인의 관찰에 의해 텅 빈 무가 시 가운데 좌정한다.

시의 이러한 시선이 자연 위에 군림하는 것이 아니라 만물의 유기성 안에 살고, 우주의 미로 안에 살아 있는 인간의 본래적 모습을 반영하는 것이다. 시는 이러한 변형의 역할 속에 있다. 그 이상도 이하도 아니다.

시인은 관찰과 함께 '행'한다. 그 '시하다'를 시의 형식이라고 불러도 무방하리라. 그러므로 시 안에서 시인의 사상이 말하는 것이 아니라, 미끄러지는 시인의 말로써 지어진 틀이 변용하고 조응하는 밀도를 솟아오르게 하는 것이다. 그 밀도는 언어들이 서로 껴안고 있는 지점에서 가득히 비어 있는 공의 생성을 폭발시킨다. 그럴 때 언어로 그려진 무늬는 미궁을 헤쳐나가며, 미궁이라는 존재로 살아가는 방식과 다르지 않다.

여성의 몸
―흐르는, 더러운, 점액질의

나는 내가 선택하지 않았음에도 불구하고, 한국에서, 그것도 남쪽에서, 황인종으로서, 그리고 여자로 살아간다. 이러한 조건은 나의 자유의지로 결정된 것이 아니다. 그러기에 이 몸은 내가 나의 몸을 스스로 바라볼 수 있게 된 이 시각 이전에 이미 이 몸의 모습을 지니고 있었다. 나는 이렇게 우연히 결정된 필연을 가지고 이 세상을 살아간다.

'살아간다'라는 말은 '움직인다'라는 말이다. 나를 움직이게 하는 것은 내가 취하고 내주어야 하는 것들이 이 세상에 존재하기 때문이다. 아침에 자리에서 일어날 때마다 나는 오늘도 여전히 미완성이다. 그래서 나는 다시 몸을 일으켜 세계를 향해 몸을 연다. 나의 몸밖으로 배설물이 빠져나오고, 언어가 터져나오며, 육, 해, 공에서 달려온 음식물들이 나의 몸안으로 쏟아져들어온다. 세계와의 관계 속에서 몸의 의미는 파악되고, 다시 읽히기 시작한다. 나는 몸을 매개로 타인과 환경의 장을 연다. 결핍 때문에 나는 움직이고, 결핍 때문에 나는 인간이다. 결핍 때문에 의도가 발생하고, 사유가 발생하며, 목소리가 터져나온다. 욕구가 충족되지 않으면 않을수록 나의 몸 어딘가 구멍들이 뚫리고, 그 구멍들이 모여 보이지 않는, 정신이라고 부르는 것이 또다른 몸을 만든다. 이 몸이 바로 나를 또 표상한다.

　이곳에 나의 몸이 있다. 너의 눈으로 더 잘 보이는 물체로서의 육체다. 그와 동시에 이곳에 또다른 나의 몸이 있다. 구멍이 숭숭 뚫린, 나의 체험들이 쌓인 몸이다. 그러나 이 두 몸은 내가 '몸'이라고 부르는 곳에서 구별되지 않고 뭉뚱그려져 있다. 나는 이 '몸'을 가지고 이 '몸'의 밖으로 터져나가려고 한다. 몸밖에서 몸을 안으려 하기도 하며, 몸안에서 몸을 안아보려고 하기도 한다. 이것이 나의 육체성이다. 대상으로서의 몸이 아니라, 체험된 몸, 육체적 존재로서의 영혼, 우연적 존재로서의 몸 말이다.

　그러나 대상으로서의 이 몸은 온갖 수난사를 거쳐왔다. 우연적 조건들로 채워진 나의 몸은 그 수난사가 기록된 여성의 몸이다. 몸은 가장 간교한 동물적 존재로, 또는 증오가 새겨질 수 있는 가장 좋은 캔버스로, 시간에 꺾이고 마는 가여운 일회적 존재로 여겨져왔다. 또한 이분법적 사고를 적용할 수 있는 가장 좋은 대상으로 여겨진 몸은 남성/여성으로, 정신/육체로 나뉘어 억압적인 권력관계를 성性낭화하려는 음모의 대상이 되어왔다. 이외에도 착색된 몸과 그렇지 않은 몸, 성적인 몸과 그렇지 않은 몸, 문화적인 몸과 생물학적인 몸으로 분류되어, 몸은 인류 역사상 가장 좋은 이분법의 적용대상이 되어 왔다.

몸은 증오를 새길 수 있는 가장 좋은 매개체이다. 몸은 섹슈얼라이즈된 부분들에 증오를 새김으로써 상징화되는 의미들의 구성체인 것이다. 이렇게 열등한 위치에 서게 된 몸은 세세연년토록 인간의 고정관념을 딱딱하게 만들어주는 데 기여해왔다. 고정관념들 속에서 욕망과 억압이 소용돌이친다. 무의식으로 진격한 남성적 욕망이 열등한 몸이라고 규정된 타자에 대한 열망과 거부로 소용돌이친다. 남성적 욕망에 사로잡혀서 억압된 자신의 욕망으로부터 벗어나는 것조차 두려워, 그것을 타자, 여성의 몸에 전가시킨다. 억압된 자아일수록 거짓말과 환상으로 뒤덮인 상징화를 필요로 한다. 해방된 자아에 다가서기가 무서운 자아는 마녀사냥을 반드시 필요로 한다. 이러한 문화적 구조가 개인의 심리를 만들어내고 사회의 환상을 만들어낸다. 그리하여 타자에 대한 가해 욕망의 스크린이 집집마다 펼쳐진다. 이것은 참다운 삶의 장을 위장시키는 스크린이며, 모순을 숨기는 스크린이다. 이것은 마치 자연이란 인간이 지배하기 위해 존재한다는 인간 중심적인 견해를 만물의 척도로 삼아온 인류의 역사적 기록과 같은 맥락에서 파악될 수 있다. 자연은 타자이며, 흐르고 몰려드는, 통제하지 않으면 걷잡을 수 없이 더러운 것이라는 생각 말이다.

여성들은 항상 환경이나 자연처럼 음모의 정치학 아래서 표현되어왔다. 그때마다 타자성이 여성의 몸에 새겨졌다. 여성의 몸은 차이가 새겨짐으로써만 의미를 갖는 몸이 되고 말았다. 남성의 몸은 중심에서 점점 비대해지고, 여성의 몸은 주변으로 밀린 몸, 중심이 무엇인지 모르는 몸이 되고 말았다. 그래서 클라우스 테벨라이트는 아우슈비츠의 군인들이 유대인을 표현할 때 '더러운, 흐르는, 점액질의, 붉은, 집어삼키는, 몰려드는, 내뱉는'과 같은 수식어 내지는 동사들을 사용하여 피억압자들의 몸을 여성의 몸처럼 '흐르고 물렁물렁한 것'으로 표현하고 있다고 했다. 여성의 몸은 물질적 영역, 자연과 동일시되어왔고, 남성은 인간의 정신과 관계되어왔다. 그래서 정신이 물질을 억압하고 소유하는 것이 정당성을 가졌다.

몸은 몸을 소유한 존재들, 즉 몸을 대상화하고 기호화하며 몸을 밀어내는 존재들로 인해 고통을 몸안에 가둘 수밖에 없다. 일레인 스캐리는 몸의 고통을 '보이지 않는 지리학'이라고 부른다. 갇힌 몸의 고통은 몸안에서 언어를 입지 못하고 신음한다. 신음하는 몸은 몸을 소유한 고문자들을 기쁘게 한다. 몸은 결핍을 보상할 길을 차단당한 채 구석에서 슬프게도 흐느낀다. 공유될 수 없는 고통이 각각의 몸안에서 울부짖는다. 고통은 언어를 파괴하고, 고통을 표현하고 싶은 '나'를 심문한다. 고통은 '사람들 사이'에 있지 않고 몸안에 있다. 그러므로 고통은 매개적 언어를 싫어한다. 나의 고통스러운 몸은 은유를 싫어한다. 은유는 몸의 고통을 직접적으로, 충분히, 아니 그 자체로 드러내지 않기 때문이다. 은유적 고정성은 몸과 고통 사이에 언어를 장악한 아버지를 세워두기 때문이다.

고통에 가득차 신음소리를 내지르는 몸은 고통을 몸안에서 꺼내고 싶어한다. 고통은 매개하는 단어에 실리면 이미 고통이 아니다. 칸막이를 싫어하는 몸은 몸밖의 사물과 직접 대화하려고 한다.

몸은 분석당하거나 도전에 대한 응전으로서만 살기를 원하지 않는다. 몸은 유기적이며, 세상과 연결된 호흡을 하면서 살기를 원한다. 몸은 보고 이해받기보다는 만지고 핥고 느껴주기를 바란다. 몸은 너의 몸이 내 몸 바로 옆에, 몸의 감각으로 지각될 수 있는 거리에 있기를 바란다. 몸은 나와 너의 거리를 필요로 하지 않는다. 몸은 스스로 말하고 싶어한다. 고통은 몸을 이탈해 언어에 실림으로써 얼마나 몸 아닌 것이 되었던가. 내 몸의 고통을 언어로 표현하려고 애써본 적이 있는가. 그때 우리는 얼마나 언어와 고통이 서로 맞물리지 않는 관계인지 절감하게 되는지.

몸은 감각을 통해 다른 몸이 된다. 서로를 감각하는 몸과 몸의 에너지가 섞인다. 내 몸이 쪼개지고 흩어지는 대신 몸안의 눈이, 혹은 몸밖 어딘가의 눈이 네 몸과 섞인 내 몸을 쳐다본다. 몸은 순수 에너지로 변해 너와의 대화, 그 자체가 되고 싶어한다. 몸은 감각적 경험을 초월하여 의식의 중개도 없이 너와의 대화를 원한다.

몸과 몸 사이에서 태어난 무수하게 많은 몸과 사물은 몸의 억제 불가능한 다산 작용을 통해 무수하게 많은 몸을 다시 탄생시킨다. 쿤데라는 우리의 몸을 통해 느끼는 시간, 미래와 과거가 통전하는 그 느낌을 '느림'이라고 부른다. 하나와 여럿, 혹은 여럿과 하나의 다양한 엇갈림이 세계 이해의 다양성을 열어주는 시간이 바로, 몸 스스로 행위하는(아무리 빨리 달리고 있을 때라도) '느림'의 시간이라는 것이다.

몸은 몸에게 다가가고 싶은 속성 때문에, 스스로 몸이 몸을 만드는 창조성 때문에, 스스로가 가진 존엄성 때문에 너무나 상처받기 쉽다. 상처는 우리에게 쉼없이 고통을 제거하라고 명령한다. 우리의 몸은 우리로 하여금 상상할 수 없던 것까지 느끼고, 가지라고 명령한다. 열린 입, 생식기, 가슴, 코 등등이 몸을 계속 과정 속에 살도록 눈 뜨자마자 몸을 독려하고, 밖으로 밀어낸다. 그러나 몸은 원하는 것을 모두 갖지 못한다. 몸의 수많은 구멍이 그 불가능한 것 때문에 하루 종일 울부짖는다. 구멍의 비명은 몸의 안팎에 새겨진다.

너와 마주해 있을 때 나의 몸에서 육체성이라고 부르는 그것이 나타난다. 몸의 육체성은 몸이 처해 있는 상황 속에서 비로소 파악된다. 그러나 내가 '나'라고 부를 때 몸은 항상 뒤에 숨어 있다. 그러니 '나'는 내가 아니다. 내가 '나'라고 부르는 그것 뒤에, 아니 그것 뒤에 몸을 숨긴 몸의 특성으로 나는 이 세상과 관계를 맺고 있다. 몸은 그러나 홀로 '나' 뒤에 처져 있는 것이 아니다. 몸의 모습은 세계의 모습을 담뿍 담고, 아니 연결되어 그렇게 숨어 있다.

몸의 구성은 시의 구성과 다르지 않다. 몸은 세상의 몸과 연속성을 지닌다. 그 둘은 함께 살아 있음으로 호흡하고, 함께 움직인다. 시는 가장 몸다운 몸으로서 순간순간 변동하며 연속하는 세상의 몸에 닿으려는 하나의 몸짓이다. 그 몸짓의 몸놀림이 시의 호흡이다.

나의 몸은 사라지는 시간과 영원을 품고 함께 요동친다. 몸의 의식은 과거나 미래보다는 현재에 집중한다. 그러나 나의 몸은 나의 의식 없이도 찰나마다 스스로를 살아 있게 한다. 혼자 맥박이 뛰고, 혼자 우주를 끌어안았다가 내뱉는다. 몸은 지금, 여기라는 점이면서 동시에 무한이 들어차는 구멍이다. 살아 있다는 것은 빙빙 돌면서 멈춰 있는 팽이처럼, 지구처럼 서 있는 순간 안에 영원을 품은 움직임과 같다. 『반야심경』이 설한 공(空)처럼 전기(全機: 전체적이고 완전한 기능)로써 생명의 아름다움을 끌어안는 것이다. 그때 오온은 개공(皆空)한다. 모두 들어 있지만, 그러나 아무것도 없다. 꽉 찼지만 텅 비었다. 아직 아무도 깨어나지 않은 이곳에서 너와 나는 현현한다.

모두이면서 텅 빈 존재인 몸은 감각들을 최대한 열어놓는다. 가장 개별적이고 중심으로부터 이탈한 존재인 몸은 몸안에서 끊임없이 몸을 이끌어낸다. 네 몸안에서 네 몸을 만짐으로 네 몸을 이끌어낸다. 이럴 때 나의 몸은 이전의 그 몸이 아니다. 네 몸도 그러하다. 나의 몸은 끝없이 요동치면서 찰나의 벼랑 끝에 존재의 자리를 마련한다. 그 존재의 자리가 언어를 입을 때 그것을 시라고 부를 수 있으리라. 시는 몸과의 동일성을 노정하는 자리가 아니라 몸의 팔이, 몸의 다리가, 언어의 몸 됨이 순간순간 피어올랐던 흔적이리라.

몸은 항상 동사와 연결되어 있다. 동사와 연결되지 않은 몸은 죽은 몸이다. 몸에게서 동사를 분리해내면 몸은 사라진다. 이때 동사와 분리해낸 몸을 '나'라고 부른다면 그것은 다만 물리적 존재를 가리키는 것일 뿐. 거울이라는 평면 속으로 죽은 몸을 데려간 것일 뿐이다. 그러나 동사와 연결된 몸을 표출할 때, 그때 몸은 기하학적이고 시간적인 장소에 위치한다. 몸이 몸을 스스로를 낳는 것이다. 물질로서의 몸과 경험이 축적된 내 몸은 서로의 대화를 통하여 경험한 바 없는 새로운 몸을 계속 산출한다. 몸의 앰비규이티(ambiguity)가 몸안에서 스스로 만들어진다. 몸의 공간이 한없이 넓어진다. 어떤 백과사전보다도 넓고 광활한 우주에서 몸은 몸을 계속 만들어나간다. 내가 잠들어 있는 순간에도. 이 몸안에는 아직 말이 되어보지 못한 몸들이 계속 집을 짓고, 새끼를 낳으며 산다. 몸밖의 자연이 그러하듯이 몸도 그러하다. 몸은 '몸을 가진 나'의 통제권을 벗어난 세계이다. 그 몸들을 순간에 현시해내는 존재가 시인이다. 자연이 그러하듯이 몸은 스스로의 자유를 지니고 있다. 몸도 몸밖의 세상도 저마다의 특이한 존재를 열고 있으며, 아무도 잴 수 없는 공간을 창출하고 있다. 그 안에서 모든 존재는 다 다르며, 다 하나씩의 몸이다. 그 몸을 늘어놓으면 오대양 육대주를 다 덮을 수 있지만, 그 몸을 오그려 잡으면 다만 일점, 보이지도 않는 일점, 바로 '나'라는 것이다. 그러나 '나'의 자발적 기투 없이 몸은 몸을 열지 않는다. '나'의 끊임없이 확장된 몸은 보이지도 않는다. 몸이 몸을 낳는다(生)는 것은 먼저고 나중이 없는, 모든 단계가 동시다발적으로 일어난다는 뜻이다. 그리하여 몸을 낳는 몸은 여성성을 갖는 몸이다.

당대는 시 안에서 읽힌다. 다시 말하면 시인은 세상의 몸들이 쓰는 시를 몸으로 읽는 자이다. 그러므로 보이는 몸과 보이지 않는 몸들 속에 시는 운행중이다. 「지성의 가능성」과 「진정한 현대성의 지향」에서 김수영은 "서정시에서 우리들이 타기해야 할 것은 시대착오적인 상상"이라고 말하고, 자신이 사는 시대에 대한 착오를 범하지 않으려면 "인생의 본원적인 문제(생명)와의 대결이 스며 있어야 한다"라고 하면서 그것이 "세계적인 발언, 모더니티의 요체"이며 "진정한 현대성"은 "생활과 육체 속에서 자각되어 있는 것"이라고 말한다. 서정시의 현대성은 삶의 본원적인 문제와의 대결 속에서 드러나는데, 그 본원적인 문제라는 것이 바로 생명, 몸에 대한 자각이라는 것이다. 그 때문에 시의 "가치는 현대를 넘어서 영원과 접"할 수 있다고 한다.

　　시인은 시를 생산하는 자가 아니라 우주라는 몸안에서 운행하는 생명을 읽고, 성찰하는 자이다. 그러나 그 성찰은 표피적인 내용 베껴쓰기가 아니라, 시인이 타자에 대해 온몸으로 느끼며, 그 생명들과 함께 움직이며, 죽음을 표상하며, 시의 형식에 이르게 되는 과정으로 형성된다. 그것은 우리 생활 속에 있으며, 계절의 변화 속에, 서울에 사는 사람들의 일상 속에, 삼라만상의 움직임 속에 들어 있다. 아버지들이 메시지를 쓸 수 있는 표면이라고 믿고 있는 여성의 몸안에 살아 있다. 현대성은 당대라는 몸이 드러내는 것, 그리고 감추고 있는 영원한 것에 의해 읽힌다.

몸은 한편으론 사물이므로 서로가 서로에게 보인다. 그래서 그 몸의 차이도 금세 느껴진다. 그러나 그 차이를 차별함으로써 주체는 더 주체다워진다고 생각되어왔다. 인간의 몸은 그 표면적인 차이를 차별하지 않으면 서로가 서로에게 소속된다. 서로가 서로에게 공통된다. 사람들 각자는 몸으로부터 시작한다. 어느 누구도 몸의 실재를 벗어던질 수는 없다. 그럼에도 불구하고 우리는 자신이 삼라만상 가운데서 하나의 대상으로 주어져 있을 뿐이라는 것도 안다. 인간은 자신이 살아 있는 몸이며, 동시에 수많은 사물 중의 한 사물임도 안다. 그러나 이 앎이 생명의 형식을 갖기 위해서는 여성의 육체성을 필요로 한다. 타자를 배태하고 낳지만 언제나 주변에 머물러 있는 존재, 낳음으로 끝없이 중심을 해체하는 존재인 여성의 육체성을 입어야 한다. 나는 존재하지만, 그러나 타자가 될 수 있다. 타자가 될 수 있기 때문에 존재한다. 자신과의 만남을 위해, 또하나의 자신을 잉태하고 낳는다. 자신을 넓힌다. 자신이 되기 위해서는 타인이 되어야만 하고, 그때 몸은 언어(대화)를 통해서 타인이 되고자 한다. 몸이 몸 되는 대화와 잉태, 분만을 통해서만 몸은 시를 토해낸다. 여성성의 몸은 그물이나 거미줄로 관계를 파악하지만 남성성의 몸은 계급적으로 관계를 파악한다. 그러나 여성의 몸은 곡선, 피 흘리는 생리, 다산 같은 것들 때문에 더럽고, 추악하고, 혹은 동물적인 것으로 대접받아왔다.

그럼에도 시는 시인외 내부에 깃들어 있는 에너지, 창조의 원천인 여성성을 이끌어내고, 거기서부터 시적 상상력을 폭발시켜야 하는 의무를 갖고 있다. 시적 상상력의 한가운데는 그 상상력이 찾아가는 여성적 이미지의 검은 달이, 모든 존재의 고향이 위대한 여성성의 모습으로 눈부시다. 그러나 그 여성성의 모습은 괴물이나 매맞는 마녀처럼 억압하는 말들에 매 맞아 일그러져 있다.

여성적 육체성을 입은 '나'는 탈중심성의 중심이다. '나'는 중심을 떠나 밖으로 향하는 자기 상대화의 과정과 더불어 중심을 허물어 중심을 계속 만들어나가는 몸의 운동을 통해 커져간다. 분화와 분만을 통해 중심은 개체화되고, 넓어진다. 이때의 '나'는 끊임없이 달아나는 나이다. 그래서 인간이 형이상학적 존재라는 말은 그가 정신 안에 거주하고 있다는 말이 아니라, 어떤 종류의 고착화도 벗어던지고 달아나는 존재라는 뜻이다.

시적 자아라고 불리는 '나'는 구체적인 행동을 가리키는 단어다. '나'는 어딘가로 끊임없이 방향을 바꾸어 움직여가는, 그 방향을 가리키는 손가락이다. '나'는 모든 시적 대상에 현존해 있지만 대상과 동일한 평면 위에 있지 않고 계속 솟아난다. 그러므로 '나'는 없다. '거울 속의 나'도 없다. 다만 끊임없이 솟아오르는 '나', 끔찍하게도 수없이 많은 '나'를 자가증식중인 '나'라는 텍스트가 있을 뿐이다. 구조화를 가능케 하기 위해 불러본 이름으로서의 '나'가 있을 뿐이다. 찰나에 붙잡았다가 놓쳐버리는, 그러나 끊임없이 붙잡아보려고 하는, 끝없는 텍스트로서의 몸이 있을 뿐이다.

소용돌이
— Kiss of the Spider Woman

형태 없는 에너지, 혹은 공(空)의 존재하는 모습은 움직임으로 드러난다. 그 움직임의 궤적은 형태 없는 형태의 모습이다. 마치 호흡이나 맥박, 혹은 뇌의 활동이 파동의 모습으로 우리 앞에서 그 실체를 드러내듯이, 공의 활동 모습은 시 안에서 형태 없는 형태, 파동의 모습으로 존재한다.

이 모습은 순간이면서 영원인 '움직이는 점'의 운동 모습을 그대로 현시하는 것 같다. '움직이는 점'은 순간에 명멸하는 점이지만, 그 점 안에는 모든 정보가 들어 있고, 영원의 시간도 들어 있다. 움직이는 파동 위에 한 점을 찍어보라. 한 점을 찍으려고 손을 내미는 순간 그 점은 이미 그 지점을 떠나버리고 없다.

‘움직이는 점’의 모습은 무한소이면서 동시에 무한대의 운동 모습을 지닌다. 무한소는 그 안에 자기가 한없이 작아져 소멸하는 것을 말한다. 무한소의 극치는 무자기(無自己)라고 할 수 있다. 무자기는 시인과 독자에게 다 같이 요구되는 상태이다. 시는 과정을 따라가는 양식이고, 그 과정을 통해 빈 공간을 잉태하는 양식이다. 무한소로서 형태나 크기조차 지니지 않았다는 말은 무한대로 우주 자체라는 말과 다르지 않다. ‘움직이는 점’은 가장 느리면서, 가장 빠르다. 가장 크고, 가장 작은 물고기이다. 고래이고, 멸치의 알이다.

　‘움직이는 점’은 시에 나타난 ‘지금, 여기’를 이른다. 시의 모든 이미지들은 ‘지금, 여기’의 ‘움직이는 점’ 속에서 순간으로 압축된다. 시의 이미지들은 ‘움직이는 점’의 궤적을 그리는, 그러나 순간에 명멸하는 영원을 붙잡는 그물이다. 김수영의 「사랑의 변주곡」에서처럼 “복사씨와 살구씨와 곶감씨의 아름다운 단단함”을 가지고 그들이 “한번은 이렇게/ 사랑에 미쳐 날뛸 날”을 기리는 것이다. 그렇게 부재 속에 찰나적으로 존재할 날들을 확장해가는 일이다. 확장된 순간은 무한한 세계, 시간의 흐름을 벗어난 다시 발견된 세계를 이른다. 삶 저 너머에, 무덤 저 너머에 있는 숭고하고, 장엄한 것을 얼핏 본 그 세계를 이른다.

　그럼에도 불구하고 시는 그 그물 안에 있다. 위에서 내려다본 속을 드러낸 그물의 묘사에 시가 있는 것이 아니라 안에서 겪는 그물의 실체, 나라는 객체가 겪는 확장되고 증식된 공간, 그 미로 안에 시가 있다.

미로의 공간 내부는 오는 길과 가는 길, 나선형 길과 막다른 통로, 멀면서도 가까운 길로 가득차 있다. 소라고둥 속처럼, 회오리바람이나 태풍에 휩쓸리고 있을 때처럼. 그렇다면 왜 모든 문명은 미로의 형상을 남기고 사라졌을까? 어떤 이야기를 들려주기 위함인가? 아니면 후세인들에게 자신이 인생 여정에서 만났던 슬프고도 기쁜, 또는 출구를 찾기 힘들어 방황했던, 혹은 선택의 갈림길에서 고생했던 후일담을 들려주기 위함인가? 미로는 있기도 했고, 없기도 했던 어떤 궤적을 그린 도형임에는 틀림없다. 중심을 찾아가는 궤적이 아니라 바깥을 찾아가는 궤적을 그리는 도형 말이다. 미로에 그려진 선들은 인생과 세상을 가로지르는 선들이다. 마치 그 선들은 두 개의 세계 사이를 가로지르는 틈과 같다. 또는 유목민이 사막에서 길을 찾아 헤매었던 지도이거나 아니면 창조자가 이 지상에 숨겨두었던 길을 발견한 자의 도형과도 같다. 그러나 미로 속에서 발견되는 창조자는 대지의 신이 아니다. 그 신은 미로를 그리는 '움직이는 점'에 내재된 하나님이다. 도형을 그리는 그가 어디로 가든 그와 함께 동행했던 하나님 말이다.

미로는 이야기를 묶어주는 길이면서 동시에 생명의 비밀 전달 통로이다. 그것은 우리가 넘어야 했던 통과의례의 순간들을 닮아 있다. 어제의 나는 죽고, 오늘의 나는 살아 있는 순간을 닮아 있다.

미로는 빠져나오려 한 자의 기록이다. 미로를 빠져나오기 위해서는, 시간은 공간 속에 널리 퍼져 있다는 것을 깨달아야 한다. 이 공간의 내부는 태풍이나 회오리바람의 내부처럼 멀고도 가까운 길, 막다른 길과 되돌아 나와야 하는 길, 나선형 길과 둥근 길들로 가득차 있고, 어디까지 걸어가야 할지 아무도 모르지만, 춤추듯 움직이는 파동의 질서를 따라야 한다. 이 가운데서 시간을 경험하는 방법은 자신이 처한 공간 안에서의 미로 읽기를 통해서이다. 미로 안에 있는 자로서 미로를 그리고 읽는다는 것은 길을 헤매는 즐거움에 빠지는 것이며, 우회하는 동안에 느끼는 죽음과 같은 어둠 속에서도 유희에 빠지는 것이다.

유희하는 자의 발걸음은 얼핏 보면 혼란스럽지만 무한한 파동의 질서를 본질적으로 내포하고, 거기에서 풍부한 새로운 구조를 이끌어내는 리듬과 형식을 갖고 있다. 남성적·산문적·제의적 엄숙성을 벗어나 놀이하는 발걸음으로 풀어내는 양식을 갖고 있다. 이런 양식은 시인이라는 유기체가 내적인 균형과 조화를 이룩하는 방법이기도 하면서, 실존의 희극성을 읽어내는 방법이기도 하다. 미로의 얽힘이 복잡할수록 그 속엔 유연하고 동적인 비선형 논리가 존재한다. 이 비선형 논리가 나에게 새로운 언어 체험을 요구한다. 나의 일상 체험을 넘어서는 언어 체험. 그러나 언어 체험 안에 들어서면 다시 나를 옥죄는 언어. 나는 언어들을 구부려 새롭게 파동치는 시적 언술을 세우고자 한다. 그래야만 내 시의 만물 속으로 우주가 초월해 들어오지 않겠는가. 나는 초월해 나가지 않고 초월해 들어오려고 시적 언술의 미로 속으로 들어간다.

이러한 도형을 영성적 내면세계로 끌어오면 만다라가 된다. 만다라는 주술적, 비윤리적 세계로 퇴행하지 않으려는 밀교의 의지를 반영하는 것이기도 하지만 현대시를 이해하는 데도 적당하다.

만다라는 원형적인 자아가 외부세계로 나타난 도형이다. 내부가 외부로 현시된 그림이다. 만다라의 원상은 공성(空性)을 드러내는 시각적 대체물이다. 그 도형 안엔 인간 내면 속에 본원적으로 가지고 있는 규칙성, 반복성 혹은 우주의 본래적 국면과 자신의 삶을 동일시하려는 열망이 표상된다. 그러므로 만다라는 인간의 개성화 과정에서 야기되는 혼란을 심리적으로 치유하려는 의지가 반영된 도형이라고 봐도 무방하다. 그래서 티베트 불교 만다라를 향해서 티베트인들은 오체투지로 다가가는 것이다. 만다라를 그리는 사람은 만다라를 그림으로써 자신의 심미안의 개안과 아울러 영성적 각성에 이른다. 도상의 내면화, 형태의 내면화 혹은 그 역이 이루어진다.

도상의 내면화 혹은 내면의 도상화는 내용과 대상이 분리되지 않는 삼매의 순간에 이루어진다. 이때 일상적 시간은 사라지고 존재론적 전이가 일어난다. 만다라는 우주적 질서를 나의 삶의 시간에 구현하려는 몸짓의 발로이다. 만다라의 영성적 의미는 수행자가 도상이라는 체험 준거틀을 통해 상징적인 상호작용을 경험할 때 획득된다. 밀교 만다라를 흡입하는 일은 반드시 오감을 통해 영성을 체험하겠다는 마음의 자세를 필요로 한다. 자신의 육체적 죽음을 '관'함, 이타적 열망에 차서 모든 유정물을 통한 성불에의 다짐, 공성에 대한 각성을 필요로 한다. 이 마음의 자세를 준비하기 위해 의례를 행하기도 하는데 의례 동안에 가성자들은 시간의 비균질성, 시간의 무화를 경험한다고 한다. 도상이 내면화되는 과정 속에서 역류하는 시간을 경험하기도 한다. 수행자는 일상적 흐름의 시간을 벗어나 교감과 몰입의 순간을 경험한다. 이때 도상은 시간의 가역성을 내면화하고 있는 모습이 되고, 일종의 영성적 완전태를 현재에 되살려놓았다고 믿게 된다. 만다라의 도상 속에는 우주의 구성요소들이 동일한 평면 위에 평등하게 펼쳐져 있다. 이 도상을 내면화하면 우리는 우주의 질료를 심상으로 구축하게 된다.

그러나 나의 삶은 역사와 직선적 시간의 연속이라는 허구의 질서 속에 있다. 그 허구의 질서 속에서 나온 문학적 담론이 매니페스토거나 자서전적 글쓰기거나 문학작품으로 역사 쓰기이다. 이러한 글쓰기들이 토해내는 것은 토사물이 아닌 이상한 인형들이다. 인간이 먹은 것을 토하는데 먹은 것들이 안 나오고 인형들이 나오는 것이다. 그들은 허구의 연속성에게 영혼을 판다. 연속적 시간 속에서는 눈앞을 지나가는 나비는 두 번 다시 볼 수 없다. 그러나 시는 그러한 직선적 시간의 연속성 안에 있지 않다. 여러 명의 주체들이 다른 층위 안에서 병치되고, 평등하게 존재한다. 그 주체들은 서로 대화하기를 꿈꾸며, 대화 자체를 새로운 주체의 자리로 올려놓는다. 그래서 시는 '나비의 숲'이다. 카오스 이론에서 말하는 '초기값에 대한 민감한 의존성'이 시간의 마디마디에서 일어난다. 제2의 상상력이 시간을 거슬러오르는 파동을 무한대로 끌고 다니는 것이다.

보르헤스는 「또다른 은총의 시」 속에서 "내가 감시하는 것은/ 원인들과 결과들의 신성한 미로/ 때문에 시는 고갈되지 않고/ 창조물의 수만큼 많은 시구들/ 결코 시는 끝나지 않고/ 또다른 미로를 꿈꾸는 것"(김은중 옮김)이라고 시적 사고와 그 특징을 토로한다. (그는 소설보다는 시가 자신의 사고를 직접 전달하기 좋은 장르라고 생각했던 것 같다.) 어쨌거나 그의 소설 속에 등장하는 미로는 공간상의 미로가 아니라 시간상의 미로다. 그는 모더니즘이 잃어버린 유토피아를 찾아가기 위한 미로를 그린 것이 아니다. 그는 현실 속에서 미로의 출구를 찾지 않았다. 그는 현실 안쪽의 현실, 그 속에다 미로를 그려나갔다. 몸(형상)속의 몸(본질)에 미로를 그렸다.

시간을 구부려 파동의 시간을 읽어내는 것, 시간으로 시간에 균열을, 틈새를 만들어 주체를 다의적이고 무한한 가능성에 참여하는 타자로 전환하는 것이, 시다. 자연의 시간 또한 직선적으로 흐르지 않는다. 그렇다고 일직선이 맴맴 도는 것이 아니다. 자연의 시간은 동시적, 상황적, 연계적으로 흐른다. 동시에 자연은 내 몸과 마찬가지로 고정적 실체도 아니다. 항구적으로 존재하지도 않는다. 시 속에 들어온 자연은 우리의 가치판단을 요구한다. 그럼에도 직접적 가치판단은 시의 방법이 아니다. 시의 방법 속에 가치판단이 내재되어야 한다. 자연은 보존되면서 초월하는, 불교적으로 말하면 이것에 따라 저것이 일어나는 연기(緣起)를 되풀이한다. 이것에 따라 저것이 일어날 때 반드시 자기 죽음이 뒤따라야 한다. 그러지 않으면 김수영처럼 방만 바꾸어버렸다는 반성을 하게 된다. 시의 방법 속에서 선취한 가치판단이 있다면 그것은 자연의 시간을 함께 사는 일이다. 가역적이면서 연계적이고 동시적인, 그래서 연기가 일어나는 시간의 죽살이를 껴안는 것이다. 안으로의 초월을 감행하는 일이다.

『연애소설 읽는 노인』을 내가 또 읽는다
109페이지와 111페이지 사이를 읽는다
책 속의 노인은 아마존 밀림 입구에 쳐놓은 해먹에 누워
책 속의 베네치아와 곤돌라 위의 연인들을 상상한다
그 사이 나는 부안에 다녀온다 솟대 당산들을 보고 온다
부안 땅은 떠나가는 배처럼 생겼다고 한다 옛사람들은
책을 읽듯 땅을 읽고 다녔나보다 배에는 당연히 닻이 있고
돛대가 있어야겠기에 사람들은 그 배 위에다
솟대를 세우고 닻을 내렸다
책 속의 노인이 곤돌라, 곤돌라 아직도
도시에 떠다니는 배를 상상하지 못해 몸을 비비
꼬고 있는 사이 밀림 속에선 밀렵꾼의 총에 남편을
잃은 암살쾡이가 사람들을 물어 죽이기 시작한다

페이지를 넘어 다시 노인이 고통스런 키스란 문장에 걸려
어쩌면 입맞춤이 고통스러울 수 있단 말인가 하고
애 낳다 죽은 원주민 아내의 사진을 더듬는 사이
노인이 연애소설을 읽고 세풀베다는 노인을 읽고 나는
세풀베다를 읽고 안 보이는 너는 나를 읽는 사이
나는 또 부스럼투성이의 석장승을 더듬어본다
돌눈을 부릅뜨고 모가지 사라진 아내를 내려다보는 남편 장승

산을 깎아 바다를 메운 간척지 아래서 바다는 윙윙 숨막혀 울고

밀려 들어오는 흙에 파묻혀 슬레이트 지붕 위로 고개만 내놓은 돛대

출항할 바다를 잃은 그 돛대가 덩달아 울고

책갈피 속에선 암살쾡이가 아직도 눈벌판을 핏발 세운 채 맴돈다

노인이 고통과 키스를 섞어보다 말고

책 밖으로 나아가 남편 잃은 암살쾡이를 찾아 밀림을 떠도는 사이

나는 아무 정거장도 거치지 않고 서울로 돌아와

네 겹의 텍스트를 떠돈다

—「네 겹의 텍스트 안으로 들어가기」 전문,

『불쌍한 사랑 기계』(문학과지성사, 1997)

　이 시는 투명한 의미들로 채워져 있는 시가 아니다. 비어 있는 틈들이 말하는 시다.

　이 시에서 나는 부안에 가서 장승들과 솟대, 당산들을 보고 있다. 해변은 간척지로 메워지고 있고, 그래서 점점 바다는 줄어들고 땅이 넓어지고 있다. 옛사람들은 부안이 떠나가는 배처럼 생겼다고 해서, 그 배 모양의 끝에 돛대를 세웠다고 한다. 그러나 그 옛날 바다를 보고 서 있던 돛대나 바다를 향해 드리워졌던 닻들은 지금은 육지 한가운데 버티고 서 있다. 새만금 간척사업으로 인해 부안은 영원히 출항하지 못할 배처럼 바다가 아닌 간척지를 바라보고 서 있는 불쌍한 꼴이 되고 말았나. 나는 부안으로 떠나는 기차 안에서, 혹은 어판방에서 루이스 세풀베다의 『연애소설 읽는 노인』을 읽고 있다. 부안을

돌아다니는 동안에도 그 소설을 틈틈이 읽어나가고 있다. 소설에는 아마존 깊숙이에서 이주해온 노인이 주인공으로 등장한다. 그는 밀림 속에서 아내를 잃고, 개발로 말미암아 삶의 공간도 잃고, 이제는 강가의 마을 입구 오두막에서 지나가는 장삿배를 통해 자신이 잡은 고기와 바꾼 연애소설을 읽는 재미에 빠져 있다. 소설엔 베네치아에서 고통스러운 키스를 나누는 연인이 등장한다. 간신히 글자를 익힌 그에게 원주민으로서의 삶 밖의 문명세계는 기이하기만 하다. 그는 고통스러운 키스란 말을 도저히 받아들일 수 없다. 그런 표현이나 말 혹은 생각은 원주민에겐 없기 때문이다. 그는 소설 때문에 죽은 아내와의 키스를 떠올리게 되지만, 도무지 키스가 어떻게 고통스러울 수 있는지는 상상할 수가 없다. 그와 함께 그는 소설에 그려진 베네치아 풍경을 이해하지 못한다. 어떻게 집과 집 사이로 배가 다닌단 말인가. 아무튼 나는 세풀베다의 소설을 읽으며 부안 땅을 돌아다니고, 소설 속의 노인은 연애소설을 읽으며 밀림 속에서 사냥꾼의 총질에 수살쾽이를 잃고 포악해져서 사람들을 물어 죽이는 암살쾽이를 찾아다닌다. 노인과 나는 모두 소설을 읽으면서 각자의 공간을 떠돈다. 노인과 나의 몸은 각자 어떤 공간을 맴돌지만, 우리의 사고는 각자의 허구(소설) 속에서 맴돈다. 우리의 사고를 지배하는 것은 읽어나가는 소설이 만들어놓은 이미지이다. 그와 함께 나는 나를 읽는 또하나의 시선을 느낀다. 그 시선은 나의 몸과 마음과 또 뇌의 자가증식으로 지금도 만들어지고 있는 어떤 사유의 덩어리, 바로 '나'인 너의 시선에서 나오는 것이다. 이 겹친 텍스트덩어리 속에 '나'라는 존재가 있다. 나는 어디에 머물러 있지 않고, '움직이는 점'으로 중층적인 공간을 마구 돌아다닌다. 나는 일상 경험을 읽고, 노인과 함께 허구를 읽고, 허구 속의 노인도 기억을 읽고, 허구를 읽고, 그 모든 나를 '너'인 내가 또 읽고 있다. 그러나 나는 평화로운 생성의 공간이 아니라 끔찍한 환경, 추락의 공간을 따라가고 있다.

이처럼 내 삶의 공간은 겹쳐진 주름 속의 거대한 카오스이다. 그 속에서 존재하는 것들은 끊임없이 문명적 모순 속에서 돌출하거나 사라지면서, 자기들끼리 생육하고 번성한다. 저희들끼리 새끼 치고 알 낳는다. 그러면서 세계의 추락을 가속화한다. 마치 날마다 뚱뚱해지는, 이 '나'라고 불리는 것처럼. 내 시의 말은 그 속에서 한낱 작은 그물코처럼 어디에도 앉지 못하고 빙빙 돈다. 쩔쩔매는 음운들이 부유한다. 그러기에 나는 안과 밖에 얽혀들어 빙빙 도는, 변동하는, 그러면서 추락하는 무수한 '나'들을 보는 하나의 '움직이는 점'일 뿐이다. 그러나 어찌하랴. 그것이 '나'인 것을. 그것으로 산다는 것은 거대한 단일성을 향해 욕망하기가 아니라, 내 말로 짠 소용돌이를 일순간 펼쳐 보이기란 것을. 소용돌이치는 음운들의 틈 사이사이에 잴 수도 없게 큰 부재(시)가 몸을 비집고 들어오고, 그곳을 '움직이는 점'인 '나'가 헤매 다닐 뿐이라는 것을.

프랙털, 만다라
— 그리고 나의 시 공화국

나의 시적 해체구성

나는 시를 쓰기 전에 항상 생각한다. 아니다. 시인에게 시를 쓰기 전후가 어디 있겠는가. 어느 시간이나 '시를 쓰기 전후'가 아닌가. 횔덜린의 말대로 언제나 '인간은 시적으로 이 세상에 살다' 가는 것이리라.

내가 몸담고 있는 이 시대를, 세기를, 당대를, 시공간을, 현실을, 그리고 무엇보다도 '나'(이 모두를 우주라고 부를 수 있겠다)를 읽는 '방법'을 가진 자가 '시인'이라고 나는 생각한다. 내가 진정 시인이라면 이 우주를 읽는 나만의 방법을 가지고 있어야 하지 않겠는가라고.

그것은 삼각자나 무슨 저울 같은 도구를 사용해서 측량하는 방법이나 치밀한 계산과 화학방정식 같은 과학적인 방법으로 답을 구하는 방법은 물론 아닐 것이다. 그것은 시가 가진 고유한 방법, 그 장르적 특성을 죽이지 않는 방법, 시 나라 안에서 통용되는 방법만으로 충분히 가능할 것이라고 나는 생각한다.

세상에 푹 담긴 채, 이 유한한 시간성에 갇힌 채 물리학자나 수학 자가 가지지 않은 방법으로. 절대로 세상을 떠나지 않으면서, 세상을 몸안에 박고, 다시 내어밀면서 이 세상을 읽는 방법 말이다. 나는 그 방법을 시의 형식 속에서 찾고자 한다(시에서 어찌 내용과 형식을 가를 수 있겠는가. 다만 지금 현재로선 형식이란 말밖에 떠오르지 않으므로 잠정 적으로 쓰기로 한다).

시에서 형식은 내용보다 나와 내 독자의 감각기관과 관계가 있다. 좋은 형식은 우리의 감각과 훌륭하게 상부상조한다. 그리고 감각은 초음파처럼 파동으로 그려진다. 그러나 잠시 후 그 파동은 감각기관 을 떠나 증발해버린다.

우리나라에서 1980년대의 시적 해체와 1990년대의 시적 해체와 2000년대의 시적 해체는 다를 수밖에 없을 것이다. 1980년대의 해 체가 물리적 해체에 대한 시적 해체, 즉 일대일의 해체였다면, 1990년 대의 해체는 해체된 담론들 사이에 놓인 시적인 대응전략으로서의 해체, 즉 다(多)대다의 해체이다.

이러한 판단은 결정론적인 패러다임을 벗어나려는 20세기 말의 타 학문 분야의 '시적(詩的)인 움직임'과도 무관하지 않다.

담배 연기의 흐름과 운동을 읽는 연구, 눈이 내리는 운동의 법칙 을 만드는 연구, 삼라만상의 시적인 움직임을 읽는 연구가 바로 그것 이다. 한 패러다임이 죽자 범패러다임이 살아나온다. 한 마리의 죽은 어미 염낭거미의 몸안에서 수십 마리의 새끼 염낭거미들이 나오듯이.

우리 주변에 존재하는 사물들은 삼각형도, 네모도, 동그라미도 아니다. 그것들은 울퉁불퉁하고 찌그러졌으며 넓적하기도 하고 뾰족하기도 하다. 그러므로 '자연은 구형·원통형·원추형에서 비롯되는 것이다'라며 20세기 미술을 태동시킨 세잔의 말은 외형에 갇힌 감각 기관을 전제한 주장일 것이다.

사실 우리가 우리 주위에서 보는 사물들의 모습은 평면도, 입체도 아니다. 저 산맥을 매달고 꼬리 치며 바다로 가라앉는 해안선은 어떤가. 그것들은 평면이기도 하고 입체이기도 하다. 마치 산소를 가장 잘 흡수하기 위해 이차원보다 더 큰 무한대의 표면, 즉 프랙털의 표면을 가진 우리 가슴속의 폐처럼. 그것은 일차원이기도 하고, 이차원이기도 하고, 삼차원이기도 하다. 파동을 몸으로 읽는 시선을 가진 자의 감각에 따라 다르다.

내가 보는 저 영화의 화면은 몇 차원 공간인가. 내가 피우는 이 담배의 연기는 몇 차원 공간인가. 그것들은 정수 차원을 거부한다. 그들은 분수 차원, 아니 분수보다 더 미세한 결에 존재한다. 이 분수 차원보다 더 미세한 결을 읽어내는 것이 '프랙털'이다. 이 이론으로 우리는 우리 현실에 존재하는 수많은 대상의 면적과 부피와 모양과 운동의 방법을 읽어낼 수 있다. 우리 주변에 존재하는 대상들은 이상적인 기하학 도형보다는 모두 프랙털 도형에 가까운 모양을 하고 있으므로.

티베트의 스님들은 색색으로 물들인 가루로 일 년 내내 만다라를 그린다. 대형 만다라! 의식 분해와 의식 재통합의 우주 분해도로서의 만다라를 스님들은 공력을 다해서 그린다. 그러면 티베트 사람들은 오체투지 걸음으로 다가와 그 만다라에 경배한다. 그런 후 그 만다라를 빗자루로 쓸어 통에 담은 다음 냇가에 뿌린다. 그리고 다시 만다라를 그리는 일 년이 시작된다. (얼마 전만 해도 이 일은 이십 년에 한 번씩 행해지는 일이었다고 한다.)

만다라 하나는 다즉일, 일즉다를 포함한다. 만다라 하나는 세포 하나이면서 무한 창공 하나다.

그가 핀셋으로 눈물 한 방울을 집어 올린다. 내 방이 들려 올라간다. 물론 내 얼굴도 들려 올라간다. 가만히 무릎을 세우고 일어나 앉으면 귓구멍 속으로 물이 한참 흘러들던 방을 그가 양손으로 들고 있는 것 같은 착각이 든다. 그가 방을 대물 렌즈 위에 올려놓는다. 내 방보다 큰 눈이 나를 내려다본다. 대안 렌즈로 보면 만화경 속 같을까. 그가 방을 이리저리 굴려본다. 훅훅 불어보기도 한다. 그의 입김이 닿을 때마다 터뜨려지기 쉬운 방이 마구 흔들린다. 집채보다 큰 눈이 방을 에워싸고 있다. 깜빡이는 하늘이 다가든 것만 같다. 그가 렌즈의 배수를 올린다. 난파선 같은 방 속에 얼음처럼 찬 태양이 떠오르려는 것처럼, 한 줄기 빛이 들어온다. 장롱 밑에 떼지어 숨겨놓은 알들을 들킨다. 해초들이 풀어진다. 눈물 한 방울 속 가득 들어찬, 몸 속에서 올라온 프랑크톤들도 들킨다. 그가 잠수부처럼 눈물 한 방울 속을 헤집는다. 마개가 빠진 것처럼 머릿속에서 소용돌이가 일어난다. 한밤중 일어나 앉아 내가 불러낸 그가 나를 마구 휘젓는다. 물로 지은 방이 드디어 참지 못하고 터진다. 눈물 한 방울 얼굴을 타고 내려가 번진다. 내 어깨를 흔드는 파도가 이 어둔 방을 거진 다 갉아먹는다. 저 멀리 먼동이 터오는 창밖에 점처럼 작은 사람이 개를 끌고 지나간다.

　　　　　　　—「눈물 한 방울」 전문, 『불쌍한 사랑 기계』(문학과지성사, 1997)

작은 소용돌이 속에 중간 크기의 소용돌이가 있고, 또 그 속에는 큰 소용돌이가 있다. 이 작은 소용돌이 하나의 표현에 매달린다는 것은 내가 '눈물 한 방울'이라는 소용돌이를 통하여 더 큰 소용돌이를 품으려고 시도하고 있다는 말이 될 것이다. 세포 하나로 쌍둥이 백 명을 복제할 수 있듯이 소립자 하나는 무한과 다르지 않다.

만다라는 인간이 가진 영성의 존재론적 근거, 전체이며 하나인 이상, 충만된 존재 의미를 반영한 것으로 일상적 시간의 무화(無化)를 얻으려는 인간의 존재론적 전이의 도형/입체다. 우주적인 질서를 나의 삶 속에서 구현하려는 인간의 기원이다. 우주와 나의 내면이 상징적 상호작용을 경험하게 하려는 몸짓이다. 사람들은 그것을 경험하기 위해 오체투지로 만다라에 다가간다.

이때 만다라의 '도형'은 사물과 자신의 상호관계에 대한 예지를 드러내는 그림이 된다. 도형은 시니피앙이고, 이미지는 시니피에다.

나는 나의 시의 틀이 만다라와 같은 구조를 갖기를 바란다. 밖과 안을 함께 아우르는 구조 말이다. 아울러 나는 내 시가 프랙털 도형이 읽어내는 방법처럼 세상 속에 몸담고 세상을 읽는 방법을 가지길 바란다. 울퉁불퉁하고 미끌미끌하며 변덕이 죽 끓는 이 세상 말이다. 이 세상은 해석할 수가 없다. 이 세계라는 기호는 단번에 꿰뚫어야 읽힌다. 해석하기 전에.

자, 여기 하나의 세상, 하나의 우주가 있다고 하자. 나는 그 우주 위에 선을 하나 그린다. 파동의 무늬를 하나 펼친다. 나는 그 파동의 선들이 하나의 세상, 내가 선택한 하나의 세상을 하나의 시적 우주로 재창조했기를 바란다. 그것이 만다라의 모습을 띠기를 바란다. 그렇게 언어로 펼치는 무늬가 나의 시의 '형식'이다. 그 형식은 내용의 도움을 받지 않고는 구축되지 않는다.

나는 이 선들, 동시적으로 그어지는 선의 무늬들, 파동들 속에 거주한다. 이 선은 시 밖에서 오지 않았고, 시 안에 원래 있었다.

시인이란 그가 추구하는 형식에 매혹당한 자가 아닌가? 그렇지 않다면 그는 시인이 아니다. 그래서 자기만의 형식이 없고 목소리만 있는 시인을 나는 믿지 않는다. 비명밖에 지르지 못하는 시인들 또한 믿지 않는다. 그들은 타 장르로 개종하는 것이 마땅하다. '자기 목소리를 가진 시인'이라는 뜻은 시인이 외치는 자라는 뜻이 아니라 자기 형식을 가진 자라는 의미이다.

나는 시 안에서 여럿이다. '나'는 복수다. '나'라는 주체, 인식 주체는 해체되어 있다. '나'는 한 번도 단 한 명인 '나'로서 시 안에 살았던 적이 없다. 만약 그렇지 않은 사람이 있다면 그는 분명 이 시대 사람이 아니거나 도인일 것이다. 시인이 아닌 도인.

이 인식 주체들의 헷갈림이 나를 시 쓰게 한다.

물론 이때의 '나'는 개념도 주체도 아니다. 그것은 다만 시 쓰는 방식으로서의 주체인 '나'일 뿐이다. 시 속의 '너'도 마찬가지다.

이렇게 나의 시쓰기는 나의 밖에서 떠돈다. 나는 아직도 주인을 못 찾은 개처럼 이 사람 저 사람의 냄새를 맡으며 그들이 나인가 묻고 다닌다.

이때 시적 언술은 유희성을 띠지 않을 수 없다. 고통스러운 유희. 그러나 이 유희가 바로 존재 망각의 시간 속에서 '순간'적으로 나를 건져낸다. 시 속의 웃음이 네모지고 딱딱한 현실에 구멍을 뚫어놓듯이.

유희하지 않으면 시는 평면적 구조에 머무를 수밖에 없다. 그렇게 되면 시는 즉각적 현실을 가상으로 전환시켜가는 낡아빠진 여과기, 텔레비전과 무엇이 다르겠는가. 시가 다성적 구조를 갖기 위해서는 유희해야만 한다. 잔치를 벌여야만 한다. 결혼식과 장례식이 뒤엉킨 잔치. 사물들 속에서, 사물들 사이로.

내가 노래하고, 두개골이 노래하고, 세계가 노래하고, 별들이 노래한다. 이들은 각각 다른 노래이지만 각각의 노래는 유희하는 손에 낚인다. 이때 음악은 시 안에 이미 들어와 있다.

시는 철학적 언사로 다양한 강의를 쫓아다니는 것을 포기해야만 한다. 잠언을 포기해야만 한다. 그 강의의 요점을 표출하는 것이 시라고 믿는 무수한 시인들과, 핀셋으로 그 강의의 요점을 시 안에서 발라내는 무수한 판관들.

'시인은 오직 현실에 기초하여, 그것의 원칙에 따라 현실을 다시 구축할 뿐이다. 오직 유희의 원칙에만 따르면서.'

시의 나라 안에서 시보다 중요한 법은 없다

시의 나라 안에서 시보다 진실을 말하는 사람은 다 가짜다. 시는 시 나라 안에서 헌법이며 놀이다. 이 나라 안의 외부세계는 모두 내면적 현실이다. 그러므로 자기 죽음을 지키려는 자들은 언제나 눈에 띄게 마련이다. 철학적 언사에 대한 강의를 쫓아다니는 자들, 제도권과의 유희를 벌이는 자들, 시 속에 종교적 언사를 흩뿌리는 자들, 시가 궁극적으로 말해야 할 것이 있다고 믿는 자들, 무엇무엇이 시적 전통이라고 외치는 자들은 모두 자기 죽음을 지키려는 자들이다. 그들은 시 나라의 시민들이 아니다.

이 나라는 오직 '구체적 외부'만을 가질 뿐이다. 그렇다고 해서 구체적 외부가 은유적 외부라는 말은 아니다.

밀란 쿤데라는 『불멸』에서 말한다. 사람들은 "텔레비전 드라마 혹은 만화로 바꿀 목적에서 씌어질 수 없는 것에 달려들고 있네. 왜냐하면 소설에서 본질적인 것은 오직 소설에 의해서만 말해질 수 있고, 그것이 어떤 형태로 개작되었건 각색에서는 비본질적인 것만 남게 되기 때문이지. 오늘날에도 여전히 소설을 쓸 만큼 미친 작가라면,

그리고 자신의 소설을 보호하고 싶다면 그는 사람들이 그것을 각색할 수 없는 방식으로 써야 한다네."(김병욱 옮김)

나는 쿤데라가 소설 나라 안에서 비본질적인 것들로 '각색할 수 있는 것들'을 든 만큼, 시 나라 안에서 비본질적인 것들은 '말해질 수 있는 것들', 즉 '말씀'들로 들고 싶다. 그것은 마치 줄거리를 버린 소설 속에, 직선적인 사실성과 고매한 말씀으로 겉면을 장식한 것들을 버린 다각적 구성의 미로 속에 있을 것이다.

이럴 때 '나'는 시 속의 사물과 끝없이 해후하는 대위법적 위치에 놓인다. 시 나라 안에서 시보다 중요한 것은 아무것도 없다.

타락한 미메시스들에게 가하는 일침

모방자들이여, 선배의 시구를, 방법을 모방하지 말고 세계를 모방하라. 세계를 모방하지 말고 이 세계라는 텍스트가 펼쳐지면서, 피 흘리는 컨텍스트를 읽어라.

내 몸에 누군가, 아니 그들이 빨대를 꽂고 있다
그 빨대를 통해 나를 빨아마신다
내 몸의 지도가 우그러진다
나무들이 쓰러지고 대지의 주름은 부서져
모래 언덕이 치솟는다

이미지 도둑들

내 몸에서 엑스레이 사진 찍듯 뼈를 발라가는 것들
기회만 있으면 말의 벽돌을 뜯어가는 것들
화등잔같이 눈을 켜고
주둥이가 빨대처럼 길어진 것들

사막이란 무엇인가
이제 텅 빈 시인의 몸이
전대륙에 걸쳐 죽음을 공급하는 곳
거기 한 채의 누더기 집이 있고
걸레 커튼이 휘날리고
죽음의 모래들이 부서져 날리는 곳

부디, 이 모래들마저 들이마셔주시길
　　—「너희들은 나의 블루스를 훔쳐 달아났지」 전문, 『불쌍한 사랑 기계』

그리고 특히 여성시인들이여. 우리에겐 전통도, 선배도, 경전도 없다. 우리에겐 우리의 몸이 경전이다. 그러니 자신들의 몸이나 열심히 읽기를. 우리가 몸을 열었던 것이 남성에게가 아니라 에로스 그 자체였다는 것을 알아보기를.

로고스가 아닌 에로스
우리 누구에게나 예고된 이 죽음은 오히려 역설적으로, 우리를 매 순간 너무나도 강력하게 살아 있는 것처럼 느끼게 한다. 삶을 전율하는 무한대의 공간처럼 보이게 한다. 이 예고된 죽음의 드라마는 검은 달처럼 여성의 몸을 주기적으로 두드리고, 여성은 그 검은 달을 맞이하던 눈으로 삼라만상을 본다. 이런 눈으로 세상을 보는 여성은 누구나 시인이다. 여성은 일회적인 시간이 아니라 순환하는 시간, 그러나 같은 궤도를 절대 그리지 않는 프랙털의 시간으로 그것들을 맞이한다.

여성은 자신의 몸안에서 뜨고 지면서 커지고 줄어드는 달처럼 죽고 사는 자신의 정체성을 본다. 그러기에 여성의 몸은 무한의 프랙털 도형이다. 이 도형을 읽는 방법으로 여성인 나는 생명이 흘러들고 나아가는 길을 느끼고 그것에 따라 산다. 나는 사랑하므로 나 자신이 된다. 나는 사랑하므로 내 몸이 달의 궤적처럼 아름다운 만다라를 이 세상에 그려나가기를 바란다.

여성인 내가 몸을 여는 것은 남성에게가 아니라 바로 '에로스'라는 컨텍스트에게이다. 이 사랑은 태곳적부터 여성인 내 몸에서 넘쳐나왔고, 그리고 거기서부터 고유한 실존의 내 목소리가 터져나왔다. 그러나 이 실존의 실체는 고정된 도형이 아니라 움직이는 도형으로서의 실체다. 늘 순환하는. 그러나 같은 도형은 절대 그리지 않는.

그러므로 거대한 침묵의 타래 안에 빠진 무수한 사물을 살려내고 당대를 깨어나게 하는 것, 그래서 죽은 것은 죽음뿐이게 하는 것이 여성이며 시인인 내가 춤추고 웃으면서 할 일이 아닌가.

Mr. Theme, Where are You?

― 그리고 시적 현실이란?

춥고 배고픈 시대가 왔다. 백성들은 차디찬 방에 누워 왕과 부자들의 곳간을 생각하며 입맛을 다셨다. 아니나 다를까. 이야기 속에서처럼 큰 도둑이 출몰했다는 소문이 떠돌았다. 부자의 곳간이 털리고, 거기서 나온 재화가 나누어졌다는 소문도 들렸다. 왕도 그 소문을 들었다. 도둑의 이름은 백성들이 이미 몇백 년 전부터 익히 들어 알던 이름이었다. 왕은 그 도둑을 잡아들이라 명령했다. 도둑은 쉬 잡히지 않았다. 그저껜 광주에서 누군가 털렸다 하더니, 어제는 대구의 최고 갑부이며 권력자가 털렸다 했다. 대담하게도 오늘은 대낮에 서울에 나타났다 했다. 관가에선 그 도둑을 잡기 위해 날마다 비상이 걸렸다. 큰 도둑이 출몰했다는 장소로 헬리콥터들이 날았다.

그러나 어느 날부터인가 도둑은 동시다발적으로 출몰했다. 같은 날, 같은 시간, 다른 장소에 그 도둑이 나타났다 했다. 백성들은 길에서, 집에서, 광장에서 헬리콥터, 오토바이 소리와 사이렌들이 우왕좌왕하는 소릴 들었다. 그러던 어느 날 아침 백성들은 큰 도둑이 잡혔다는 소문을 배고픔 속에서 환청처럼 듣게 되었다.

관리들은 안도했고, 왕은 흡족해했다. 그러나 이게 웬일? 며칠 뒤 제주에서 큰 도둑을 잡았다는 보고가 중앙으로 올라왔다. 큰 도둑이 또 있었더란 말인가? 어리둥절한 사이에, 전국 곳곳에서 도둑들이 잡혔다는 소문이 돌았다. 관리들은 전국의 도둑들을 서울로 압송했다. 큰 도둑들이 서울의 감옥으로 속속 잡혀들어왔다. 왕은 그 도둑들의 면상을 보길 원했다.

왕은 도둑들을 일렬로 세우라고 명령했다. 그리고 그들을 내려다보았다. 그러나 이게 또 웬일? 도둑들의 생김새가 모두 같지 않은가? 아앙, 저중에 누가 진짜고, 누가 가짜란 말인가? 백성들은 배고픔 때문에 환시를 보는 것이라고 생각했다. 당황한 왕이 진짜만 남고 가짜는 다 사라지라고 소리를 질렀다. 그러자 그들은 그들 모두가 진짜라고 합창으로 외쳤다. 누구도 진짜를 구별해낼 수 없었다. 검사도, 판사도, 평론가도. 왕은 칼을 들어 그중의 한 명을 내리찍었다. 그러자 그의 몸에서 지푸라기가 쏟아져나왔다. 왕은 소리쳤다. 모두 찌르겠다, 진짜가 나올 때까지. 왕은 그 옆의 도둑을 또 내리찍었다. 그에게서도 지푸라기가 나왔다. 왕은 그 옆의, 또 그 옆의, 그 옆의 도둑들을 차례로 내리찍었다. 그러나 그중에서 진짜 피를 흘리고 쓰러지는 '사람'은 없었다. 이게 정말 어찌된 일인가? 왕은 밤이 올 때까지 도둑들을 내리찍었지만 지푸라기 도둑들의 수는 줄지 않았다. 왕은 지쳤다. 왕은 미칠 지경이었다. 미친 왕이 소리쳤다. 좋다. 전국의 곳간을 다 열게 하겠다. 누가 진짜냐? 그러자 지금 막 칼에 맞아 쓰러지는 도둑이 외쳤다. 우리는 다 진짜예요!

큰 도둑의 이름을 Mr. Theme라고 명명해보자. 당신들은 나에게 네 문학의 주제가 무엇이냐고 물었다. 그렇다면 홍길동이든지, 로빈 후드든지 하는 이야기에서 모티프를 빌려온 이 우화는 당연히 '주제란 무엇인가'라는 주제에 봉사하고 싶어 안달하는 글이 된다.

물론 나는 이 우화를 '내 시의 주제란 무엇인가' 혹은 '내 글의 주제는 어디 있는가'라는 물음에 대한 대답으로 썼다. 이 우화는 '주제는 찾을 수 없다' 혹은 '주제는 모두 다이다' '주제는 감추어져 아무도 찾을 수 없다' '배고픈 백성은 환상이나 먹고 산다' 등등의 나의 주장을, 그리고 '주제가 여기 있어요!'라고 손가락으로 가리키는 글은 '정치적인 일'을 하는 것이지 진짜 글을 쓰는 것은 아니라는 주장을 협박하기 위해 쓴 글이다. 그러기에 이 우화는 교활하다. 이데올로기에 봉사한다. 합성작품의 대표적인 본보기이다. 그래서 나는 이 우화를 시로 쓰지 않고 산문으로 썼다.

주체

아예 대문 밖을 나서는 것이 무서워져서 텔레비전이 틀어대는 화면에 눈동자를 고정시키고 있을 때가 있다. 반수 상태에 빠진 채 눈을 떴다 감았다 하며 나의 몸처럼 깜빡이는 화면들을 보다보면 아주 골때리는 명언들이 나 장면들이 기억 속의 장면처럼 지나갈 때가 있다. 나는 눈을 가늘게 뜨고 화면을 이삼 분간 째려보다가 또 존다. 그러면 내가 싫어하는 서사는 싹 빠지고 몇 장면만이 나의 망막 속에까지 남게 된다. 그중에 하나, 〈토탈 리콜〉(1990)이란 영화. 기억 주입 기계가 화면 중앙에 자리한다. 그 기계가 아널드 슈워제네거의 육체를 넣고 얼마간 작동을 시작한

창조자의 구도(構圖)

우리나라에서 현대시라고 이름 붙일 수 있는 시가 등장한 지도 이제 한 세기 가까이 되어간다. 이 말은 이름하여 정형시에 대응해 자유로운 운율을 구사한 시가 등장한 지가 한 세기가 되어 간다는 말과 다르지 않다. 그러나 지금, 우리 시의 형식과 리듬에 대한 연구는 거의 일천한 지경이다. 문학작품, 그것도 시에 대한 연구에서 형식과 리듬에 대한 연구는 거의 이루어지지 않고 있다. 그런 연구가 있다 하더라도 이미 사망한 지 오랜 식민지 시대 시인들의 연갈이, 행갈이, 음수율, 음보율 같은 피상적이고 초보적인 수준의 연구가 대학 안에서나 있을 뿐이다. 문학작품에 대해 이런저런 언설을 구사하는 판관 나리들도 내용에 관한 연구는 하지만 그 문학작

다. 그러자 그 기계가 어느 왕의 소유인가에 따라 아널드 슈워제네거는 우익의 전사였다가, 한없는 좌익적 휴머니스트였다가 한다. 물론, 그 기계의 약발이 떨어지면 그는 아내를 사랑하는 일상인(약발이 몽땅 떨어진, 그런 순수한 인간은 지상에 없겠지만)으로 돌아온다. 그걸 보면서 나는 생각한다. 그래, 이데올로기란 것은 마치 저 영화 속 기억

품의 원재료가 되는 언어 구사 연구에는 관심이 없다. 언어학자가 평론가가 되는 예도 거의 없다. 다만 그들은 이 시인은 이러저러한 세상에 대고 이러저러한 말을 하고 있는데, 그런 소극적이고 정신병리학적이며 동시에 소아적인 태도에서 벗어나, 타자의 세계로 혹은 세상의 바다로 뛰쳐나오라고 한결같이 주문하고 있다. 그런 글을 읽을 때마다 나는 이 글을 쓴 사람이 이 시인에게 시를 그만 쓰라고 주문하고 있지 않은가 하는 의아한 심정을 가지지 않을 수 없다. 시인에게 철학자가 되거나 종교인이 되거나 하라는 말이 아닌가 하는 의심을 품게 되는 것이다.

시의 형식과 리듬이란 물론 내용과 떼려야 뗄 수 없는 관계에 있다. 그것은 시인이 구사하는 틀과 결 속에 있다. 시인이 생산한 정황과 정황의 연결 속에 있고, 한 편의 시 속에서 발생하주입 장치처럼 권력의 지배 기계에서 나와 사람들을 학습시키는 것이로구나 한다. 또 한 편의 영화, 〈데드 맨 워킹〉(1996). 수녀(수전 서랜던)가 살인범(숀 펜)과 마주앉아 있다. 숀 펜이 인종차별 발언을 한 모양이다. 수전 서랜던이 말한다. 그런 인종차별 의식은 누군가에게 배워서 갖게 된 것이라고. 그 이데올로기가 발설되자마자 숀 펜이 어느 곳, 어느 사회적 환경에서 양육 성장되었는지가 화면 속에서 따라 나온다. 주입되고 학습된 기억, 기억에서 생성된(그러나 현재의 육체가 조합, 변형, 미화한) 이데올로기가 사람들을 전사로 만들었다가, 휴머니스트로 만들었다가, 살인범으로도 만든다. 나는 그런 시시한 생각을 시시한 영화를 보면서 시시하게 학습한다.

학습된 이데올로기에 따라 자신의 감정을 조율하고, 그 이데올로기에 따른 전사적 위치 혹은 가여운 위치에 자신을 갖다놓는 글쓰기, 자전문학만큼 가식적인 것은 없다. 자전문학은 변명, 자기 미학에서부터 나온다. 문학은 허구(거짓)를 통해 허구(학습된 것)를 이기려는 지난한 몸짓 아닌가. 자전적인 '나'는 재현 기계의 산물 중에서 가장 구토를 불러일으킨다. 그것은 토하려고 해도 가장 잘 토해지지 않는다. 이 재현 기계를 파괴해보라. 어디 사유(의문)의 넝마 조각이라도 남아 있겠는가.

는 같고 다름 속에서 길항하는 이미지들의 함수 관계 속에 있으며, 음향들과 어조의 선택 속에 있다. 그것들이 내용을 구성한다. 물론 정황과 정황의 연결은 도전과 응전이라는 직선적인 선만을 그리지는 않을 것이다. 욕망 없는 삶이 존재하기라도 한다는 듯이 노래하는 선(禪)적인 포즈의 선을 그리지도 않을 것이다. 각각의 시 작품은 각기 같을 수 없는, 즐겁기도 하고 괴롭기도 한, 그러면서도 탈출하고 극복해야 하며, 유혹받고, 정복해야 하며, 막다른 길에서 방황했던 시인의 삶의 궤적을 그리는 것이다. 그것이 시의 내용이며 형식과 리듬이다. 시인이 세상에 대고 말하며, 살았던 흔적의 여행길을 그리는 것이다. 시인이 나서서 해석해주고 심지어 설명까지 해주는 서술의 시를 시인에게 요구하거나, 아니면 나의 세계에서 너의 세계로 나오

시적 언술 속에서는 자전적인 '나'가 아니라 시적 자아가 진술의 주체이다. 그러나 이 자아는 학습된 경험에만 집중하는 것이 아니라 '현대성의 감내자'로서 자아의 내면에 투영된 생의 국면에 집중하는

라고 근엄하게 충고하지만, 사실은 글쓴 평론가의 알리바이를 세워주는 그런 폭력적인 글이 시단에서 횡행한다. 시 속에는 들어와보지도 않고 시 주위에서만 맴돌다 만 글들 말이다. 나는 시인이 그린 선과 통로를 따라가며 창조된 구도를 읽어내는 그런 글들을 읽고 싶다. 시인은 왜 그런 선들을 그리는가. 정신병자들이 책상에 모여 앉아 그림 치료를 받듯이 미치지 않기 위해서다. 여기, 머물러 있기 위해서다.

것이다. 닫혀 있는 듯 열려 있는 그곳, 공포의 도가니, 그러나 사랑의 열이 은은히 감지되는 그 텅 빈 곳으로 집중하는 것이다.

내가 시를 쓰는 것은 자서전의 편린을 기술하는 것이 아니라 이데올로기 주입 기계가 주사하는 주사약들의 부작용, 그 고통으로부터 출발하여 불안정한 세계, 외면과 내면, 흔들림 속으로 침잠해 들어가려는 것이다. 그러므로 내 시의 이미지는 밖에서 보면 복사된 이미지가 아니라 변형된 이미지로 보인다. 시 속의 화자인 '나'는 정치적 의미에서의 개인이 아니라 상상력이란 또다른 차원으로 현존하는 개인, 자유로운 인간이고자 한다. 그래서 나는 '나'의 감정에서마저도 탈출하여, '나'의 몸으로부터 추방되며, 동시에 몸안에 거주하면서 몸을 추방시키는 그런 역설 속에 있고자 한다.

'나'는 지금 여기에서, 끊임없이 '나'에게 약을 주입하려고 호시탐탐 기회를 노리고 있는 이데올로기 주입 기계의 현장에 눈을 떼지 않고 있으므로 리얼리스트이다. 그러나 현실을 현실 그대로 복사하기보다 제작·변형·구성하므로 모더니스트이다. 그러나 한 정서적 개인만으로서가 아니라 언어의 실존을 통해 주관적이고 다성적인 목소리를 낼 수밖에 없으므로 포스트 구조주의자 내지는 포스트모더니스트이다. '나'는 더구나 여성이므로 자아의 확대를 노리면서 내장을 육체 밖에 주렁주렁 내거므로 쉬르리얼리스트이다. '나'는 모든 것이고, 또 아무것도 아니다.

잘은 모르지만, 아마도 '나'의 Mr. Theme는 낮보다는 밤에, 남성보다는 여성에, 직선보다는 곡선에, 평면보다는 입체에, 정돈된 패러다임보다는 뒤섞인 혼란에 이끌리는 자일 것이다. '나'의 Mr. Theme는 '빛이여' 하는 자보다는 어둠에 갇힌 자, 스스로 어둠인 자에 끌릴 것이다. 그래서 '나'의 Mr. Theme는 우는 자의 목소리나 외치는 자의 목소리보다는 눈물에 대해 말한다. 울면서 외치는 자의 목소리를 들어보라. 그것은 말하기 듣기의 결핍에서 나오는 또하나의 폭력적 언설이다. '나'의 Mr. Theme는 징징거리거나 또는 길가에서 자기 방안에서 혹은 버스 안에서 뭔가를 갑자기 깨달은 듯 잘난 척하는, 묘사 뒤에 잠언을 갖다붙여 묘사를 잠언의 하수인으로 삼는 시적 언술을 참기 힘들어한다. 징징거리거나 잘난 척하는 자아는 시적 자아가 아니라 감정적 자아, 철학적 종교적 자아일 것이므로 '나'의 Mr. Theme는 거기 있지 않을 것이다. 나의 Mr. Theme는 그곳에서 멀리 어딘가에 있기는 있을 것이다. 독자는 시 속에서 그를 찾아내려고 시를 읽지는 않는다. Mr. Theme는 시 나라 밖의 명제들로 이루어져 있으므로, 독자는 시 나라의 언술을 향유하러 시에게 몸을 담그는 것이다.

그렇다면 과연 '나'의 Mr. Theme는 어디 있는가?

문체

그럼에도 불구하고 Mr. Theme는 마치 '월리를 찾아라' 속 월리처럼 시공을 마구 가로지르는 이상한 도형 속에 존재한다. 꿈과 같이 흐르는 어떤 정취 속에, 숨어서 가동되는 냉정한 추상성 속에, 끊어질 듯 이어지는 통일성 속에, 높고 낮은 곳에 매달려 달랑거리는 시적 언어 속에 숨어 있다. 선현들의 시 속에서 Mr. Theme는 투명한 의미들로 가득 채워진 문학 공간 안에 있었다. 그러나 그는 지금 그득히 비어 있는 순수한 생성의 공간 안에 있다. 그는 우주를 구부려 만들어진 것 같은 자궁의 주름이 부러워 자괴/자부하던 보들레르의 영겁의 주름 속에, 물방울 하나에 장엄한 시공을 구부려 넣던 김수영의 찰나 속에서 사라져가던 점(물방울) 하나 속에.

너무나도 잘 탈육된 시체가 마른 뼈만 남기듯, 겨울 속에 떠는 저 나무가 앙상한 가지를 우리에게 보여주듯, 시는 보이지 않는 살 속에 틀을 숨긴다. 그 틀 위에 겹의 단위들이 각 영역에 응하여 자전소, 에로스소, 상황소, 기호소, 음소 등등으로 매달려 반짝거린다. 그것들은 보이지 않는 틀 위에서 언표행위에 의해 어둡거나, 밝거나, 기다리거나, 커지거나, 나아가거나 한다. 그것들 속 어딘가 Mr. Theme가 숨어 있다. 그러나 그를 찾기 위해 그 높고 낮은 곳에 매달려 달랑거리는 결의 단위들을 다 걷어내보라. 그러면 거기 텅 비어 탈육된 희디흰 뼈의 성곽 안엔 아무것도 남지 않는다. 피 흘리는 텅 빈 무(無)가 들리지 않는 소리를 지르고 있을 뿐. 시인은 그 소리를 듣는다. 무가 외치는 소리를 들으며, 그 무 속으로 초월해 들어가는 존재가 시인이다. 무 위에서 모든 것이 펼쳐지고 오므라진다. 무 바로 위에서 스노보드를 탄 것처럼 소용돌이치며 미끄러지는 현재.

그러므로 그는 그 텅 빈 무를 향해 돌진해 들어가는 희디흰 뼈와 달랑거리는 살덩어리 속 어디에나 존재한다. 시인은 몸이면서, 물질이면서 운동인 그런 존재로서.

문체는 육체다. 육체는 쉬지 않고 움직인다. 그러기에 문체는 움직임이다. 주체는 다만 입력된 존재일 뿐. 움직임 그 자체가 바로 시다. 문체는 시간을 붙잡는 시의 방법이다. 시간은 공간 안에 들어 있는 사물의 움직임에 의해서만 측정된다. 내용(현실)은 너무 비좁고, 초월은 공허하지 않은가. 움직임으로 내용은 일그러지고, 움직이는 양식은 움직이는 주체, 그것 자체를 포괄해버린다.

시인 속의 텅 빈 무는 형식을 촉구한다. 형식은 감각 운동이다. 언어의 운동 곡선, 긴장의 운동 곡선이 형상계를 혼란시킨다. 그 형상계를 타고 노는 시인의 발놀림이 바로 시인의 육체다. 수학의 추상성과 음악의 운동 곡선이 시인의 발놀림에 함께한다. 대상이라고 명명할 수 있는 이 세상을 향해 접근해 나아가는 시인은 마술사처럼 냉정하다. 시인은 시인의 발놀림의 유희만이 자유라고 믿는다. 에너지가 그의 발짓에 집중된다. 그러나 그가 대상을 발견하고, 그 대상을 장악했다고 생각하는 순간, 그는 그의 문체가, 그의 발놀림이 시적 자아 속에 들어찬 텅 빈 무를 향하고 있음을 깨닫는다. 무의 엄청난 자장을 깨닫는다. 그럴 때 시인은 바깥에서 다시 시작한다. 바깥을 끌고 한꺼번에 돌진해 들어간다. 바깥과 안을 끌고 한꺼번에 쏟아진다.

나는 나의 시가 어렵다는 말에 진력이 난다. 나는 그 진력 때문에 시의 본질을 파괴하지 않고, 하이데거의 말대로 대지의 은폐(隱蔽), 김수영의 말대로 운문성을 파괴하지 않는 범위 내에서 세계의 개진(開陣)이 되는 산문성을 시 안에 포함시키고자 한다. 그러나 그 산문이 무를 향한 음향이 되는 데는 얼마나 많은 몸짓이 필요한 건지. 또한 나는 구문상 의미론상의 난해함을 깨뜨려주고자 일상언어를 쓴다. 그러나 대상에 대한 접근이 깊을수록 실재와 비실재의 구분이 붕괴되는 것엔 어쩔 도리가 없다.

나는 우리 시단의 대부분의 시가 문학이라는 아니, 시라는 제도 바깥에 위치하는 것에도 진력이 난다. 시는 철학이라는 언술 제도, 종교학이라는 언술 제도, 사담(私談)이라는 언술 제도와는 다른 것이 아닌가. 문체는 언어적 규범성을 벗어날 때 비로소 생기는 것이다. 그러지 않으면 시적 문체란 없다. 몸이 없고, 말만 있는 시는 시가 아니다. 그것은 뼈 없는 살뭉텅이일 뿐이다. 그러므로 김수영이 말한 온몸의 시는 혁명적인 참여시라는 말이 아니라 말과 몸이 비벼서 관능적인 소리를 내는 시를 일컫는다. 그 관능의 소리야말로 철학적,

명상적 제스처에 갇힌 말의 시를 생명의 열이 가득찬 에로스의 시로 변용해줄 것이 아니겠는가. 시에서 관능적이라 함은 시인이 시 안에서 살아 있는 형식을 쟁취했다는 말이고 김수영의 말대로 '사랑이라는 형식'을 쟁취했다는 것이지, 시인이 시를 빌려 애정을 구걸한다는 뜻이 아니다. 그러므로 한 시인의 시를 관능적이라 명할 때는 그 시인의 형식을 일컫는 말이어야 한다. 철학적인 지성에 갇혀 있던 발레리를 구원해준 것이 바로 보들레르의 언술적 관능성이 아니었던가.

상상력의 가장 초보적인 행위는 해체이다. 육체(문체)의 확장, 탈제도화, 대조의 긴장이 바로 상상력이 하는 일이다. 현대시의 해석은 내용이라든지 모티프 분석이 아니라 그 진술방식에 집중되어야 한다. 그러지 않으면 시는 영원히 당대성이라는 현장성을 내면화하지 못할 것이다.

객체

내가 사는 나라엔 탈정치적 공간이란 없다. 나는 정치적 담론이 만들어내는 허구 속에서 지금까지 서울을 살아내왔다. 이즈음에 와서 돌아보면 내가 살던 서울은 가상현실 공간이었다. 우리는 우리가 경제적·문화적 식민지인이라는 사실을 잠시 잊고 정치적 담론들의 가상현실 속에서 미래를 바라보기까지 했었다. 잠재적으로 붕괴의 순간을 유예하면서 서울은 공중에 부웅 떠가는 폭탄 같았다. 그러나 우리는 점보기에 탄 줄 알았던 게 아니었던가? 그 폭탄 밖에서 나의 Mr. Theme는 시공을 거슬러 소용돌이쳤다.

폭탄 위에서 바라보는 순간 이미지, 그 찰나의 표정 속에서 Mr. Theme는 '나 여기 있어요' 하고 반짝이다 사라져갔다. 잡으려고 하면 없는, 그러나 어디엔가 분명히 있던, 그는 마치 홀로그램으로 떠내어진 사랑하는 '너'의 육체처럼 무게 없이 빛으로 존재했다. 그는 마치 사랑이나 불멸 같은 것으로 무장한 원리주의 전사처럼 보이기도 했다.

만약 어떤 나라의 사회나 문화에 대해 알고 싶다면 그 나라가 생산하는 이미지들을 분석해야 한다. 그것은 그 나라가 병들었을 때 더 첨예하게 드러난다. 우리나라가 생산하는 이미지들. 수많은 캠페인 플래카드들. 신가부장주의자들의 새로운 득세. 직선적으로 내리꽂히는 우민화 담론들. 우리는 다시 백 년 전으로 후퇴해가고 있는 것은 아닌지. 경제적으로가 아니라 문화적으로. 그럼에도 도시는 더이상 정치적 다면체로만 존재하지는 않을 것이다. 서울은 이미 나름대로의 기호와 코드로 연결된 이미지 다면체이다. 서울은 욕망과 불안 같은 대중적 무의식에 의해 움직이는 미궁이다. 무수한 관계의 폭력으로 존재하는 곳이기도 하다. 볼거리는 많지만 그러나 장면다운 장면은 없다. 메시지와 기호의 구멍 뚫린 현수막만이 나뒹구는 곳이다. 서울에 사는 누구나 연기자이며 관객이다. 그리고 연출자이기도 하다. 무대는 없지만 장면은 계속된다.

주체가 사라진 자리에 무수한 창을 가진 육체처럼 무수한 창을 가진 서울이 열린다. 주체가 사라진 자리에서 욕망의 미궁만이 펼쳐지고, 오므라진다. 나는 숭숭 구멍 뚫린 육체의 외부를 꿈꾸지만 그러나 나의 도망은 언제나 같은 영토를 맴돌 수밖에 없다. 드럼 연주자가 타격의 부위와 강도와 시간을 조절해서 무한히 굴절된 비트를 만들어내는 것처럼. 소용돌이치는 미궁을 타고 있을 수밖에 없다.

소용돌이치는 도시 미궁은 맹목적인 증식과 번식을 통해 추락을 가속화한다. 폭탄은 지금도 우리의 삶 위를 미끄러지듯이 날아가면서 나에게 순간을 포착하라고 명령한다. 이제 더이상, 미와 추 같은 것은 대립적이지 않다. 이제 더이상 절대적 가치란 걸 생각할 겨를조차 없다. 다만 미끄러지면서 잡은 물컹거리는 쥐 한 마리, 뒤집어쓰게 된 쓰레기덩어리, 벌어진 아가리, 그 속에서 터져나오는 째지는 음성의 변주.

나는 순간적으로 포착한 어브젝션이 경악이 되도록 할 뿐, 이 기괴한 웃음의 이미지가 파멸의 경고가 되도록 할 뿐, 아무것도 할 수가 없다. 이럴 때 시인에겐 특별한, 고정된 대상이란 없다. 다만 자기 자신 속으로 파고들어가면서 순간적으로 잡은 이미지들을 펼쳤다 오므리는 구축의 방식, 혹은 구축 기계로 소용돌이를 움켜잡으려는 손놀림이 있을 뿐. 그러므로 시는 발설되는 순간 거기서 영원히 아가리를 벌리고 있는 거대한 무, 침묵의 협주곡 속으로 빨려들어가고 말 뿐.

'에이, 귀찮아. 파리떼처럼 달라붙는 의미들 같으니라구.'

그리고 그 깊은 소용돌이 속, 피 흘리는 무의 텅 빔 속에는 아마도 나의 근원, 나의 여성성이 있을 것이라 믿으면서. 그러니 어쩌랴, 나는 아직도 당신이 질문한 Mr. Theme를 찾지 못했으니.

몸으로 말한다는 것
— 죽음이라는 유한성과 삶이라는 무한성 속에서

몸이 말한다

나는 몸이다. 그러므로 내가 하는 이 말들은 모두 몸이 말하는 것이다. 내가 끄집어낸 이것들은 어디에 들어 있었던가. 그것은 모두 두뇌 안의 물질. 그 물질들의 성분, 조합 속에 저장되어 있었다. 석회질이라든가, 단백질 혹은 신경세포들, 연분홍색의 액체들 속에 들어 있었다. 그리고 말은 몸의 기관들의 운동 속에서 터져나온다. 입술에서, 목구멍에서, 입천장에서, 치아에서, 성대에서, 혓바닥에서, 그리고 그들의 긴밀한 연락 속에서. 그리고 또 언어는 육체와 정신의 경계선에서 교묘히 미끄러진다. 정신이 없는 언어가 없듯이, 몸이 없는 언어도 없다.

몸은 '무(無)' 속에서 구별되어 나온 물질의 형상이다. 몸이 없고서 만물은 살아 있다고 할 수 없다. 만물은 모두 몸이라는 상이한 모양들의 푸대자루에 담겨서 이 불꽃처럼 사그라지는 소멸의 정점, 현재를 붙안고 있다. 나도 이 몸이라는 이상한 푸대자루로 날마다 순간이라는 이름의 '없는 현재'를 넘어간다. '당신'의 그 못생긴 푸대자루, 당신의 몸을 만지지 못해 안달하거나 혹은 쓰다듬으면서.

만물은 내 몸을 통해 존재한다. 그러므로 내 몸은 몸안에 존재하는 모든 만물을 일컫는 말이다. 그러기에 몸은 그 만물이 재료인 시의 조국이요, 어머니요, 신이요, 질료이자 영혼이다.

그러나 나는 이 유한한 현재인, 순간의 불꽃과 같은 몸의 현재를 넘어가려고, 시를 쓴다. 몸을 벗어나려고, 몸에 관해서 쓴다.

몸이 아프다

내 몸밖에는 빛이 머물고, 내 몸안에는 어둠이 머문다. 내 몸은 어둠을 가두는 덫이다. 빛이 못 들어오게 하는 감옥이다. 나는 이 몸안의 어둠이 아프다.

몸은 존재의 장난감이다. 몸은 존재의 고통이다. 그래서 몸이 아프다. 네가 넘어져 무릎이 깨어졌을 때, 네가 추위 속에서 발가락이 얼어붙을 때, 너의 연인이 너를 떠나버렸을 때, 그리고 무엇보다도 네 몸의 기관들이 늙고 병들었을 때, 그때 너의 몸이 소리친다. '몸이 아프다'라고. 그러므로 너는 몸의 죄수이다. 몸안의, 그 어둠 속의 죄수이다. 몸안의 어둠은 아픔으로밖엔 소리칠 줄 모른다.

몸은 욕망한다

몸은 욕망 그 자체이다. 몸안의 기관들은 누구의 명령도 받지 않은 채 스스로 욕망하고, 그 욕망의 길을 따라간다. 몸은 욕망으로 초만원이지만, 그러나 여전히 모자란다고 날마다 목이 쉬도록 외친다.

만물 속에서는 모든 것이 욕망이다. '나는 당신이 없으면 아무것도 아니고, 당신은 나 없으면 아무것도 아니다.' 우리는 서로 일순간도 쉬지 않고 번갈아 울리는 메아리이다. 만물은 욕망이란 끈으로 연결된 존재의 장난감이다.

그러나 욕망이 없으면 아무것도 되지 않는다. 몸은 자신이 소멸될 존재라는 것을 한순간도 잊지 않고 있기 때문에, 언제나, 매 순간, 자동적으로, 내가 나라고 부르는 것에 관계없이, 스스로의 힘으로 상처를 치료하고, 소생을 향해 줄달음쳐간다. 생육을 향해 줄달음쳐간다. 몸은 스스로 살아내는 형식을 만들어내며, 상황을 개척하고, 결합하고, 끊어지며, 저희들끼리 잘도 놀고, 또 생육한다. 몸은 감정을 생산하며, 흐름과 단절을 생산한다. 몸에는 마디와 주머니가 있어서, 그들은 그들끼리 하나씩의 독립된 행성처럼 잘도 살아간다. '나'라는 총체적 자아는 내 몸안에 신장이 있다는 것, 췌장이 있다는 것, 또는 몇 개의 마디가 있다는 것을 도대체 알지 못한다. 그들이 아파해야만 비로소 그들, 하나씩의 존재를 인지한다. 그러므로 '나'라는 대명사는 '나'를 대표하지도 못한다.

몸은 하나의 조직이지만 많은 창을 가진 열린집합이다. 그 창 속에는 각기 다른 이야기가 펼쳐지는 주머니가 하나씩 매달려 있다. 그

창에는 각기 다른 식구들이 살고 있다. 몸안에 어두운 계단들과 비상 구들을 숨긴 도시의 빌딩들처럼. 몸안은 각 마디들과 주머니들, 자신들끼리의 매체들로 서로 연결된 미로와 같다. 그 주머니들과 마디들은 자신들의 욕망 때문에 서로 연결되어 있다. 그 욕망들의 지도를 따라, 핏줄이 돌고 기가 돈다. 욕망은 스스로 지도를 그린다. 그 지도의 선들은 순간의 소생을 위해 쉴새없이 그어진다.

몸안은 신화가 그린 지도의 모습처럼 보이기까지 한다. 각각의 신이 하나씩의 주머니와 마디들과 길들을 지배한다. 미노타우로스는 다른 곳이 아닌, 몸안으로 들어간 황소였을 것이다.

몸은 욕망한다. 욕망은 결여이며, 의식과 무의식 속에서 현실적 생산을 일구어낸다. 몸은 욕망 때문에 만물의 덫이 된다. 이 덫에 걸리면 만물은 갇히는 신세가 된다. 매 순간 몰락하는 현재도 이 덫에 걸려 넘어진다. 만물과 현재는 몸이라는 이상한 창고, 이상한 공장, 이상한 미궁에 갇힌다. 그리하여 결국 과거는 몸의 것이 된다. 더이상 존재하지 않는 것들, 바로 과거로 가버린 것들이 신경섬유, 신경세포, 뇌하수체 속에서 숨을 쉬게 된다. 그리하여 몸은 추억과 과거의 미궁으로 등극한다. 그 속에, 무수한 창 중 어느 곳에 나의 동물이 갇혀 있다. 그러나 그럼에도 이 갇힌 동물이 내지르는 욕망, 그 욕망에 찬 언설이 미래를 잡아챈다. 다시, 만물이 몸안으로 밀려들어온다. 욕망 때문에 무수한 대화의 창구를 열게 되는, 몸의 역설적 은폐와 개진이 이루어진다.

몸이 몸을 낳는다

나는 늘 일상생활 외부의 삶을 꿈꾸지만, 몸은 언제나 일상 속에, 규칙적인 리듬 안에 있다. 나는 몸의 일상을 떠나서 존재할 수 없다. 그러므로 몸과 함께 떠난다는 것은 무한히 굴절시킨 리듬의 다양성을 쫓아가는 음악과 같은 방법이 아니고서는 불가능하다. 그 다양성을 쫓아가는 방식이 당신(만물)의 몸으로 내 몸을 가득 채우는 방법일 것이다. 내 몸의 창들을 모두 열어젖히고 대화를 시도하는 방법일 것이다.

몸과 함께 떠나는 운동, 그 방식으로 여성인 내 몸은 또하나의 우주를 잉태 출산한다. 아니, 원래 여성인 나는 만물을 잉태하기에 가장 좋은 몸의 구조를 지니고 있었다. 여성인 내 몸은 스스로의 주머니들 속에 새로운 지도를 그릴 준비를 하고 있었다.

내가 잉태한 우주에는 일련번호들, 염기 배열로 이루어진 유전자 번호들, 생물학적이고 인류학적인 나선형 코드들이 새겨져 있다. 그것은 마치 태양과 달과 별들로 이루어진 하나의 우주가 또하나의 우주를 품에 안았다가 내보내는 것과 같을 것이다. 내 주위를 떠도는 또하나의 우주. 저 별들로 이루어진 또하나의 나의 몸.

그 우주가 별들의 규칙, 구조, 목표대로 살지 않겠다고 외치며 달아나는 소리. 내 몸안의 어둠을 흔들어대는 소리.

몸은 죽는다

몸은 시간에 속한다. '영원한 시간'이란 시간의 부재를 가리키는 말이 아닌가. 몸은 '영원한 시간'에 대한 거부이다. 몸은 소멸의 벼랑에 언제나 아슬아슬하게 매달려 있다. 내 뼈에 매달려 사는 살들이 떠나겠다 떠나겠다 소리친다. 힘들다 힘들다 소리친다. 나는 그 살들을 위해 자주 누워야 한다. 몸은 우리가 현재라고 부르는 소멸의 절정에 매달려 이 현세를 건너간다. 그러기에 몸은 영원한 시간이라고 불리는 죽음에 저항하는 생명이라는 어떤 양식의 구현일지도 모르겠다.

우리의 몸에는 보이지 않는 구멍이 밖을 향해 숭숭 뚫려 있다. 그 밖으로 뚫린 구멍들 속으로 죽음과 생명이 한꺼번에 밀려들어온다. 신선한 공기는 우리를 살게 하지만, 그것을 마시는 양이 늘어나면 늘어날수록 날마다, 해마다 우리는 죽음 편에 가까이 다가가게 된다. 몸안엔 죽음이란 이름의 생명이 들어 있다. 우리 몸에 붙어서 기생하던, 우리 눈에는 보이지 않던 무수한 효모, 병원균, 박테리아 같은 작은 미생물들은 우리 몸이 생명을 다하는 날, 급기야 몸을 먹어치우려고 호시탐탐 기회를 노리면서 죽은듯 살고 있는 것이다. 나는 내 주검을 해치울 용사들, 우리 눈에는 보이지 않는 권력자들을 몸 하나 가득 싣고 아직까지 살아 있다.

흙의 성분으로 이루어진 모든 물체는 흙으로 돌아가려 한다. 몸도 마찬가지. 중력의 중심엔 무엇이 있는가. 죽음이 버티고 있다. 몸안엔 그 중심으로 가고자 하는 죽음의 세력과 그 중심을 벗어나고자 하는 삶의 기계들이 싸우고 있다. 그 싸움의 밀고 당김 때문에 내 눈은 둥글고, 내 머리도 둥글다. 그러나 나는 안다. 결국 그 만물의 중력 가운데 자리잡은 중심, 이 죽음, 영원하다고 알려진 유한성이 내 몸을 먹으리라는 것을. 그러나 몸은 오늘도 중심을 벗어나고자, 사력을 다해 두 발을 들어, 천지사방으로 마구 튀어 달아나려고……

(아아, 제발 이 자루 속에서 나를 꺼내줘.)

시는 시다
— 지금, 여기의 시

풍선이 터졌다. 풍선이 터지기 전에 우리는, 그 풍선 안에 무엇이 들어 있는지 알고 있었다. 아니, 알고 있다고 생각했다. 그러나 풍선이 터지고 나니 그 속엔 아무것도 없었다. 다만 풍선을 이루고 있던 풍선의 껍데기들만 그득하다. 부서진 잔해들이 내지르는 신음소리만 들려온다. 그 잔해 속에서 시인들은 다시 시를 쓴다. 시인들은 다시 무언가 외치고 끙끙거리지만 그 소리들은 메아리도 없이 시인에게로 돌아온다. 고트프리트 벤은 말했다. '심정? 그런 것을 나는 갖고 있지 않다'. 시인들은 현실 속에서, 말하기와 듣기를 계속하면 할수록 결핍감만 더 커가는 상황 속에서, 쓰인 것이 힘을 망실한 상황 속에서 자신의 심정만을 깃발처럼 흔들고 있다. 그러나 심정의 깃발이 흔드는 펄럭임 소리, 감상성은 시가 아니다. 감상은 근거 없는 자기 미화의 음험한 전략이다. 감상으로 서로 교류하며, 독자를 넓히는 소

272

설도 소설이 아닐진대 하물며 시는 어떠랴. 시는 그 감상성으로부터 도망가는 것이다. 도망간 자리에서 냉혹하고, 파편화된, 조각난 현실을 웃으며 껴안는 것이다. 자신만의 방법으로.

20세기의 회화사는 '그림이 입체가 아니다'라고 외친 시대로 쓰일 것이다. 20세기의 미술에서 소실점은 소실되었다. 그림 속의 사람들은 납작해졌고, 산은 삼각 도형이 되었다. 황소는 살을 버리고, 납작한 형상이 되었다. 뭉개졌다. 변형되었다. 일그러졌다. 그림 속의 입체들은 이차원적 평면에 고착되었다. 아니, 이차원 그 자체가 되어버렸다. 그림 그 자체가 되어버렸다. 피카소의 〈게르니카〉(1937)엔 게르니카가 없다. 그림 속엔 바스크 지방의 지방색도, 독일의 융커기와 하인켈기와 프랑코 독재정권도 없다. 다만 제국주의하의 인류, 그 전체의 비명, 폭력적인 집단을 향한 신화적 항의, 형상화된 분노만 있을 뿐. 게르니카에서의 학살은 이차원 그림 평면 위에서 납작해졌다. 입체적 분노는 평면적 신화에 바쳐졌다. 피카소는 그림 속에서 자신의 심정을 극도로 숨겼다. 그리고 하나의 분노만을 높이 들었다. 그래서 게르니카는 주관성의 늪에서 객관성의 대양 위로 펼쳐지게 되었다. 〈게르니카〉는 자신이 그림 속에 들어간 게르니카임을 잊지 않았다.

시는 시다. 그 이상도 이하도 아니다. 나는 왜 시인인가? 시를 쓰므로 시인이다. 나는 르포를 쓰는 것도, 일기를 쓰는 것도, 개인적 편지를 쓰는 것도, 지금 자판을 두드리고 있는 이런 밑도 끝도 없는 매니페스토를 쓰는 것도, 항의 서한을 쓰는 것도 아닌, 시를 쓰기에 시인이다. 나는 시를 가지고 가부장적 권력에 대항하며, 파시즘에 혀를 내밀며, 내 속의 괴물에게 침을 뱉는다. 다른 장르가 아닌 시로써 그렇게 한다. 나는 시라는 장르 안에 갇힌 자이며, 시라는 드넓은 초원에 방목된 자이다. 나는 시 나라 안의 시민(詩民)이다. 텔레비전 화면, 그 파리 끈끈이가 나를, 늘 나를 핥아대지만, 그러나 그 화면은 나에게 고착되지 않는다. 그러나 좋은 시는 내 망막에, 내 뇌의 회백질에 고착된다. 나는 시 나라의 시민이므로 시 나라 사람들의 목소리를 즐겨 듣는다. 시 나라 시민들은 모두 평등하다. 대표도 없고, 노예도 없다. 이 나라 안엔 법률이 필요치 않으나, 허술하고 유동적인 경계는 있다. 경계 밖에는 다른 나라가 있다. 그야말로 시 나라의 보이지 않는 법률을 저희들 마음대로 재단하는 나라, 그것에 철퇴를 내리기까지 하는 깊이가 없는 피상의 나라, 표피의 나라, 산문성의 나라.

시 나라의 시민으로서 나는 일한다. 창조(創造)하지 않고, 창작(創作)한다. 이 나라 안에서 나는 한 사람의 기능인이다. 나는 시를 세계에 대한 모사, 번역으로도 창작하지 않으며, 감정 표현의 도구로도 사용하지 않는다. 나는 철학이나 신학의 경구를 향하지도 않는다. 다만 시가 가진 무제한적 자유를 가지고, 시 스스로 자율적이고, 시 스스로 사유하는 하나의 형상체가 되도록 한다. 나는 말하기 방식에 대해 사유한다. 그래서 방식의 성숙을 통해 시 나라의 악덕들, 잠언, 장

식, 관행, 사변, 감상성, 설교를 넘어서도록 스스로를 독려한다. 나의
노래 속에서 나의 개인적인 비애는 차라리 녹아 없어지도록 입술을
깨문다. 나의 시가 짓는 '틀' 속에서 고통의 정화가 이루어지도록 한
다. 이때 시인에게 부여되는 시 나라의 윤리는 결코 어떤 지배적인
속박에도 굴복하지 말라고 독려하는 데에만 바쳐진다. 시의 정치성
은 바로 이러한 시 나라의 윤리를 무시하는 힘에 대한 도전 속에 있다.

   우리는 무한한 정보와 그들끼리의 추상적 네트워크가 우리를 옥
죄는 새로운 세계에 살고 있다. 스크린은 더이상 우리의 장난감이 아
니다. 그들은 거대한 흡반이다. 그것들이 우리의 삶을 가져가려 한
다. 우리는 우리를 둘러싼 스크린, 모니터란 이름의 새로운 자연으로
부터 우리의 고유한 자연성을 훼손당한다. 이렇게 직접경험 속에 무
차별적으로 끼어드는 화면이 우리를 기절 일보 직전까지 몰고 간다.
이 무차별적 미디어에 매 순간을 마사지당하는 우리는 정신이 몽롱
해진 채 도시를 유령들처럼 배회한다. 그 배회자들의 눈동자 속으로
다시 입력할 새도 없이 도시의 밤, 빛들이 폭풍우처럼 미끄러져 들어
온다. 그러다보니 내가 살아내는 이 일상이 허구인지, 허구가 일상인
지 구별이 되지 않는다. 이 구별되지 않는 경계에 시가 있다. 그러나
시는 언제나 사라져버리는 이 현재라는 것, 잡히지 않는, 잡으려 하
면 이미 과거가 되어버리는 이 당대라는 것을 잡아두는 기계가 아니
었던가. 시는 우리를 시적으로 살지 못하게 하는 것에 대항하는 처음
이자 마지막 수단이 아니던가. 그러므로 시는 미디어 현실과 내 경험

을 주관하는 현실 모두를 껴안을 수밖에 없다. 껴안지 않고는 메두사가 된 당대에 잡아먹히든가, 언제나 시인의 주위를 옥죄어들던 죽음의 감옥, 침묵에 먹혀버리고 말 것이다.

시인들이 점점 사물 자체, 현실 자체에 대한 이해마저 잊어버리고 있다. 시는 현장의 다양성에 대한 시인의 경험으로 길 놓아가는 그 길의 방향이 아닌가. 시인이 기록하는 순간, 사라져가던 현재는 순간적으로 체포되며 당대는 시인의 화살을 맞고 시인 앞에 몸을 누인다. 또한, 시인은 대도시라는 황무지 속에서 시인의 몸이 파편화되는 것을 지켜봐야 하며, 그 파편화 속에서도 비밀에 가득찬 아름다움을 감지해야 한다. 메두사가 된 도시를 떠나 유구한 역사 이래 언제나 시인들의 자연이었던 그 자연, 산천초목이 힘차게 자라고 독경 소리 아련히 들려오는 곳으로만, 그곳으로만 고개를 돌린다면, 그때 시인은 자신이 껴안아야 할 현실로부터 도망가는 것이다. 회피하는 것이다. 현대 문명의 이기를 누구보다 유효하게 누리면서 매일 노래하는 것이 음풍농월이라면 그는 그야말로 가상공간에 사는 자이다. 그러지 않고 지금 사는 이 문명공간은 저주받은 공간이며, 우리가 돌아갈 곳은 원시농경사회, 저 숲속이라고, 그래서 늘 눈물짓고 한탄한다면 그는 도피주의자이거나 의고주의자이다. 그가 돌아가고 싶은 곳이 꽃 피는 산골이며 고향이라면, 그는 과거의 기억 속에서 가난과 수탈과 전쟁은 제외하고 산천초목과 인정만을 오롯이 남긴 반현실주의자이다. 오늘도 시인은 가상현실과 도시문명의 깨어진 파편들이 즐비한 부조화의 공간 속을 살아간다. 파편화된 일상이 내지르는 째지는 음성을 들으며, 자신의 몸이 파편화되는 것을 감내하면서.

시인이란 자기만의 감각을 지닌 사람이다. 다른 말로 하면 자기만의 방법을 가진 사람이라고 할 수 있다. 자코메티의 말로 하면 '공간은 존재하지 않는다. 그것은 창조해야 한다'이리라. 나는 내 육체의 연장선 위에서 노는 저것들, 저 지저분한 현실에게 존재의 문을 연다. 산문은 역사를 얘기하나, 시는 즉각적 현실에 관여한다. 시는 실재적 진실을 향하여 돌진한다. 절대적 진실이 아닌 진실을 향해. 시인이 돌진해 들어간 공간은 일상이지만, 일상 그 자체가 아니다. 일상들 사이의 조그만 틈의 영역이다. 거기에서 일상은 죽음 속으로 사라져가던 손을 벗어나, 죽음으로 살아 있는 환경으로 변화한다. 나의 삶의 공간이 탈영토화된다. 이때 현실적 공간을 탈영토화하는 시인의 모습은 시 안에 들어 있는 언술의 길로 그려진다. 이 언술의 길을 축조해, 우리가 사는 일상적 공간을 죽음이 살아 있는 환경으로 변모시키는 것이 바로 그 시인의 자기만의 감각이며 방법이다. 물론, 이 생산적 환경은 다시 같은 시인에 의해 탈영토화를 맞아들이겠지만 말이다.

역사는 '지금, 여기, 나'에 의해 재조립되지 않으면 공허한 시간일 뿐이다. 시는 역사적 서술을 파괴하는 양식이다. 시는 역사를 현재라는, 시의 첫번째 고유한 특성인 '순간'이라는 압축성으로 폭발시킨다.

현재는 생성과 동시에 소멸에 처해지는 시간이지만, 시인의 손에 의해 다시 영원한 현재에 체포된다. 시인은 하루 이십사 시간 내내 시인이어야 하는 천형에 처해진 사람이다. 왜냐하면 그는 매 순간 상념 속에서 과거인 역사를 '지금, 여기, 나' 속에서 폭발해내어야 하므로.

우리가 지금 피안에 와 있다고 거짓말하는 시대에게 우리는 뭐라고 대답할 수 있는가. 우리는 어떻게 이 사유 없는 무중력 환경에 저항할 수 있는가. 그 안에 어떻게 시의 집을 지을 수 있는가.

시의 주체란 리듬으로 대체될 수 있어야 한다. 시는 시로써 말해야 하고, 그 밖의 다른 것으로는 말할 수 없어야 한다. 시의 주체란 그 집의 호흡, 맥박이어야 한다. 시인은 수행자이고, 시의 주체는 리듬이다. 이때 시인은 일개인이 아니라, 다양한 개인에게 숨쉴 수 있는 공간을 부여하는 자이다. 그 공간은 어떠한가. 그 공간은 움직이며, 떠다닌다. 그 집안에선 '나'는 '너'다. 그 공간 속에선 자아가 타자화한다. 그 공간 속에서 내면과 외부적 현실은 동시적으로 깨어난다. 시인이 만든 설계도의 도면을 타고. 그 집에선 사람이 숨쉬고, 집도 숨쉰다. 모두 숨쉰다.

유머란 무엇인가. 그것은 웃음을 통해서 고통을 표현하는 방법이다. 소용돌이치는 현실을 움켜쥐는 방법이다. 유머는 나뉜 시간과 사물을 강제로 결합시킨다. 비극과 희극은 이분법적으로 나뉠 수 없다.

유머는 상존하는 것을 낯설게 한다. 무거운 것을 가볍게 한다. 죽음이든, 아버지든, 그 어떤 고매한 것도 가벼이 할 수 있다. 친근한 것으로 만들 수 있다. 반면에 어느 것이든 내동댕이칠 수 있다. 유머는 시인과 대상, 사람과 세계 사이의 불일치를 노정한다. 아니오라고 말하는 대전제다. 무거운 것들 속에 숨어 있는 구멍을 알아보는 눈이다. 그러나 시 안에 들어 있는 그 작은 칼날들, 위트의 칼날을 알아보는 독자가 얼마나 될까. 그동안 시는, 우리나라 시는 너무도 엄숙했다. 참다운 유희 속에는 얼마나 무서운 비극이 숨어 있는가. 압제를 저미는 얼마나 수많은 칼날이 숨어 있는가. 유머는 하늘을 찢고, 그 무거웠던 아버지의 하늘이 감추었던 무시무시한 심연을 보여준다. 웃음이야말로 우리의 두뇌 기계까지 자동 조절하려는 음험한 손길들로부터 벗어나게 해주는 유일한 것이 아니겠는가.

그러나 시인은 다시 현실 속에서/ 자신이 몸담고 밥 벌어먹는 일상 속에서/ 쓰는 의무보다 살아내는 의무를 가진 자로서/ 자신만의 호흡으로 세상과 접촉하면서/ 그리고 시인의 리듬이 바로 삶 속에서 시를 실현하는 것이라 믿으면서/ 그것이 갇힌 내 몸의/ 그러나 그것이 세상의 살갗이요 내용이라 믿으면서/ 그것이 바로 어디에도 없는 곳, 유토피아라 믿으면서/ 숨!

여성이 글을 쓴다는 것은
— 연인, 환자, 시인, 그리고 너
ⓒ김혜순 2022

1판 1쇄 2002년 1월 11일
1판 4쇄 2012년 1월 30일
2판 1쇄 2022년 11월 10일

지은이 김혜순
책임편집 강윤정 | 편집 이민희 이희연
디자인 엄자영
마케팅 정민호 이숙재 박치우 한민아 이민경 안남영 왕지경 김수현 정경주
홍보 함유지 함근아 김희숙 고보미 박민재 박진희 정승민
제작 강신은 김동욱 임현식 | 제작처 천광인쇄사(인쇄) 신안문화사(제본)

펴낸곳 (주)문학동네 | 펴낸이 김소영
출판등록 1993년 10월 22일 제2003-000045호
주소 10881 경기도 파주시 회동길 210
전자우편 editor@munhak.com | 대표전화 031) 955-8888 | 팩스 031) 955-8855
문의전화 031) 955-3578(마케팅) 031) 955-2678(편집)
문학동네카페 http://cafe.naver.com/mhdn
인스타그램 @munhakdongne | 트위터 @munhakdongne
북클럽문학동네 http://bookclubmunhak.com

ISBN 978-89-546-8915-1 03810

www.munhak.com